大
方
sight

松木的清香

万玛才旦 ◎ 著
久美成列 ◎ 编

中信出版集团 | 北京

图书在版编目（CIP）数据

松木的清香 / 万玛才旦著；久美成列编 . -- 北京：中信出版社，2024.5（2025.4重印）
ISBN 978-7-5217-6424-6

I.①松… II.①万… ②久… III.①中篇小说-小说集-中国-当代②短篇小说-小说集-中国-当代
IV.① I247.7

中国国家版本馆 CIP 数据核字（2024）第 048380 号

松木的清香
著者： 万玛才旦
编者： 久美成列
出版发行：中信出版集团股份有限公司
（北京市朝阳区东三环北路 27 号嘉铭中心 邮编 100020）
承印者： 河北鹏润印刷有限公司

开本：880mm×1230mm 1/32 印张：11.75 字数：218千字
版次：2024 年 5 月第 1 版 印次：2025 年 4 月第 4 次印刷
书号：ISBN 978-7-5217-6424-6
定价：89.00 元

版权所有·侵权必究
如有印刷、装订问题，本公司负责调换。
服务热线：400-600-8099
投稿邮箱：author@citicpub.com

代序：再见，阿爸

久美成列

一

我想写些什么，但每次看着空白的文档，坐了很久也不知道第一句话应该从何开始。

杀青后回到家的那天，我走进后院，想躲开人群独自待会儿。我站在墙脚，抬头看到院子里的那几棵杨树。杨树上的几抹绿色在风中变换着形态，带来一丝惬意。我忽然觉得，这几棵杨树跟您好像，永恒地、静静地伫立在那里，从不打扰别人。而当我们靠近，只是不经意的一瞥，却也能获得难以言说的安慰。

现在我坐在庭院里，看着眼前微微晃动的经幡，感觉终于可以静下心来和您说点什么了。院子里还有很多椅子，如果您也在，就请坐会儿陪我聊聊天吧。毕竟您走的那天，只是留下了一个慈祥的微笑。

但是，我已经习惯了和您就这样沉默地坐着。

时间过去了好久，我听到后院里那些杨树的叶子一直沙沙地响着。很远的地方，公鸡也开始叫了。这些天，我想了很多事情。我一直在想，您在比我小很多的年龄时就知道了孤独的滋味，又是怎么一个人坚强地走到现在。我在想，您经历了这么多苦难，为什么在可以歇一歇的时候还要为那么多人的生活奔波忙碌。我心中有了一些答案，但又感觉这些答案什么都说不明白。

我想起小时候您带着我在村庄里散步，您指着我们在路途中经过的每一个事物，教我它们的藏文应该怎么念。松树、柳树、杨树、石头、电线杆、摩托车、牛粪、羊粪蛋。一遍又一遍。过了一会儿，您又会指着这些我们刚刚看过的事物再教我一遍。那时候我就在想，您为什么一定要教我学会这些藏文。

我还想起有一次我们去看望村里的一位老人，从他们家出来的时候，那头原本被拴住的藏獒挣脱铁链朝我冲了过来。我慌了神。您从地上捡起一块石头挡在我面前朝那头藏獒用力挥了一下，那头藏獒便在您的面前停住了。等藏獒被那家主人带走后，您将手里的石头潇洒地扔在地上，转过身笑着调侃我惊慌失措的样子。

今晚我不想跟您说一些伤感的话，我只想这样静静地说说我记忆中您的样子。但时间不多了，就像之前跟您的每次聊天一样，刚要说到一些心里话就会被其他事情打断。但那些心里话，我们彼此都知道是什么。

家人们已经醒来，我也要准备一下去送您最后一程。

其他的话，您以后再慢慢听我说吧。

儿子　久美成列

2023.6.27凌晨

二

我点了两杯卡布奇诺，一杯是给您的。

我专门挑了这个能看到布达拉宫的咖啡馆。如果您不着急，就在这喝完这杯咖啡吧。

看着眼前的布达拉宫，不知道为什么我想起有一次在机场过安检。那个工作人员粗鲁地将我的包从行李输送带上扔在我面前。我毫不客气地要求他轻拿轻放，他瞪着我让我再说一遍，我瞪着他重复了我的话。眼看我们要动起手来，您走过来制止了我，让我装好东西离开。离开安检的地方，您说我要收收我的脾气，否则以后会吃亏的。但有的时候，我用同样的话劝您，您却像一头野牦牛一样怎么也拦不住。

今天拉萨的太阳很毒，我抱着您绕着大昭寺转了三圈，在大昭寺的正门前朝觉沃佛磕了三个头。

路上，我看到那些游客穿着厚厚的羊皮袄在烈日底下拍照，我想您应该跟我一样也在偷偷笑吧。

我记得我问过您喜欢什么样的天气，您说您喜欢下雨天。我很疑惑，下雨要打伞，去哪都不方便，为什么会喜欢下雨天，大晴天多好。直到我去果洛，借宿在同学家里挖虫草，看到他的父亲一瘸一拐地走在雨里把马拴好，回来笑着跟我说他也喜欢下雨天的时候，我好像才明白您的意思。

这段时间，我好像变了个人似的，比以前更沉默寡言了。有时候我也想努力多说一些话，但就是说不出来。您走后的第八天，我从贵德回到剧组。我们在白居寺拍摄前，先去佛殿里为您点了酥油灯。从佛殿里出来后，一位叔叔说他为我难过，因为我没办法在您身边陪伴整整四十九天。我点了点头，什么也没说。但我想，您一定知道我的心里在想什么。我知道我身边剧组的伙伴也明白我在想什么。我的话只是越来越少了。

太阳已经快要落到山后了，最后一点光散落在布达拉宫的上空，很美吧。我的咖啡喝了一半了，您喝了多少？等咱们喝完这杯咖啡就回去吧。但我想喝得再慢一点，我只是想再跟您待一会儿，因为明天您就要顺着雅鲁藏布江去向远方了。不知道什么时候，您还会回来让我陪着您再喝一杯咖啡。下次您不要再找星巴克了，我们去好一点的咖啡馆。要不还是来这里吧，这里还能看到大昭寺的金顶。

我记得有一张照片，三岁的我戴着您的眼镜，在西藏的一座寺庙门口朝着镜头傻呵呵地笑着。您当时看着这张照片笑着说在我还不会说话的时候，您用蓝色的腰带将我绑在背上，朝拜了西藏很多很多的寺院。那是我第一次来到西藏。今天，我抱着您，祈祷，这不会是您最后一次回到这里。

天色已经暗了,我喝完这杯咖啡了。谢谢您,咱们走吧。

儿子 久美成列
2023.6.27黄昏

三

我感觉已经说不出什么了。

但今天是和您告别的日子,我还是想找个安静的地方待会儿,再写点什么。

不知道为什么,想在拉萨找个能静下心来的地方好难。我来了我们去年一起来过的廓尔喀旅店。

从庭院再往里走,有一间古朴的书房。几盏藏式的挂灯发着暖光,三根藏式木柱竖立在书房中央。

围绕在柱子旁边的就是几个木质书架,上面零零散散地摆着一些藏文书籍。

记不太清从什么时候开始,您每来到一个陌生的地方,就会饶有兴致地观察起这个地方的装修风格。然后指着某个细节对我说,以后咱家也可以借鉴一下。我记得以前装修房子,您和母亲从不跟我商量。但每次我都会有些不满意的地方。直到上了大学,您才把设计的权力分给我。虽然我说你们总算是做了一个正确的决定,但我也明白是因为您太忙顾不上了。过程中,我会跟母亲争论,最后又跟您争论。有时候甚至会吵起来。但等完成,你们笑眯眯的表情又会让我得意忘形。您总是笑着摇摇头，轻声叹口气，说我不知道天高地厚，忘了是谁把我培养成现在这个样子的。

以后，这句话只有我默默地对自己说了。

刚才突然下起了雨，雨声很大，但没一会儿就停了。空气中有了一些树木和泥土的清香，就像今天早晨我陪着您转布达拉宫的时候闻到的一样。

我记得刚考上电影学院的时候，我和您去见了一位前辈。他对我说有些事情别人能帮到你，但有些事情只能是孤身一人，那些要翻过去的坎没有人能替你。我当时看到您表情严肃，没有说什么。

应该是在隐隐为我担心吧。

这段时间，有很多很多人关心我。我很感动。我们会互相拍拍肩膀，紧紧拥抱。我只是感叹，您身边围绕着的怎么都是这么好的人。

以后的路，会有很多人和我并肩同行。我会像第一次跟您上山煨桑一样，累了就看看远处宽广的河流，从山脚下密密麻麻的房舍里分辨出家的位置，再边走边笑着爬上山顶。在那里，我们将高声呼喊您的名字，伴随着无数的风马旗飘向更远更远的地方。

不用再担心我了，好好静下心来喝杯酥油茶吧。

再见，阿爸。

儿子　久美成列

2023.6.28夜

"正因为不清楚自己在等待什么,
　等待才显得有点意思。"

目录

代序：再见，阿爸（久美成列）   i

松木的清香   1
我是一只种羊   25
我想有个小弟弟   65
第九个男人   83
一块红布   109
寻找智美更登   147
午后   259
神医   273
寻访阿卡图巴   285
岗   311
流浪歌手的梦   333
人与狗   351

跋：亲爱的万玛才旦（陈丹青）   358

松木的清香

我气喘吁吁爬到三楼楼梯口时，远远看到一个穿皮袄的牧民蹲在我的办公室门口抽烟。

我走到办公室门口，停下来看那个牧民。那个牧民二十几岁的样子，卷发，古铜色皮肤，是个青年牧民。

青年牧民站起来问我："这个办公室里上班的人是不是你？"

我看着他，点了点头。

青年牧民的样子有点张扬，站起来看了看自己手腕上的电子表，问："你为什么迟到了二十三分钟？"

我也看了看自己手腕上的手表，确实迟到了二十三分钟。我们下午两点半上班，现在是两点五十三。

我问他："你有什么事吗？"

青年牧民咄咄逼人，问："你们国家干部上班可以随便迟到吗？"

我往前一步，拿出钥匙准备开门。

我开门时，青年牧民还在抽烟。

我开门进去后，青年牧民也准备跟进来。他手里还捏着那根已经抽了一半的烟。

我把他挡在门口，说："你先把烟掐掉再进来！"

他看了我一眼，把手里的烟头扔到门口的水泥地上，用脚尖使劲踩了踩。水泥地上的烟头被他踩成了碎末，散发出烟丝的味道。之后，他就进来了。他带进来一股浓烈的烟草味和身上的汗臭味混杂在一起的奇怪的味道。

我只好走过去打开了窗户。窗户外面的阳光白晃晃一片，冬天凌厉的寒风"呼呼"地扑了进来。

青年牧民进来，慢条斯理地坐在了靠墙的那张长沙发上。

之后，青年牧民手腕上的电子表响了，发出一种怪异的女人的声音："北京时间，十五点整。"

我被这怪异的女人的声音吸引了一下，扭头看他。他也在看我。

我拿一块抹布一边擦办公桌，一边问："你什么事？"

青年牧民说："我们村里的一个人死了，我来开那个人死了的证明。"

我说："那叫死亡证明。"

青年牧民看着我说："就是那个东西。"

我又问："那个人是在哪里死的？"

青年牧民说："在医院里死的。"

我说："那你应该先在医院开死亡证明，没有医院的证明我们开不了。"

青年牧民说："那个人没有身份证，没有户口本，医院让我们先去找你们开证明。"

我问:"那个人的身份证、户口本哪去了?"

青年牧民说:"没找到,应该是丢掉了。"

我问:"死者年龄多大?"

青年牧民说:"三十二岁。"

我警惕地问:"怎么死的?"

青年牧民说:"喝醉酒骑摩托车撞到大车上,拉到医院没多久就死了。"

我接着问:"死者跟你什么关系?"

青年牧民说:"我跟死者一个村子。"

我停下擦桌子,问:"你有没有报案?"

青年牧民说:"没有,我直接从医院赶来的。"

我问:"肇事司机现在在哪里?"

青年牧民说:"肇事司机和我们村主任在医院里,肇事司机吓坏了,跟丢了魂似的。"

我问:"死者家人呢?"

青年牧民叹了口气说:"没有什么家人了,都死了。"

我问:"医院怎么联系到你们的?"

青年牧民说:"死者手机里有我们村主任的电话号码。"

我坐下来,打开了电脑。

我问:"死者是哪个村的,叫什么名字?"

青年牧民说:"多杰太,纳隆村的。"

我坐下来在电脑里查找,很快就找到了。

我问青年牧民:"你过来看,是不是这个人?"

青年牧民站起来,走到我后面,看着电脑屏幕上的照片说:"就是他。"

我盯着照片看了一会儿,说:"这个人我也认识。"

青年牧民从侧面看着我,问:"你怎么认识他?"

我说:"我们在小学里一起念过书。"

青年牧民说:"我知道了,他父母死后,他县上当局长的舅舅把他接到县上念书了。"

我说:"他小学没毕业又回去了。"

青年牧民说:"后来他县上当局长的舅舅也死了,他又回来了。"

多杰太和我是小学同学。我记得他刚到我们班上时应该是二年级,他的汉文很差,连自己的名字也不会写。

老师把"多杰太"三个字分开写在黑板上,让他跟着念。三个字占了整个的黑板。

老师念:"多,多少的多。"

多杰太念:"多,多少的多。"

老师念:"杰,杰出的杰。"

多杰太念:"杰,杰出的杰。"

多杰太停下来问:"老师,杰出是什么意思?"

班里的同学都笑起来,老师看着他说:"不要管它什么意思,跟着我念。"

老师接着又念:"太,太好了的太。"

多杰太跟着念:"太,太好了的太。"

后来,同学们就叫他"多少的多,杰出的杰,太好了的太",一长串名字,不知道的人总是问这是什么意思。他当时觉得这样叫他很有意思。

青年牧民可能也觉得这个有点好笑，就笑了一下，但是笑得很勉强。

那时候，我的学习成绩很好，基本上每个学期期末考试都是班上的第一名。多杰太为了提高自己的学习成绩，就从家里带来各种零食巴结我。我得到那些平时根本吃不到的零食之后也尽可能地帮他。我不知道那么多零食是从哪里拿来的，每次都不一样。有一次，我还问他你舅舅家是不是开小卖部的啊，他笑着说不是，他舅舅给他买的。我当时想，他这个当局长的舅舅家里该多有钱啊！

可是没有想到小学三年级上学期的期末考试成绩出来，多杰太成了我们班里的第一名，藏文考了98分，数学考了91分，更没想到的是，汉文竟然考了100分。而我只占了第三名的名次。班主任老师一个劲地夸他，叫那些学习差的学生要好好向他学习。当年教他写汉文名字的那个老师也对他竖起了大拇指，说这样下去以后上个大学没有任何问题。那个时候，我们那里还没有多少大学生，平时听说谁谁家的谁谁谁是个大学生，都惊讶得说不出话来。这种情况让我对他恨之入骨，十二分地后悔这两年收他各种零食，给他补习功课。之后，他对我还是很好，时不时从他舅舅家里拿各种零食到学校给我吃，但是我连他的一个水果糖都不再吃。他总是说没事，你就吃吧，哪怕你吃了也不用给我辅导功课。我放狠话说要不是你之前一直死皮赖脸地求我，我才不愿意给你辅导功课！三年级第二学期的期末考试成绩出来后，他还是考了第一名，而我成了第五名。从那之后，我就没再好好理他，他也不怎么理我，班里原先看不起他的那几个同学，反而成了他的朋友。

青年牧民笑着说："你们城里的小孩们心眼挺小的。"

我也笑了笑说："现在想想还真有那么点小心眼的意思啊。"

青年牧民说："那就是小心眼。"

我只好转移话题，说："再后来，我们小学快毕业时，他又回去了。几个老师都说这个孩子这样回去真是太可惜了。我心里倒是挺高兴的。他走后的那个期末考试，我的成绩又上去了，考了全班第一名。"

这时，青年牧民有点不耐烦地打断我说："行了，行了，既然已经找到了，就赶紧给他开已经死了的证明吧。"

这次我没有纠正他。

我正要开死亡证明时，青年牧民说："后来他没再继续念书，成了一个小混混。"

我停下来看他眼睛。

青年牧民没再继续往下说，突然打了一个喷嚏。

青年牧民接着又打了一个喷嚏。

我觉得他的样子很奇怪。

青年牧民做出继续要打喷嚏的样子，我盯住他看，他就忍住了，没有打喷嚏。

外面的风变大了，我把窗户关上。

青年牧民说："赶紧开吧，多杰太的尸体还在医院的停尸间里放着呢。"

我突然停下来对他说："我先去请示一下我们所长。"

青年牧民说："在你们这里办个事情真是很麻烦！"

我没有理他,自己出去了。

所长的办公室在二楼,他正在里面喝茶看一本书,我跟他汇报了情况。

所长说:"开上证明你也跟着去一趟,到县交警大队备个案。"

我和青年牧民开着警车出发去县上。

刚上路,青年牧民说:"我这辈子没坐过警车,心里有点害怕。"

我说:"只要没做坏事,就不用害怕。"

青年牧民说:"这是专门抓坏人的车,没做坏事心里也害怕。"

路上,我给青年牧民又讲了多杰太的一件事。

大概三年前,多杰太还找过我一次。

那天下午,我正在上班,一个牧民突然打开了我的门。

我被吓了一大跳。

那个牧民站在门口看我。

我问:"你有什么事?"

那个牧民站在门口突然哈哈大笑起来。

我又问:"你有什么事吗?"

那个牧民突然变得很严肃,说:"我是多少的多,杰出的杰,太好了的太。"

我站起来说:"多杰太!"

虽然我喊出了他的名字,但是我基本上认不出他了。站在我面前的这个牧民已经基本不是我记忆中的多杰太的样子。在他用那样的方式念出自己的名字之后,我才叫出了他的名字。

他说:"你总算认出我了,哈哈哈。"

我敷衍着说:"你变了,我差点就认不出你了。"

他说:"你没多大变化,走在大街上我也能认出你。"

之后,他说:"今天我请你吃饭吧,咱们出去吃。"

我刚好中午没事,就跟他出去了。

那天,他穿得还算整洁,气色也不错。

我俩去了一家看上去还干净整洁的藏餐馆。那天不知咋的,吃饭的人特别多。餐馆老板我们认识,是个充满活力的小伙子。他笑着说今天上菜可能不会那么快,需要等一等啊。我说没事没事,我们可以慢慢等。老板说那好吧,我们尽量快点上。我问多杰太咱们吃什么,他说你看着点吧。我就要了两斤手抓羊肉,一份牛肉包子。我问他这些够不够,他说够了够了,吃不了等于浪费。

老板给我们先上了一壶奶茶,说:"你俩先喝点奶茶吧,不然等着干着急。"

我说谢谢,谢谢,老板说不好意思,不好意思,奶茶是我送你们的。

我们喝奶茶时,我问多杰太:"咱们念小学时你的学习成绩不是很好吗?后来怎么没有继续念书啊?"

多杰太叹了一口气说:"命嘛,每个人的命不一样嘛。"

我说:"你那么聪明,你应该继续念下去的。"

多杰太说:"我也觉得我这个人脑袋瓜还挺聪明的,就是命不太好嘛。"

我说:"其实命还是有改变的机会的。"

多杰太笑着说:"说实话,你的脑袋瓜没我脑袋瓜聪明,这个你承认吗?"

我也笑了,说:"我承认,念小学时你很快就超过了我,这个我是万万没有想到的。"

他还是笑着说:"后来我才想明白了,那时候你不太理我,不吃我给你的零食,是因为你忌妒我,是不是这样?"

我说:"后来我上了大学之后,想起小时候的一些事,觉得那时候我是确实有点忌妒你的。我想你一个牧区来的孩子,刚来时连自己的名字也不会写的家伙,为什么就能超过我呢?"

多杰太笑了,说:"你终于承认了,我还以为你不会承认呢,你们这些读了书的人就是心胸开阔,就是不一样。"

我说:"这有什么不敢承认的,那时候我们都是小孩子嘛。"

多杰太笑着问:"那你现在还承认我的脑袋瓜比你的脑袋瓜好使吗?"

我笑着说:"现在就不好说了,要是咱俩一起读了大学就知道了。"

他一下子变得伤感了,说:"是啊,这就说明我的命没你好啊!如果我的命跟你的一样好,我想我也跟你一样读了大学,成了国家干部吧?"

我赶紧说:"当然当然,这是最基本的。"

他马上又开朗起来,说:"算了,说这些没有用,这些都是命里注定的事情,谁也改变不了。"

我看着眼前这个几乎认不出来的小学同学，不知道该再说什么。

他却指着我说："本来今天我是准备好了请你吃饭的，但是现在一想，今天应该由你来请啊，你都是堂堂正正的国家干部了，应该请我这个小老百姓小学同学吃个饭啊，哈哈哈。"

我马上说："好，好，完全没问题，完全没问题。"

我们喝完一暖瓶奶茶，点的东西终于上来了。老板说手抓羊肉给你们多加了半斤，包子多加了六个，送的，不收钱。我说感谢感谢，不用这样。

最后，手抓羊肉基本被多杰太吃了，我吃了几个牛肉包子。

他边吃边说："手抓羊肉不错，牛肉包子也不错。"

吃饭时，我们还喝掉了七瓶啤酒。

那天中午，除了吃饭，我们还没话找话地聊了一些事情。

最后，我问他："你真的相信命吗？"

他说："当然相信，不然咱俩之间为啥会有这么大的差距呢？"

我看着他，不知道该怎么接话。

他却说："人跟人的命运就是不一样，这是改不了的。"

我说："你也不能这样说吧。"

他说："人跟人的命就是不一样，我这种人注定只能活成这个样子了。"

我没再说什么，也不知道该说什么。

青年牧民突然问我："他没有问你借钱吧？"

我说："没有，他没有跟我提过钱的事。"

青年牧民说："那算好的。他借了很多人的钱，借了都不还。"

我问："他借那么多人的钱干吗？"

青年牧民说："哎，几年前多杰太开始打麻将赌钱，我们村里也有几个跟他差不多的混混，但是那几个根本就不是他的对手，几个月之后就把一点本钱在多杰太手里输了个精光。多杰太后来去了州上，跟州上的那些混混们赌，我们都担心他很快就会输个精光滚回来，没想到他在州上也站住了脚。听说还赢了不少钱，买了辆二手的桑塔纳，找了个城里女人，过起了城里人的日子。有一次他还开着那辆桑塔纳，带着那个城里女人回村里了，很风光，村里人看他的眼神都是羡慕连带忌妒的——"

我一边开车一边问："那他后来怎么就成了那个样子？"

青年牧民说："后来，后来他就不行了。"

我问："怎么了？"

青年牧民："后来听说他惹了州上的一个地头蛇，那个地头蛇专门从兰州请来了一个打麻将赌博的高手，设局让他上当。听说那时候多杰太手上都有一百万元人民币，我们都吓坏了，心想这家伙真是很厉害！听说他们打了三天三夜的麻将，最后多杰太输了，一百万元就没有了，那辆二手桑塔纳也没有了，那个女人也离开了他——"

青年牧民叹了一口气，我继续开车。

青年牧民接着说:"他到处找人借钱就是从那时候开始的,他说他一定要把输掉的赢回来,但是从那以后,好运气就离开他了,他越赌越惨,最后背了一屁股的债,而且喝酒喝上瘾了,你要知道之前他虽然赌博,但酒是轻易不喝的。"

我一边开车一边想,我那次见他应该是在他输了钱之后吧,但是我想不通他怎么就没问我借钱。他那次即便问我借钱,我也是没有什么钱可以借给他的。我那时候正在凑钱买房,准备跟交往了三年的女朋友结婚呢。

看我不说话,青年牧民问:"之后你还见过他吗?"

我说:"没有,那是最后一次见他。"

青年牧民说:"等会儿你又能见到他了。"

我点了点头。

青年牧民说:"听说他还借了高利贷,最后还不上,右手的一根手指头被人剁掉了呢!"

我没有说话,继续开车。那天还下了点小雪,路面有点滑。

到了医院,青年牧民指着一个中年牧民说:"他是我们村主任。"

中年牧民过来跟我握手。他看上去满脸沧桑,额头上的皱纹一道一道的,整个人裹在藏袍里,疲惫不堪。

青年牧民又指着另一个人说:"他是肇事司机。"

肇事司机不是本地人,应该是个甘肃人。他看上去很紧张。

我们拿着证明办了医院的手续。

我见到死者时,有点出乎意料。死者身上没有明显的伤痕,差不多跟我上次见到时一样。

我问肇事司机:"是你撞的吗?"

肇事司机辩解道:"不是我撞的,是他自己撞我车上的。"

我问肇事司机:"什么意思?"

肇事司机有点紧张,说:"那天我给寺院拉水泥,回来路上突然从倒车镜里看到有人骑着摩托车直接撞到我车上了。"

我问:"然后呢?"

肇事司机说:"然后我停车下去看,一个人和一辆摩托车翻倒在路边,摩托车挡风玻璃碎了,人倒在地上不动。"

我又问:"然后呢?"

肇事司机说:"然后我把他送来了医院。"

中年牧民插话说:"我们接到医院电话,赶到医院时,他已经死了。"

肇事司机说:"他那天喝了酒。我送他来医院时,他身上全是酒的味道。"

中年牧民补充道:"医生也说他喝了酒,我们到医院时还闻到他身上的酒味。"

我仔细看了看躺在太平间床上赤身裸体的死者的尸体,他的右手确实缺了一根手指头。

我对中年牧民和青年牧民说:"你们先去火葬场办手续,我带肇事司机去一趟交警大队,再来找你们。"

之后又对肇事司机说:"你开上卡车跟在我后面,注意不要跟丢了。"

肇事司机点头，嘴里说："不会跟丢，交警大队位置我知道，去过好几次。"

下午五点半，我和肇事司机、交警扎西赶到火葬场时，中年牧民跟我说："你们来了刚好，我们请寺院的活佛算过了，正好今晚八点可以火葬，不用再等。"

我马上问："死者在哪里？"

中年牧民说："我们已经收拾好了。"

随后，他带我们去了火葬场停尸间。

我们看到死者已经被绑成了一团，呈双手合十打坐状放在墙角，上面盖着一条哈达。

我问："你们怎么这么快就收拾好了？"

中年牧民说："火葬前就得这样收拾好啊，再过半小时就火葬，不然怎么让亡者入葬？"

我看了看交警扎西，他马上说："死者今晚不能火葬，死者死因可疑，我们得等法医的尸检报告。"

中年牧民说："不行，已经绑好了，不能再解开！"

交警扎西对我说："你跟他们解释，必须等尸检报告出来才可以！"

中年牧民和青年牧民态度也很强硬，鼻子里发出"哼哼"的声音，不理我们。

交警扎西看着他俩问："听说死者出事之前还喝过酒？"

中年牧民说："我们到医院时从他身上闻到了酒味。"

肇事司机也赶紧说："我送他去医院时，他身上全是酒味！"

交警扎西问:"出事之前他跟谁一起喝的酒?"

中年牧民和肇事司机赶紧摇头,说:"不知道。"

交警扎西说:"所以我们必须得查清楚。"

中年牧民说:"他平常就是个酒鬼!"

交警扎西说:"调查清楚前,你不要随便讲话,这是要负法律责任的!"

中年牧民和青年牧民互相看了看,又一起看我。

我把他俩拉到一边讲了事情的严重性,但他俩似乎还是没有意识到事情的严重性。

我只好说:"今晚火葬肯定不行。"

中年牧民看着我和交警扎西说:"你俩也是黑头藏人,这尸体一旦绑上了就不能解开,而且下葬的时间也不能随便改,你们年轻也许不懂这些规矩,但你们可以问问你们的长辈啊。"

交警扎西说:"规矩是规矩,法律是法律,现在得按法律来。"

我对中年牧民说:"打个电话跟活佛解释一下,不然出了问题谁也负不了这个责任!"

中年牧民拉上青年牧民去给活佛打电话。

他俩拿着手机点头哈腰说了不少话。

打完电话,中年牧民过来说:"错过今晚的时间节点,下次火葬还要等七天。"

交警扎西不说什么,拿出一根烟点上。

我说:"只能这样了。"

青年牧民说:"现在怎么办?"

交警扎西说:"你俩先回去吧,有事再找你俩。"

肇事司机站在一边,可怜兮兮的样子,问:"那我怎么办啊?"

交警扎西说:"事情查清之前你不能离开县上。"

肇事司机张了张嘴没再说什么。

第二天,我开始调查死者喝酒的事情。我按死者手机的通话记录把最后一个号码拨了过去,找到了最后跟他联络过的人。

那人听说多杰太死了,不相信,说这怎么可能。

我说我是派出所的,他就马上相信了。

那人在电话里说了一些生命无常之类的话。

我在电话里问那人:"他去找你干什么?"

那人说:"他来找我借钱。"

我问:"你有没有借钱给他?"

那人说:"没有。谁都知道借钱给他等于打水漂。"

我问:"你跟他是怎么认识的?"

那人说:"我跟他是在州上认识的。那时候他有点钱,人也挺张扬,我们就认识了,成了酒肉朋友。他这个人喜欢花钱,我们出去吃饭喝酒玩都是他埋单,从来不让我们埋单。对了,那时候我也在州上做点小买卖,后来买卖不行了就回来了。"

那人顿了顿之后又说:"其实我对他这个人了解不是很多,我们也就是酒肉朋友而已。"

我问:"他说了借钱干啥吗?"

那人说:"他说他遇到了一个女人,他要娶那个女人做老婆。"

我问："那天他有没有喝酒？"

那人说："没喝。"

我问："你之前知道这件事情吗？"

那人说："不知道。我只知道那两年他有钱的时候有一个城里女人跟过他，他输光之后那个女人就离开他了。"

我问："他还跟你说了什么？"

那人说："我没给他借钱之后，他还拿出一个女人的照片说你可能觉得我在跟你撒谎吧，我向三宝发誓，我这次说的可是真话，我遇到这个女人之后，就去寺院对着佛菩萨发誓以后不再赌博了，发誓以后要好好过日子。我还看了一眼照片上的女人，就是一个看上去三十多岁的女人，长得挺朴素的，红脸蛋，感觉很老实。我还问他你以前借别人的那些钱怎么办啊？他说以后想办法还呗，总会有办法的。"

我问："他问你借多少钱？"

那人说："他说十万，十万就够了。"

我咳嗽了一下，那人接着说："虽然他那天的样子看起来不太像在撒谎，但我也不可能借钱给他的，他欠别人的钱实在是太多了。"

我点了一根烟，问那人："还有什么要补充的吗？"

那人说："他那天穿了一件半新的黑西装，还打了一条红领带，看上去感觉怪怪的，不太像平时的他。"

我问："还有吗？"

那人想了想，接着说："对了，他那天还带着一瓶青稞酒。"

我赶紧问:"然后呢?"

那人说:"然后就没什么了。没借到钱他就骑摩托车走了。"

我问:"他走之前没喝那瓶青稞酒吗?"

那人说:"没有,他走之前没有打开那瓶青稞酒。"

我说:"他有没有跟你说什么?"

那人想了想又说:"他走之前从随身背着的包里拿出那瓶青稞酒说我们认识这么多年了,我以为我们是那种真正的朋友,来之前还想着你借我钱之后咱俩可以喝掉这瓶青稞酒,小小地庆祝一下,现在看来是不用打开酒瓶盖子了。"

我问:"他还说了什么吗?"

那人肯定地说:"没有,没有再说什么。他把那瓶青稞酒装回包里就骑着摩托车走了。"

我说:"他被送到医院抢救时,医生说他喝了酒。"

那人说:"那我不知道。他可能是在路上喝掉了那瓶酒。"

我问:"为什么这样说?"

那人说:"我猜的。可能他没借到钱,心情不好就喝了青稞酒。他离开时,我看他情绪有点低落。"

查来查去,最后的结论是他自己在路上喝了酒。

周一下午三点,尸检报告出来了。

交警扎西把尸检报告交给我说:"可以排除其他因素,就是一场正常的交通事故,而且是死者自己的责任。我们调看了监控，是死者自己超速撞上卡车导致颅内出血死亡的。"

我还想问几个问题，最后都没有问。

交警扎西说："你通知他们可以火葬了。"

过了几天，中年牧民和青年牧民开着一辆皮卡来了。

他们也不跟我说话，直接去收拾尸体。

尸体放太长时间变得僵硬了，但他们最后还是让尸体呈现出双手合十打坐的样子。

火葬场管理员是个瘸子，四五十岁的样子。他穿着一件油腻的大衣一瘸一拐地过来问我们用柴油烧还是用松木烧。

中年牧民和青年牧民问："有什么区别？"

管理人员说："主要的区别就是价钱的区别，柴油烧六百元，松木烧一千元。"

中年牧民和青年牧民商量了一下说："柴油烧就可以。"

管理人员点点头，一瘸一拐地往焚尸间门口走。

我叫住管理员说："用松木吧，这个钱我出。"

中年牧民和青年牧民看着我，似乎在猜我在想什么。

我只是对他俩点了点头，没有说什么。

死者被我们放进了那个佛塔状的焚尸炉里，被管理员一把火点着了。焚尸炉里面发出"噼里啪啦"的奇怪声音。

没过多久，焚尸间里面充满了一股奇怪的刺鼻的味道。我有点不适应，用手捂住了鼻子。

之后，我和中年牧民、青年牧民出来抽烟了。

点上烟之后，我问中年牧民和青年牧民："亡者之前有没有跟你们说过要跟一个女人结婚之类的事？"

青年牧民表情木然地摇头。

中年牧民想了想说："有一天晚上他突然给我打电话跟我说他跟一个女人好上了，打算娶她。还说那个女人也愿意嫁给他。"

我问："还说了什么？"

中年牧民说："他说他想回村里住了，问我修缮一下他家的老房子大概需要多少钱，还问我娶个女人各种乱七八糟的开支大概需要多少钱，我估算了一下就说简单一点十万元差不多了，他说他大概知道了。我问他你怎么突然想回来了，他说他年纪也不小了，就想回来了。"

这时，青年牧民说："他那么个人，回村里踏踏实实过日子不太可能吧，再说还有女人愿意嫁给他也是很奇葩的事情呀！"

中年牧民说："不知道，也有可能吧，这世上什么样的事情都是有可能发生的。"

青年牧民突然问我："你为什么问这些事情？"

我说："没什么，没什么，随便问问。"

他们没再说什么，我也没再问什么。

我们三个正在抽烟时，管理员拿着一根木头正往焚尸间走，随口说："刚刚落下了一根木头，我把它放进去。"

我喊住管理员，从他手里接过那根木头仔细看。那是一根松木，似乎还没有干透。

四周没有风，空气像凝固了一样，很冷。我把那根松木拿到鼻子下面闻了闻。我突然间闻到了一股淡淡的松木的清香,很特别。

管理员和中年牧民、青年牧民用奇怪的眼神看着我。

我把那根松木递给中年牧民,他也把松木拿到鼻子底下闻了闻,说:"这味道很好闻。"

中年牧民把那根松木递给青年牧民,让他闻。

青年牧民闻了闻,说:"嗯。"

管理员看着我们说:"肯定是松木的味道好闻啊,柴油的味道太冲了,我到现在还不适应。"

我们没再说什么。中年牧民把那根松木递给管理员,管理员拿着松木进了焚尸间。

之后,我们三个又各自抽起了烟,谁也不愿意再多说一句话。从我们站着抽烟的位置能看到焚尸间房顶的烟囱里冒出一股黑乎乎的烟。中年牧民偶尔突然念诵几句经文。

抽完烟,中年牧民对青年牧民说:"咱俩去给亡者点个酥油灯吧。"

说完,他俩就去了专门为亡者家属订制的小佛堂。我继续站在那里点上了一根烟。

大概三个小时之后,多杰太变成了一小袋骨灰。青年牧民手里拿着那袋骨灰,面无表情地看着管理员把焚尸间的门关上。我看着青年牧民手上的那一袋骨灰,有一种很恍惚的感觉。

中年牧民和青年牧民问管理员哪里可以撒骨灰。

管理员指着火葬场门口右侧一个小山包说可以撒在那

里，那个地方被某个大活佛加持过。

我说："你们可以把骨灰带回村子里吧？"

中年牧民说："这种非正常死亡的，我们一般不会把骨灰带回村子里的。"

我把手头的烟扔掉，跟他们一起往外面走。

那天外面的风不是很大，我们把骨灰撒到外面那个四周全是各种垃圾的小山包上，一些细碎的粉末状的骨灰沾在了我们的手上，我们的脸上，我们的头发里，我们的衣服上。

我想，一些骨灰肯定也被我们吸进了肺里。

撒完骨灰，掸掉残留在手上、脸上、头发里、衣服上的骨灰后，我们三个人不由地咳嗽了起来。

"喀，喀喀，喀喀喀，喀，喀——"

我们三个人咳嗽的声音短促而有力，听起来是那么富有节奏感。

我是一只种羊

我是一只种羊。

我的任务就是给母羊们配种。

但我不是一般的种羊,我是这个草原上唯一一只坐过飞机的种羊。

后来我跟其他的种羊讲我坐过飞机,它们压根就不相信。说实话,我对它们有点不屑一顾。我骨子里觉得我比其他种羊要天生地高级一点。所以,我也就懒得跟它们解释。但是后来它们也相信了。我觉得这是迟早的事。

我跟很多当地的牧民也讲我是坐飞机来到这个草原上的,他们也跟那些种羊一样,压根就不相信我说的话。他们斜眼瞪着我说:"我们是人,我们这辈子都没福报坐一次飞机,你一只种羊就坐过飞机了?"

我对他们的看法还是比较重视的,因为他们是人。我觉得人是比我们高级一点的动物。因为这个原因,我就一本正经地跟他们说:"我不是一般的种羊,我是种羊中的种羊,我是从新疆盆地千挑万选之后才被飞机运到你们青藏高原的。"

其中一个牧民不屑一顾地看着我，哈哈大笑着说："我们这里只有活佛一人坐过飞机，而且他也只坐过一次。活佛坐过飞机，那是因为活佛的福报大。你说你也坐过飞机，那你的意思是说你的福报和我们活佛一样了？"

很多时候我觉得人这种动物也很傻，他们往往不喜欢接受事实。我看着他们的样子不想说话，后来还是忍不住说了："我没说我的福报跟你们的活佛一样大，我只是说我坐过飞机而已，你们不相信就算了，我也不想再说什么了！"

我之所以忍不住说话，也因为他们是人。

另一个牧民靠近我，笑着说："飞机是那些有身份的人物才能坐的，比如说国家的主席啊，比如说我们省的省长啊，比如说我们县的县长啊，比如说我们这里的活佛啊，只有这些有头有脸的大人物才能坐的！你懂不懂？你一只种羊，你一个畜生，怎么可能有这样的福报！"

我确实不想再对他们说什么了。我觉得即便是人，有时候也跟我们种羊是没有什么区别的。

那个牧民对其他几个人说："你们记不记得，那次活佛坐飞机回来，我们这个草原上几乎所有的男子都骑着马去迎接了哪！那场面真够壮观啊，每个人都对活佛敬献了哈达，哈达四处飞舞，彩虹挂在天上，夹道迎接的马队足足有几千米长呢。"

其他人也眉飞色舞地说着当时的一些情景。

听着他们的话，我想起那次飞机降落到草原上时，也有一些人前来迎接我，也有一些人给我献上了洁白的哈达，就又忍不住说："当飞机降落到草原上时，也有一些人给我献了哈达呢。"

他们惊讶地看着我，半晌才说："是吗？那些人为什么给你献哈达！？"

看着他们的目光，我有点不好意思了，说："就是因为我不是一只一般的种羊啊！"

牧民们在笑，他们压根就不相信我说的话，有人说："都是些什么人去迎接你的呢？"

我想了想，说："说实话，迎接我的人肯定没有你们说的迎接活佛的人那么多。但来迎接我的最少也有一百来号人吧，他们是乡上和村里的一些干部，两个兽医，还有很多牧民朋友。"

他们继续在笑，其中一个牧民说："你就像个吹牛大王一样吹吧！"

我有点不好意思，顿了顿继续说："我不是什么吹牛大王，我也真的不是在吹！我清楚地记得当时的情景。我刚下飞机时，还有点晕乎乎的感觉呢。那些干部和兽医们应该是第一次看到我这样的种羊，他们一边在我脖子上系上哈达，一边用好奇的目光看着我。还有那些牧民们，他们没有给我献哈达，他们只是好奇地看着我。我当时也不知道哈达是个什么东西，后来才知道那是你们用来表示崇高礼节的好东西。"

一个牧民一副怒气冲冲、忍无可忍的样子，说："给你献哈达，给你一个畜生献哈达。你不要玷污了我们圣洁的哈达！"

我就没再说什么。这时，我还想起当时一个戴着眼镜的知识分子模样的家伙在我的额头上挂上了一朵大红花，说："我是这里的兽医，欢迎你来到我们美丽的青藏高原！"

另一个穿破大褂的家伙俯下身看了看我下垂的睾丸，用手摸了摸，掂量了一下，说："这家伙肯定行，这家伙的东西像个秤砣一样地垂着，最少也有两斤重吧，还晃来晃去的呢！"

我记得当时所有在场的人都在看着我笑。

我很生气，就拿眼睛瞪他。

他看出我在生气，就说："我也是这里的兽医，你不要生气，我这是在夸你！就是因为你的东西大，所以才有福气坐飞机的，要不然为什么其他种羊不能坐呢。"

在场的人都笑了，我更加不好意思了。我就干脆转过脸去不去看他们。

这些我都没跟牧民们讲。一整天，那个戴眼镜的兽医和穿破大褂的兽医的样子在我的脑海里晃来晃去的，他俩的样子很滑稽，怎么赶也赶不走。

其中一个牧民看见我若有所思的样子，就踢了我一脚，说："你还想什么呢，跟那些母羊配种才是你最正经的活儿！"

他这句话说到了点上，一下子让我清醒了。确实，就像我前面说过的，跟母羊们配种才是我最正经的活儿。那个穿破大褂的兽医说得对，把我像个大人物一样用飞机运到这片草原上,不是为了别的,就是为了让我跟这里的母羊们配种。我应该时刻牢记这一点。我不能因为坐过一次飞机就忘乎所以了。

我被装进一辆破北京吉普里面,颠簸了很长时间,才到了一个地方。

那是一个很开阔的地方,四周没有什么山,只是空旷一片,我实在没办法描述出来那是一个什么样的地方。

有人把我抱下车之后,我被外面强烈的阳光刺得睁不开眼睛。

等我慢慢睁开眼睛,渐渐适应那样的阳光时,我发现在我后面有几排砖木结构的房子,但看上去不太结实,摇摇欲坠的样子。我觉得这些房子和这片开阔的草原很不搭配。

那个戴眼镜的兽医抽着烟,吐着烟圈对穿破大褂的兽医说:"你看这家伙萎靡不振的样子,是不是有高原反应了?"

穿破大褂的兽医说:"应该是有高原反应了,当时我到这里也是头昏脑涨的,高原反应了好长时间呢!"

戴眼镜的兽医笑着说:"自从你娶了村主任家的女儿之后,我看你就没有任何反应了。"

那个穿破大褂的兽医也在笑,说:"可是娶了村主任家的女儿之后我就回不去了。你看还不如这只畜生呢,坐着直升机到了这儿。"

戴眼镜的兽医说:"坐飞机?我看咱们这辈子也没有

这个命了!"

穿破大褂的兽医叹了口气说:"算了算了,不说这些了。咱们什么时候让它跟母羊们配种啊?"

戴眼镜的兽医说:"是啊,乡长书记都很着急了,他们已经在各个村子里做好了动员工作,各个村子已选出最好的母羊准备配种呢。"

穿破大褂的兽医哈哈笑着说:"是啊,是啊,各个村的村主任书记们都好像在等着一个宗教仪式的开始一样!"

戴眼镜的兽医也笑笑说:"是啊是啊,但还是等几天吧,让它休息休息,万一这家伙因为水土不服出了什么事,责任在咱头上,咱俩可担当不起啊!"

穿破大褂的兽医说:"是啊,就让它好好休息几天吧。"

戴眼镜的兽医扔掉嘴里的烟头,嬉皮笑脸地说:"好吧,好吧,不过我觉得这家伙真是有福气啊,从那么多母羊里挑选出来的最好的母羊们在等着它呢。"

穿破大褂的兽医看着他嬉皮笑脸地说:"怎么,你羡慕它了。那下辈子你也投胎去新疆做个它这样的种羊吧。"

戴眼镜的兽医拉下脸很正经地说:"你这家伙说什么呢,这样的玩笑最好不要开!"

穿破大褂的兽医说:"这有什么,要是有机会投胎,我就想投胎做个它这样的种羊呢,除了有那么多母羊,还能坐飞机呢!"

戴眼镜的兽医瞪了他一眼,说:"那你赶快去投胎吧,我祈祷你投胎成功!"

我被这两个家伙的对话逗得笑喷了,笑了好一会儿才止住笑,对穿破大褂的兽医说:"我还想下辈子投胎做人呢!你若想投胎做种羊,咱俩就换吧,这样可能好投一点。"

听了我的话,那家伙火了,狠狠地踢了我一脚说:"投你个头,你还想投胎做人?你就做梦去吧你,一个畜生投胎做人是需要积好几辈子的德的!"

我没再说什么,我再说他肯定还会踢我的。但是我心里觉得真的有点不公平,是他说要投胎做种羊的。我只是说我们可以换着投胎,结果他却发火!可能就是因为他是个人类吧。

戴眼镜的兽医看我不吱声了,就盯着我说:"你看这家伙,刚刚眼神还迷迷糊糊的样子,这会儿就有点正常了,适应能力还挺强的。"

穿破大褂的兽医说:"这一点这些畜生比咱们人可强多了。"

之后,两个人就看着我笑。

我看着他们的样子有点生气,就瞪了他俩一眼。

戴眼镜的兽医笑着对我说:"你也不要瞪我了,以后咱们就是拴在一条绳子上的蚂蚱了,你的任务就是给母羊们配种,我们的任务就是好好地为你们服务,说到底都是为大家服务。"

穿破大褂的兽医听了有点来气,说:"这么说咱俩还不如这只畜生了呢!"

戴眼镜的兽医说:"都是干工作,干工作没有贵贱之分,这个家伙坐飞机到这儿给母羊们配种也是为了干工作嘛,呵呵。"

穿破大褂的兽医没再说什么，只是拿眼睛瞪着我。

半个月之后，我就完全适应了这儿的环境。

半个月之后，大规模的配种也就开始了。

我记得很清楚，那是个秋高气爽的清晨。太阳刚刚升起来，阳光照在草地上，金黄一片，空气中充满着一种干草的味道。我深深地吸了一口气，将那种干草的味道和阳光一起吸进身体里，然后情不自禁地想："这真是一个适合配种的好天气啊！"

我被那两个戴眼镜和穿破大褂的兽医带到了一排栅栏前面，栅栏被分隔成了很多块，我看见里面有很多母羊。

看见我们过来，很多人就开始争吵起来。我发现半个月前去接我的、给我献过哈达的几个村主任也在中间。

我问戴眼镜的和穿破大褂的兽医："他们这些人吵吵嚷嚷地在干什么？"

戴眼镜的兽医很诡异地笑着对我说："他们这是在争你呢。"

我很疑惑，问："争我？争我什么？"

穿破大褂的兽医皮笑肉不笑地说："他们在争你第一次配种的机会！"

我还是没听懂，说："什么？"

戴眼镜的兽医就有点严肃地说："这里有好几个村的村主任，每个村的村主任都带了自己村最好的母羊要跟你配种，他们都想让你第一个跟他们村的母羊们配呢。"

我突然笑出了声，说："我的第一次早就献给我们新疆那边的母羊了，我早就没有第一次了。"

两个兽医懵了一下,半晌没反应过来,最后才说:"什么?你到我们青藏高原,来跟我们的母羊们配种,不是第一次?"

我还是笑着说:"当然不是,我已经跟无数的母羊配过种了,而且也正是因为跟我配种生出来的羊羔质量好才被选中,然后用飞机送到这儿来的。"

两个兽医有点恍然大悟的样子,看着我说:"噢噢,原来是这样,难怪你是坐飞机来的呢。"

我也有点半开玩笑地说:"不过我还是很期待跟这里的母羊们配种,那一定很刺激。"

他俩的表情很严肃。我发现他俩看我的眼神完全变了。我觉得他俩开始对我另眼相待了。

他俩把几个村主任都喊过来,说:"现在可以配种了,你们谁先来?"

几个村主任笑着对两个兽医说:"小伙子,不要搞错了,不是我们要配种,是我们的母羊要跟它配种!"

大伙儿哄笑起来。

有个嗓子有点嘶哑的村主任很暧昧地说:"再说,我们都是公的,公的跟公的怎么配啊!"

大伙儿的笑声更大了。

两个兽医显得有点不好意思,但又理直气壮地说:"我俩当然知道不是跟你们配,我俩的意思也是说哪个村的母羊们先跟它配?"

大伙儿就不笑了,又"我先来,我先来"地喊起来。

戴眼镜的兽医对几个村主任说:"我知道你们都想跟

这只种羊第一个配,那这样吧,咱们就通过抓阄来决定你们配种的顺序吧。"

其中一个个子小点的村主任对一个个子大点的村主任说:"你看你看,他又说成咱们要跟这只新疆的种羊配种了。"

个子大点的村主任对个子小点的村主任说:"都什么时候了,还说这个,我看还是赶紧去抓阄吧,让自己的母羊们先配上种才是要紧的事情!"

穿破大褂的兽医已经做好抓阄用的纸条,揉起来放到一个碗里拿过来让村主任们抓。

没抓阄之前一个村主任对两个兽医说:"那天我不是跟你们一起去接它的吗?我还给它献了哈达呢!它没到这个草原之前我就听说它很厉害,没到这个草原之前我就对它充满了信心,那天见到之后就更有信心了。"

几个村主任都盯着他看。

戴眼镜的兽医问:"你说这话是什么意思?"

那个村主任看了看其他几个村主任,有点不好意思地说:"我的意思就是能不能让我先配。"

其他几个村主任"不行不行"地嚷嚷起来。

那个村主任对我说:"你还记得我吧,那天我专门给你献了一条哈达呢,你就表个态,先给我配吧。"

我有点想笑,心里说:"我怎么给你配啊,我只能给你的母羊配!"

他似乎看出我心里在想什么,补充似的说:"而且我的母羊们在这片草原上是以健壮美丽著称的。"

这时,其中的两三个村主任嚷嚷起来,说:"我们也给它献过哈达啊！我们的母羊们也不错啊！"

那个村主任瞪了一眼刚刚嚷嚷着的那两三个村主任，压低嗓门对我说："你不记得了吗？我献给你的是最长的那条哈达。"

他这样一说我就记起来了。确实有人给我献了一条很长的哈达。后来，那条哈达缠在我的前腿上，把我给狠狠地摔了一跤呢。

我当时还在心里骂了一句："哪个家伙这么缺德给我献这么长的哈达？"

现在这个家伙出现在我的面前我就气不打一处来，瞪了他一眼说："这么多村主任都在这儿等着呢，我看就通过抓阄来决定先后吧，这样也公平。"

戴眼镜的兽医就顺着我的话说："大家伙儿赶紧抓阄吧，时候也不早了。"

那个村主任瞪了我一眼说："哼，我算是白给你献那条上好的长哈达了。"

我也没再理他。

村主任们开始抓阄。没过十分钟，结果就出来了。

结果是那个刚才喊着要第一个配种的村主任抓了第一。

他看着其他几个刚刚嚷嚷着的村主任冷笑了一声，没说什么。

其他几个村主任也只是瞪着他看，没说什么。

他走过来牵住拴在我脖子上的那根绳子说："走吧，去给我配种吧，这下你没有什么可说的了吧。"

我没话可说，看了一眼站在旁边的两个兽医。

两个兽医也拍了一下我的背,说:"去吧,赶紧去配吧,时候不早了。"

我就这样被带进了一个被栅栏围成的羊圈里。

我一进去就傻眼了,放眼之处全是些很健壮、很美丽,处处洋溢着生命气息的母羊们。我之前没有见过这么健壮、这么美丽的母羊。

那些母羊们站成一排,远远地看着我。我感觉到了一种挑衅的意思,身上的血直往头上冲,一时间有点眼花缭乱了。

那段时间也是我的发情期。每到发情期,我就觉得我的身体里有一股血流在奔突,在横冲直撞,让我躁动不安。人们选择在这个时候把我用飞机运到这儿也是因为这个原因吧。其实,还有很多我的同类正坐着火车、坐着卡车从遥远的新疆赶往这里。我被选中在我的发情期和他们这里最好的母羊们交配,然后看配出来的结果怎么样。

我听到了人们兴奋的喊叫声,不由得回头看,栅栏周围密密麻麻地站满了人。一时间,我的脑袋有点晕眩,我的视线有点模糊,看不清那些人的面孔。突然间,我听到有人喊:"赶紧啊,赶紧啊,你怎么回事啊,是不是到我们青藏高原上你就吓傻了,不行了?"

这话激怒了我,我一下子清醒过来,我直直向那些母羊们冲去。

我向那些母羊冲去时,我还听到了人们一阵阵的呐喊声。

这些呐喊声更加刺激了我,我没有回头看那些呐喊着的人们的样子，我只顾着往前冲，冲。

那些母羊们看见我的样子，有点惊慌失措。除了几只还泰然自若地站在那儿，其他的都在羊圈里四处奔逃，躲避着我。

我直接冲向那几只显得泰然自若的母羊们。

看见我冲过来的样子，它们显然也慌了，准备转身往后面跑。

我看准一只体格健壮美丽的母羊，冲过去，将它逼进某个角落里，将两只前腿搭在了它的背上，然后就什么也不记得了。

等我稍稍清醒过来时，听到这群母羊的主人、那个村主任兴奋地喊着："不错，不错，这新疆来的种羊果然很厉害，很厉害！"

我留意了一下其他人的反应，其他人显然也很兴奋。尤其是那两个兽医，他们很惊讶地看着我，想说什么又说不出来的样子。

我留意了一下那只刚刚和我交配过的母羊。它还在那个角落里，低低地看着我，目光中充满柔情，身上散发着一种女性特有的气息。

我再看其他的母羊时，它们的神情似乎也变了，尤其没有了刚刚那种挑衅的意思。这一点让我很舒服。我甚至感觉到它们看我的眼神中有一种期待。

这一天接下来的事情我就不想再细说了，就是一次又一次地交配，说出来也没什么意思。

有一件事我觉得值得说一说，说出来也许你们会觉得有点意思。到了下午,有好几个村主任给我戴上了大红花,他们个个都竖起大拇指夸奖我。我的胸前、背上全是那种十分鲜艳的大红花。看着他们不时竖起来的大拇指,我心里有一种满足感,脑袋有一种晕乎乎的感觉。

还有两个兽医对我的态度也彻底地改变了。尤其是那个穿破大褂的兽医,他很激动地看着我说:"你真是太厉害了,你真是太厉害了!"

戴眼镜的兽医好奇地看着他说:"人家厉害,你瞎激动什么呀!"

穿破大褂的兽医的脸有点红了,说:"没什么,没什么,我就是觉得这家伙很厉害。"

戴眼镜的兽医就笑了笑,没再说什么。那天下午,他们给我喂了最好的饲料,这一切让我觉得很享受。

有一件事我觉得值得说一说。作为一只种羊,这件事让我终生难忘。

这件事的整个过程我是后来才慢慢回忆起来的。

下午吃饲料时,我突然记起跟母羊们交配的时候,栅栏外面总是有几只体格强壮高大的种羊在远远地盯着我看。它们是这里的藏系种羊。我见过它们。我当时有点纳闷它们为什么总是盯着我看。但当时的我只顾着和这些新鲜的母羊们交配,浑身上下全是兴奋劲儿,没顾上细想什么。

下午,当我吃完那顿上好的饲料,准备躺下来休息一会儿时,那几只种羊突然间围住了我。

它们的目光有点凶狠,盯着我看的样子有点可怕。这时那两个兽医也回自己的宿舍休息去了。说实话，看着它们的那个样子，我心里有点害怕。但我还是装作一点也不怕的样子，盯着它们问："你们想干什么？"

它们只是用凶狠的目光盯着我看，不说话。

我有点更加心虚了，还是盯着它们，说："我刚刚看见你们了，你们就在栅栏外面。"

它们还是不说话。

我眨了一下眼睛说："你们刚才在栅栏外面干什么？"

其中一个家伙终于忍不住开口了，说："你说我们在那里干什么？"

我说："我不知道。"

那个家伙又说话了，声音里面有点怨恨的意思："之前那些都是我们的母羊，现在都被你这个丑陋的家伙给糟蹋了！以后我们的后代们就不纯了，就成杂种了！"

我也有点生气，脱口说："又不是我自己要主动跑到这里来的，是你们的人用直升机把我从老远的地方运到这儿来的。你们要是觉得不痛快，就找你们的主人们吧，这跟我没有丝毫的关系！"

其中一个身材高大的种羊说："还说什么废话，给我上！"

话还没说完，其他几只种羊就冲上来，用弯曲而坚硬的犄角狠狠地不断地抵我。有好几下我觉得它们锋利的犄角已经扎进了我的身体里，我的身体里有一种刺痛感。我摔倒在地上，爬不起来。

我忍住疼痛说："这就是你们青藏高原的种羊们的本

事啊,这么多种羊欺负我一只新疆来的种羊!"

那只身材高大的种羊喊了一声,其他种羊就马上停止攻击我了。

那只高大的种羊看着其他种羊说:"它的意思是我们在欺负它,我们就单挑吧,一对一。"

然后看着我说:"怎么样?"

我忍住痛说:"好!"

其中一只种羊自告奋勇地站出来说:"我先上!"

它拿凶狠的眼睛瞪着我,退到了羊圈的一边。

我也退到了羊圈的另一边,瞪着它看。它的身体不是很结实,但看上去很强壮。

我们盯着彼此,几乎在同时冲向了对方。

我们的额头、犄角撞在了一起,发出一声沉闷的响声。就在我们相撞的那一刻,我意识到它不是我的对手。它趔趄着倒退了好几步,而我却站在原地没有动弹。

另一只种羊推开它,退到后面冲了上来。

我稍微后退一步就向它撞去。它也不是我的对手,它几乎不如前一个。它干脆趔趄着倒在了地上。它的样子很好笑。要是在其他地方,我早就忍不住笑了。但是在这儿我忍住了。我不想激怒它们。

后面几个也败在了我的手下。它们都气喘吁吁的,看上去很不服的样子。

最后,那只身材高大的种羊上前一步说:"还废什么话,决斗吧!"

它的样子很凶狠,它盯着我的目光更加凶狠。它的犄角呈弯曲状,向后伸展着,看上去很坚硬。它的鼻子微微地颤动着,"呲呲"地呼着气。它的嘴角明显地耷拉下来,流下几滴混浊的口水。

它稍微往后退了退,就向我扑来了。我也后退一步,迎了上去。我们的头猛烈地撞在一起,发出了"嘭"的一声巨响。我使劲地抵着它的头,它也使劲地抵着我的头,丝毫没有互相让步的意思。它的同伴们在为它呐喊助威。

突然间,它后退一步,又冲了上来。我几乎来不及后退积聚力量,就迎了上去。我俩的头猛烈地相撞,互相较着劲,还是不分胜负。

呐喊声越来越大。有种羊大声地喊:"它快不行了,赶紧让它完蛋!"

那只高大的种羊就慢慢地退到了羊圈的一边。我也退到了羊圈的另一边。

它向我扑过来时,我感觉它的身上带着一阵风。我也使出了浑身的力气,向它扑去。

就在我们的头相撞的那一刻,我听到了一声清晰的颅骨碎裂的声音,我随后倒在了一边。那只高大的种羊站在那里,岿然不动。

周围的种羊们兴奋地喊叫着,有种羊大声地喊:"快,快,赶紧解决了它!"

那只高大的种羊后退几步,准备再次向我进攻时,两个兽医赶到了。他俩挥舞着一根木棍使劲打它。

那只种羊急了,有点歇斯底里的样子,也不顾木棍打在自己身上，一个劲地往我和两个兽医身上冲。

说实话，当时我真的有点惊慌失措了，我觉得我真的差点就死去了。之前，为了争一只母羊，我也跟其他种羊打过架，但从来没有遇到过一个这么疯狂、这么不要命的家伙。

后来又来了几个牧民，才彻底把它们给拉走了。

我受了重伤，躺倒在地上不能起来。

两个兽医很紧张，对着我说："你千万不能出什么事啊，你要是出了什么事，我们俩的铁饭碗就完蛋了，我们俩的这辈子也就完蛋了。"

我忍住疼痛，一边喘气一边安慰他们俩："放心吧，我不会有事的，你们也不会有事的。"

戴眼镜的兽医看着我头上的伤痕，对穿破大褂的兽医说："这些家伙真狠啊，要不是咱俩及时赶到，恐怕就把这家伙给活活弄死了！这是为什么呀，它们都是种羊，它们之间有什么深仇大恨啊！"

穿破大褂的兽医看了我一眼，又看着戴眼镜的兽医说："亏你是个男人，这个也不懂！就是因为嫉妒，就是因为这个家伙霸占了它们的母羊，伤了它们的自尊心！"

戴眼镜的兽医看看穿破大褂的兽医，又看看我。

穿破大褂的兽医继续对戴眼镜的兽医说："你也是个男人，你也想想看，要是你的老婆被别人霸占了，你会不会发怒？"

戴眼镜的兽医这才说："你这是什么话？"

穿破大褂的兽医只是看着他笑，没有说话。

这时，我忍住痛，脸上努力挤出一丝笑，说："我想就是因为这个原因，我可以理解。"

穿破大褂的家伙说："你看看，人家虽然吃了亏，但是人家能理解这是怎么回事。从这点讲，可能咱们人还不如这些畜生呢！"

戴眼镜的兽医这才笑了，对穿破大褂的兽医说："我理解了，我理解了，我听过很多这样的故事。"

然后又看着我说："这样说你伤成这样也真是有点活该啊，你看看你今天在那些母羊中间威风凛凛、不可一世的样子，也有点太嚣张了。"

我忍不住笑了。一笑浑身就痛起来，嘴里开始"哇哇"乱叫。嘴里还流出了血。

穿破大褂的家伙看着我的样子赶紧说："你可千万不能死啊，你要是死了，我俩就真的完蛋了。"

他俩就仔细地为我包扎伤口，为我做治疗。

第二天，我感觉好了很多。两个兽医把我带到外面晒太阳。太阳暖洋洋的，照得我身上有点痒痒。

几个村主任听说我的情况后，也赶过来看我。他们看着我的样子说："你怎么样啊，还能不能跟我们的母羊们配？"

听到他们的话我就来气，原来他们跑来看我，不是来看我伤得重不重，而是来看我有没有力气跟他们的母羊们配种。

我没有理他们。

他们又问两个兽医："看它伤得挺重的，还能不能跟我们的母羊们配啊?"

两个兽医说:"我们已经仔细检查过了,它伤得不算太重,过几天就好了,过几天就可以跟你们的母羊们配了。"

几个村主任用将信将疑的目光看着我。

我看见一辆卡车缓缓地开过来,司机停下来跟村主任和兽医们说话。

这时,我注意到卡车车厢里装着几只羊。再仔细看时,车厢里面装着的是昨天跟我过不去的那几只种羊。

我有点好奇,问戴眼镜的兽医:"这是怎么回事啊?它们为什么被装到了车里?"

戴眼镜的兽医想都没想就说:"噢,它们啊?它们因为昨天伤害了你违反了这儿的纪律,乡上经过讨论决定要惩罚它们,准备把它们运到县上的屠宰场卖了。再说现在留着它们也没什么用了嘛——"

我的脑子里"轰"的一声巨响,像是有什么东西在里面爆炸了,接着就什么也听不到了。

等我清醒过来时,那辆卡车已经开远了。但我似乎能看得清那几只种羊,能看得清它们的面孔,甚至能看得清它们的眼神。我觉得它们在用怨恨的眼神看着我,眼神里甚至充满了一种仇恨。

这一刻我的眼睛湿润了,我觉得是我把它们送向了可怕的屠宰场。如果我不到这个地方,它们就不会因为我替代了它们而被送到屠宰场面临被屠宰的命运。

我扬起后腿踢了一圈我周围的人,一边踢一边喊:"你们这些可恶的人类,你们为什么要把它们送往屠宰场！需要的时候你们利用它们，不需要的时候你们又抛弃它们，这就是你们人类吗？"

我周围的人都被我吓住了。

他们定定地看着我，似乎在想着我说的话。

几天之后，我的伤完全好了。

几天之后，我又开始跟其他村的母羊们配种了。

所以，之后几天的事情我就不想再说了，都让我有点烦了。

配种在十五天之后就结束了。

十五天之后，人们又为我戴上了几朵大红花，当然也有人给我献了哈达。说实话，现在这些东西已经对我没有太多吸引力了。虽然在别人看来这些都是至高荣誉的象征。那时候，我最大的愿望就是好好地吃上一顿好饲料，然后美美地睡上两天两夜。

因为我的出色表现，两个兽医也特别照顾我。他们每顿都给我吃最好的饲料。还说现在你的任务基本上都完成了，你自己想休息几天就可以休息几天了。

我虽然身子很累，但心里还是很高兴。说实话，要是在新疆，我是不会有这般待遇的，我是到了青藏高原之后才有了这般待遇的。

这时候，其他的种羊也都陆陆续续地到了。有了它们，我的任务就少了，压力也小了。对于那些一般的母羊，两个兽医都是让新来的种羊去配，从不让我去。看着人们为我戴上大红花，献上长哈达，我那些同类就很妒恨我。再加上我是坐直升机来的,它们是坐火车卡车来的,心里就更加不平衡了。很多家伙都对我爱理不理的样子。虽然我一般不会把这些放在心上,但是时间长了,心里也有一些难受,毕竟是自己的同类嘛。

休息了一个星期之后,我算是缓过来了。

那天太阳很好,我就出去晒太阳。晒着晒着,刮起了一阵风。那风有点冷,我不由地打了个寒噤。我正想着这会儿哪来这么寒冷的风时,两个兽医从远处走过来了。

他们远远地向我挥手,跟我打招呼说:"喂,伙计,你休息得也差不多了吧?"

我伸了个懒腰,说:"差不多了,今天出来想舒展一下身子呢。"

戴眼镜的兽医说:"正好正好,今天我们有任务,我们要到下面的村子走一趟。"

我问:"什么任务?"

戴眼镜的兽医说:"去了你就知道了。"

我又问:"咱们要去哪个村?"

穿破大褂的兽医抢着说:"别问那么多了,你去了就知道了。"

我们开着三轮摩托车往那个不知名的村庄行走时,我发现这一带路上的风景出乎意料的美。两个兽医在聊天,我只顾欣赏一路的风景。我这是第一次坐三轮摩托车,我坐在里面有一种很奇妙的感觉。我觉得这种感觉比上次坐直升机时的感觉还奇妙。但是我没跟两个兽医讲,我怕他们笑话我。还有一点虚荣心在里面,因为我坐过一次飞机,才得到了很多人的刮目相看,但是三轮摩托车这里几乎所有的人都坐过,所以我不能把自己真实的感觉说出来。

太阳挂在头顶时,我们到了那个村庄。

两个兽医直接带我去了一户人家。那户人家的羊圈就在他家门口。两个兽医指着羊圈里的十几只母羊说:"你今天的任务就是要把这些母羊给配了。"

我看着那些母羊有点兴奋,那些母羊确实很不错。我发现那些母羊也在好奇地看着我。我觉得它们是知道我的。

戴眼镜的兽医打开羊圈门,把我推进羊圈里,放开,然后说:"去吧,好好发挥吧!"

我正要往前冲时,迎头挨了一记闷棍。我有点晕乎乎的感觉,虽然没有倒下,但还是晃了好几下。

这时我才看到一个老牧民举着一根粗壮的棍子,准备再次打我。

我准备躲开时,两个兽医冲上来了。他俩从两边抓住老牧民的胳膊,嘴里骂道:"你是吃了豹子胆了吗?组织上派来的种羊你也敢打!"

老牧民怒气冲冲地说:"有什么不敢打的,再这样连你们也要一起打!"

穿破大褂的兽医说:"亏你还是个村主任呢!你就不怕被带走蹲监牢吗?"

我这才知道他是这里的村主任。

老村主任顿了顿说:"不怕,不怕!我什么都不怕!"

然后又指着我说:"我就是不让这家伙配,我不想让这种丑八怪把我们高贵的血统给毁了!"

两个兽医看着老村主任显得有点瞠口呆。

我用头碰了一下他们俩,问:"这是怎么回事啊?这也太危险了,我差点连命都没有了!"

戴眼镜的兽医说:"这家伙是我们这个草原上最顽固、最保守的家伙,别说是我们,就是乡上的书记乡长来给他做工作,他也听不进去。"

我还是不太明白,就问:"这到底是怎么回事啊?"

穿破大褂的兽医叹了一口气,说:"说白了就是他不想让他们村的母羊们跟你们这些新来的种羊配种,他说他压根就看不上你们这类种羊。"

我也生气了,说:"走,那还等什么呢?我也听见他刚才骂我了,骂得还那么难听!我也不是闲得没事才来这儿的。好歹我也是坐飞机到这儿的。你问问这个老家伙,他坐过飞机没有,我看他这副德行,就是再轮回几次也不见得能坐上个飞机!"

话一出口我就意识到自己说得太刻薄了,但说出去的话就像射出去的箭,已经收不回来了,就干脆将头颅高高抬起,装出一副高傲的样子,斜眼看老牧民和两个兽医。

两个兽医说:"你可千万不能这样啊,咱们来这儿是上级的指示啊,要是完不成任务咱们都不好办啊!"

两个兽医的话还没说完,旁边就传来一声粗壮的声音:"你们这些狗东西还滚不滚,要是还不滚,我就放开我手里的狗了!"

我回头看时,一个体格强壮的年轻人手里牵着一头牛犊大小的藏獒在瞪着我们看。那头藏獒朝我们叫了几声,声音很恐怖。

我平时很怕狗,尤其是藏獒,就不由地躲到两个兽医后面了。

那个年轻人对旁边的老村主任说:"阿爸,您先进去吧,他们要是还不走,我就放狗去咬他们!"

老村主任赶紧说:"你可千万不能做这样的事啊,在咱们草原上来到门口的就是客人啊。"

小伙子说:"我不欢迎这样的客人!"

看着情况不对,我对两个兽医说:"咱们还是赶紧走吧。"

两个兽医也没再说什么,把我扔进了车厢,发动三轮摩托车。

老村主任说:"你们还是进去喝杯茶再走吧,这么大老远跑来也不容易。"

摩托车老是发不着火,我都急得不知该怎么办。

老村主任扔下手里的棍子,看了我一眼说:"刚才有点冲动,不该打这只种羊,我知道来这儿不是它的主意。"

我的头还是很痛,我很生气,我没有理他。

三轮摩托车终于发着了,戴眼镜的兽医对老村主任说:"怎么,这下你又害怕了吧?"

老村主任没有说话。

三轮摩托车发出刺耳的声音,离开了老村主任家。

回去的路上,我完全没有了那种赏心悦目的感觉,我只记得回去的时候路上的阳光很刺眼。

一路上,三轮摩托车也颠颠簸簸的,我心想:"比起三轮摩托车,还是坐飞机舒服啊!"我也不知道这个时候我心里怎么冒出了这样的想法。

草原上大面积的配种活动就这样结束了。我的身体像是经历了一次洗劫,空荡荡的,有一种像是被淘空了的感觉。

哈达、大红花挂满了专门为我做的那个小羊圈的墙,这些曾经成为我荣耀的象征的东西,我现在甚至连看一眼都懒得去看。乡政府表彰了两个兽医,给他们每人发了奖状,还在他俩的胸前戴上了大红花。他俩像是得到了什么宝贝似的,展开自己手里的奖状,一边向上面的领导点头哈腰,一边看奖状上面的字兴奋不已。我看见奖状上面写着一模一样的字,除了名字:"×××同志在今年新品种羊的配种工作中表现出色,成绩突出,特此表彰,以资鼓励!"后面还有政府部门的名称和红公章。看着两个兽医的高兴劲,好像给这里的母羊们配种的是他们,而不是我。我虽然对政府部门的这种做法和他们俩的这种表现有点生气,但这个时候我确实没有力气去理他们了,我觉得很累很累。

冬天过去之后就到了春天。这里的冬天很冷,这是我早就听说了的,没想到这里的春天也一样冷,冷得就跟刚刚结束的冬天似的。

在这个冷得跟冬天几乎没什么两样的春天里,母羊们开始大面积地产羔了。

结果很惨，母羊们产下的羊羔有一半没有活下来，死了。

草原上到处都是小羊羔的尸体。有些羊羔产下来就死了。那些母羊们看看自己产下的羊羔，眼神中没有一点怜爱之情，好像那些羊羔不是它们产下来的。我觉得它们有时候还有些厌恶自己产下的羊羔，看一眼就匆匆地离开，也不回头看一眼。

看着草地上成片的羊羔的尸体，我心里倒是有一种很疼痛的感觉，毕竟那些都是自己的骨肉啊。

一时间我好像成了造成这一切的罪魁祸首。人们对我的态度完全变了。没有人再为我献哈达了，也没有人再为我戴大红花了。我的饲料也明显地不如以前了。

乡上的领导们来了好几次，他们把两个兽医叫到跟前大声地问到底是怎么回事，两个兽医也吓得不知所措，说我们也不知道是怎么回事。

领导们就更加生气，把两个兽医办公室里挂在墙上的奖状撕了下来，扔到地上，用脚踩个不停。

两个兽医不敢看那些领导的脸，只是低着头不停地喘气。

我看着他俩觉得很可怜，就对几个领导说："领导同志，这个不是他俩的错，这可能是我的问题。"

几个领导回头瞪我，气得说不出话来。

最后，一个情绪稍微镇静一点的领导对其他领导说："你们说说这可怎么办啊，上面把我们这里定为全县的试点进行推广,现在成这个样子了,我们怎么向上面交代啊!"

说着说着,这位显得镇静一点的领导的情绪也激动起来了。

我不知该说什么,心里想:"原来他们上面也有人在管着他们啊。"

过了两天,来了一辆北京吉普车把两个兽医给拉走了。临走前,他俩往我前面扔了一麻袋饲料,也没说什么。

他们走后,那个死活不让我跟他的母羊们配种的老村主任来看我了。

我以为他看到我时肯定是一副幸灾乐祸的样子,但是他不是。他一脸严肃,很长时间看着我不说话。我以为他在心里笑话我,就把头扭过去了。

过了一会儿,我听到他说:"要是这些人当时听我的话,不瞎搞就好了。这么多羊羔死掉,其实不能怪你,一个新品种适应一个新环境是需要一定时间的,是需要一个过程的。"

这是我到这儿之后听到的最中肯的一句话。

之后是一阵沉默。再之后,我就听到老村主任离去的脚步声。他的脚步声听起来有点沉重,让人心生一种莫名的担忧。

这一刻,我从心里对他产生了一种信任感。我回头从后面喊:"喂,老村主任,我问你,既然我不适应这儿,那他们为什么用飞机把我运到这儿跟这儿的母羊们配种?"

老村主任停住脚步,顿了顿,像是在想什么,然后慢慢转回头,看着我说:"你真的不知道你是为什么到这儿来的？"

我摇摇头，一脸茫然地说："不知道。"

老村主任说："可怜的家伙！"

我还是一脸茫然地说："我真的不知道。"

老村主任叹了一口气说："就是因为你身上的羊毛比我们这儿藏系羊的羊毛好一点，值钱一点。"

听到他的话，我有点目瞪口呆，我万万没想到他们把我用飞机运到这儿，就是为了这么个原因，真的没想到。

老村主任笑着说："要不是为了这么个原因，你会被运到这儿来吗？你看你长相没有我们的藏系种羊英俊，又不精神，看起来无精打采的，而且胃口还那么大！"

我没说什么。老村主任说得很对。论长相我确实没有这儿的藏系种羊那么英俊，那么有精神，而且我的胃口也确实很大，到这儿之后老是觉得吃不饱肚子，为此，两个兽医也曾奚落过我。

看着我若有所思的样子，老村主任没再说什么。

他走了。走了几步，还停下来摇了摇头。

之后，我脑子里昏昏沉沉的，好像是睡着了，又好像是没有睡着，就这样一直睡到了黄昏。一阵喇叭声把我从这种状态中惊醒了。

我抬头看时，那辆北京吉普在前面不远处停下了。两个兽医从里面跳下来，又回头跟北京吉普里面的什么人打着招呼。

北京吉普开走之后，他俩就朝我的羊圈的方向走来了。

我远远地感觉到他俩的情绪比早晨的要好很多。他俩的脸上虽然没有露出微笑,但也没有早晨那种悲伤的表情。

待他俩走近时,我远远地问:"你俩回来了?"

他俩异口同声地说:"回来了,回来了。"

他俩的声音里充满了一种掩饰不住的喜悦。

我忍不住问:"到底怎么回事啊?"

他俩也忍不住似的说:"上面说了,不是咱们的问题,咱们没事了。"

我更加的莫名其妙,又问了一句:"到底是怎么回事啊?"

他俩这才说:"上面的专家说了,是咱们配种的时间不对,让羊羔产在了初春。要是算好时间,就不会有这样的事了。"

我自己也舒了一口气。

一方面因为他俩找到了这样一个理由,另一方面也因为他俩对我的态度的转变。

那些没有死的羊羔后来基本上都活下来了。

它们的长相看起来有点奇怪,既不像我们新疆那边的羊羔,又不像青藏高原这边的羊羔。很多牧民编各种笑话来取笑它们的长相。

第二年到了我的发情期,我又开始躁动不安起来。我渴望着和这里的母羊们尽情地交配。但是恰恰在这个时候,两个兽医却用一块帆布把我的下体给紧紧地围起来了。

我在那些母羊们中间横冲直撞,但是没有用,我只能将精液撒在底下的帆布上面。两个兽医看着我的样子在偷偷地笑。我觉得以前跟我配过的那些母羊们也在笑我。我也觉得我的样子一定很好笑。我觉得我受到了莫大的侮辱。

我身上的血一个劲地往头上涌。我觉得我的眼睛里充满了血,我觉得我的头快要爆了。我使出身上所有的劲冲向两个兽医。两个兽医看见我的样子慌了,嘴里说:"这家伙疯了,疯了!"他俩拔腿往回跑,但很快就被我撞了个仰面朝天。他俩见逃不开,就跪在地上向我求饶:"求求你,求求你,不要这样,我们这样做也是没办法,有人不让你在这个时候配种,所以只能出此下策了。这个办法也是那些人想出来的,我们怎么可能想出这么不靠谱的办法呢。只有那些人才能想出这么不靠谱的办法。我们是兽医,我们知道无论是人还是畜生,都要遵循自然规律,要是违反自然规律,那就真的连畜生都不如了!"

他俩的样子很可怜,他俩说的也有点道理,我没有理由继续跟他俩过不去。但他俩最后说的"那就真的连畜生都不如了"这句话让我感到不快,我知道这是人类从骨子里瞧不起我们这些动物的一种表现。但是有什么办法呢,人类被天生地定义为某种很高级的动物啊。

又过了两个月,才开始了大规模的配种。因为已经过了发情期,我的血液里早就没有了那种躁动不安的激情,我只是应付着,就像是完成一件差事。

后来,羊羔的成活率上升了很多,乡上的领导们很高兴,两个兽医也很高兴。

他俩把之前撕烂的奖状拼起来,用胶水粘上,装在相框里，又挂到了墙上。

上面的领导也来我们这里视察工作了。他们表扬了乡上的领导、村里的干部，还有两个兽医。乡上的领导们也一个劲地拍马屁说这一切是因为上面给了他们正确的指示。上面的领导们看上去也很高兴。

上面的领导还给我戴了大红花。

那个给我戴大红花的领导一边给我戴花，一边问我："取得这么好的成绩你感到高兴吗？你感到骄傲吗？"

我不知道该说什么，看着他没有说话。

戴眼镜的兽医跑到我旁边说："它当然高兴啊，这两天我看它高兴得经常睡不着觉呢！"

我真想踢他一腿。我不知道这两天他什么时候看见我高兴得睡不着觉了。这两天我睡得很好。也许是因为我太累了。

领导也不在乎我有什么样的反应，回头和其他人说着话。

这次，那个上次拒绝配种的老村主任算是倒了大霉。他因为没有执行上面的指示，被撤掉了村主任的职务。他的职务被他们村的另一个年轻人取代了。那个年轻人很快就执行了上面的指示。没过几天，他就组织人把他们村里的母羊们拉到这里，和新疆来的其他的种羊们配了种。我没有参与这次配种，我说我身体不舒服。那段时间我的身体确实也不太舒服，但我确实也不想参与这次的配种，不知道为什么。我的那些同伴们很兴奋，配完之后还兴奋不已地议论了好几天。

需要交代的一件事是，那个老村主任坚决不让他们家的母羊们和我的那些同伴们配种。因为那时候牲畜已经包产到户了，所以乡上的领导也拿他没办法，只能由他去了。听说我没有参与这次的配种，老村主任后来还专门来看了我一次。他没说什么话，只是盯着我看了一会儿就走了。

接下来的两年几乎和前面没什么两样。配种依然进行着，羊羔的成活率也稳定了。两年后，那些羊羔们也长大了。那些改良羊也开始产羊毛了。跟我们新疆种羊配种后产的羊毛确实也比之前纯种藏系羊的羊毛产量大，颜色也白一点、纯一点。那年头羊毛价格很好，牧民们的收入很不错。

县上的广播、省上的报纸，甚至电视里也在宣传报道这件事。很多地方把我们这里作为一个成功的范例开始在其他草原上推广，似乎要把青藏高原上的羊的品种完全改变成另一种，看上去很是红红火火的样子。听说又从新疆运来了更多的种羊。但据我所知这次都是用火车或卡车运来的，没有一只种羊是用直升机运来的。从这点看，我是这里所有种羊中最幸运的一个。但是现在我也不觉得这有什么值得骄傲的。

后来，我听说乡上和村里的很多干部都去劝老村主任了。但是老村主任依然我行我素，没有改变自己的初衷。这点让我很佩服他。后来，两个兽医甚至想让我去劝老村主任，但是我没有去。两个兽医很失望，说你变了，不像以前了。我不知道自己有没有变。也许我是真的变了。

又过了两三年，情况变得不一样了。我们的后代改良羊们身上的羊毛不再那么值钱了。也因为改良羊的食量比原先的藏系羊们大，所以也影响到了整个牲畜的生存问题。

上面的一些领导开始反思说人为地改变畜种的做法可能是错的。但他们也只说可能是错的，没有说完全是错的。

一些牧民也开始抱怨说除了改良羊们产的羊毛不值钱，吃的也多，不好饲养。有些甚至说吃我们的后代改良羊的肉时有一种特别的味道，不好吃。这让我们种羊们很生气，集体通过绝食来抗议这种言论。但我们绝食，那些人似乎更高兴，说这样正好节约了很多的草料。我们内部开始分化了，有些种羊说这样做完全没有什么意义，跑到草场吃草去了。所以，绝食活动没再坚持下去，这时候，我对我的同类们也产生了一些失望。

这时候，藏系羊身上的羊毛反而开始值钱了，说可以远销到国外了。很多牧民跑去别的草原买来纯正的藏系种羊，跟这边的改良母羊们配种，想把种给配回去。我的那些同伴们自然很失落。我倒是没什么失落感，只是觉得这世上的事儿谁也说不清道不明。

这时候，老村主任成了我们这里的焦点人物。县上的广播，省上的报纸、电视都报道了他。在电视里，我只看到了他的画面，一个陌生的声音一直在说他的事情。后来有一次，我终于听到了他自己的声音。那次他被请到省里参加了一个表彰大会。我看见电视里有个记者在问他：

"老村主任,那些年您为什么坚持不让自己的母羊们跟那些新疆来的种羊们配种?"

老村主任瞪着他说:"我早就不是什么村主任了,你就别叫我村主任了。"

记者犹豫了一下说:"那您作为一个有远见的老人,您还是说两句吧。"

老村主任看了看镜头又看着记者不自然地说:"我没有什么远见,我真的没有什么远见。"

记者有点急了,说:"那您就随便说两句吧,随便说吧。"

老人说:"在电视里说话,大家都能看到的吧?"

记者高兴地说:"能看到,能看到,您赶紧说吧。"

老村主任说:"那就更不能说了,怎么能在大家都能看到的地方说配种这种不雅的事情呢,要是被我们村里的人看到我就没脸回去了。"

记者瞪着老村主任。这时候电视里出现了其他画面。

老村主任回来之后,村里请求老村主任重新担任村主任,但是被拒绝了。他们就选老村主任的儿子当了村主任。

村里或附近的村里也有一些牧民带着自己的改良母羊到老村主任家里请求用他的纯正藏系种羊给他们的母羊配种,但被拒绝了,说这样配出来更加四不像了。人们就说这个老头子很怪,不正常。老村主任也不管人们说什么,我行我素着。

后来,我的同类们被分批卖掉了。它们被分批卖到了县上的屠宰场里。

剩下的我的同类们的情绪很低落，看上去就在等死。

我有几次去跟两个兽医说："我们种羊们的肉不好吃，硬，没人吃，不要把我们卖了。"

两个兽医说："不把你卖了就不错了。肉好吃不好吃不用你操心，总会有人吃的。再说，那些城里人你就是把狗肉当羊肉卖给他们，他们也区分不出来，还能区分出这个？"

我哑口无言了，只能在心里悲伤。我心里想："这就是人和牲畜的区别啊，牲畜总是要被人主宰的。"

秋后的一个早晨，两个兽医带着一个人进了我的羊圈。看见那人我就知道他是个屠夫：从他的身上散发出一股很重的血腥味。我一下就闻出那是我的同类们的血的味道。我知道要发生什么了。

两个兽医只是看着我，不说话。他们有话却又说不出口的样子。

我心里没有丝毫的惧怕，看看他俩问："你们要把我卖到屠宰场吗？"

戴眼镜的兽医犹豫了一阵之后说："上面指示把我们这里所有从新疆运来的种羊给卖掉。"

我笑了一声，调侃道："包括我这只用飞机运来的种羊吗？"

穿破大褂的兽医对我的调侃似乎没有什么反应，只是说："我们知道你跟别的种羊不一样，我们也知道你当时的贡献很大，但是现在一切都变了，我们也没办法。"

我一直纳闷他为什么一直就穿着这么件破大褂，就问:"你为什么一直穿着这么件破大褂不换呢?"

他有点意外,似乎也没听懂我的话,问:"什么?"

我说:"我问你你为什么一直穿着这件破大褂不换?"

他好像这才听明白了,说:"噢,没什么,就是穿习惯了。"

我半开玩笑半认真地说:"如果可以就用卖掉我的钱给你买件新大褂吧,这件也太破了,太旧了。"

他似乎有点感动,说:"谢谢你,谢谢你。不过这钱我们还得交上去,跟我们没有关系。"

之后,我就被那个屠夫拉到了外面。

我没做任何的反抗,我只是跟着他走。屠夫看了我一眼,他似乎有点奇怪,说:"你为什么连一点反抗的意思都没有?"

我没有说什么。

外面的拖拉机里已经有几只我的同类了。它们看上去很悲伤的样子。我跟它们打招呼,它们似乎也懒得理我。

我被屠夫扔到了它们中间。还没等我站稳,拖拉机就开走了。我回头看了一眼,没有看见两个兽医。

拖拉机行驶了一段时间之后,好像被什么人喊住了。之后,外面是屠夫跟什么人说话的声音。

过了一会儿,屠夫爬到车厢里,抱起我准备往外扔。

我有点急了,问屠夫:"你要干什么?"

屠夫说:"不干什么,有人把你买下了,现在给我滚下去!"

我被屠夫扔到了外面。

拖拉机开走之后，我看见老村主任站在那里。

我有点纳闷，看着老村主任。

老村主任过来，在我脖子上系上一根红线，然后又念了很长一段经文。

我莫名其妙地看着老村主任。

老村主任说："今天开始你被放生了，这个草原上谁也不会拿你怎么样了。"

我还是用不解的眼神看着他。

老村主任指了指远处白皑皑的雪山，说："去吧。"

我想有个小弟弟

下午放学后,小学生丹增在路上磨磨蹭蹭的,磨蹭了很长时间才回到了家里。

妈妈正在做晚饭,她用奇怪的眼神瞪着丹增问:"你怎么这么晚才回家?"

丹增也不说什么,背着书包就进了自己的小屋子关上了门。

妈妈在外面敲着门,"丹增,丹增"地喊个不停。

丹增在屋子里像是被被子蒙住了头似的瓮声瓮气地说:"阿妈,你不要敲门了,我现在要写作业。"

妈妈就停止了敲门,说:"那你就好好写作业,我先去做晚饭了。"

丹增坐在饭桌前,等着妈妈把饭菜端上桌子。

妈妈把饭菜端上桌子之后,看着丹增的脸说:"丹增,你怎么了,有什么事吗?"

丹增突然对着妈妈说:"我想有个小弟弟。"

妈妈举着筷子的手停在半空中，睁大眼睛问："为什么？"

丹增张了张嘴巴，想了想后说："我就是想有个小弟弟。"

妈妈笑了，放下举在空中的手，盯着他看了一会儿，说："你一定是饿了吧？洗洗手赶紧吃饭吧。"

丹增举了举手说："我已经洗过了。"

妈妈看了看他的手指头，把筷子给了他，说："那就吃饭吧。"

丹增把筷子的一头放进嘴里，斜着眼睛说："今天不用等爸爸回来一起吃吗？"

妈妈说："今天不用等了。"

他们就开始吃饭，发出各种声音。

饭很快就吃完了。吃完饭，丹增又进自己的屋写作业去了。

这次他没有关门，妈妈就从外面看着他写作业。

丹增的精神不是很集中，写写停停，停停写写。

丹增终于写完了作业。他把书、本子、铅笔等一股脑装进了书包里。

妈妈打开电视机，看着他问："你想看一会儿电视吗？"

丹增摇摇头，叹了一口气。

妈妈就说："那就早点睡吧。"

丹增就脱了衣服，钻进被窝里去睡了。但是他睁着眼睛，一点睡意也没有。

妈妈坐在客厅里的沙发上看电视剧，声音开得很小。

丹增起来去了趟卫生间,回来时看见妈妈似乎在哭。

妈妈看见丹增在看她,就说:"你还没睡啊?"

丹增说:"睡不着。"

妈妈就转过脸去,看着电视里的画面,说:"这个故事太悲惨了。"

丹增也转过脸去看了一眼电视,问:"什么故事?"

妈妈的眼里含着泪,说:"就是一个悲惨的故事。"

丹增继续盯着电视里的画面看。

丹增看到电视里有很多小孩跑来跑去,还能听到小孩们吵吵嚷嚷的声音。

妈妈说:"这个故事实在是太悲惨了。"

丹增又转过脸去看妈妈的脸,妈妈揉了一下眼睛问:"我看电视吵到你了吗?"

丹增说:"没有。"

妈妈说:"那就去睡吧,明天你还要上学呢。"

丹增还是没有要走的意思。

丹增又转过脸去看电视。电视里的那些小孩还是跑来跑去的,甚至还有点欢快的意思,吵闹的声音更大了。

妈妈就把电视给关了,说:"太悲惨了,我实在是看不下去了。"

丹增:"你就换个频道看看吧。"

妈妈说:"今晚我肯定是睡不着了。"

妈妈看了一眼丹增,又把电视打开了。

她把声音开得很小,只看见电视里那些小孩跑来跑去的,几乎听不见他们吵吵嚷嚷的声音了。

她扭头看着丹增说:"真的不会影响到你吗?"

丹增肯定地说:"不会。"

妈妈就说:"快去睡吧。"

丹增走了一步又回头问:"爸爸怎么还不回来?"

妈妈说:"可能会晚一点儿吧。"

丹增说:"如果爸爸回来我还没睡着就叫我。"

妈妈说:"快去睡吧。"

丹增就去睡了。

丹增还是睡不着,他在等爸爸回来。

早晨,丹增醒来到客厅时,看见爸爸一个人在吃早饭。

丹增问:"你昨晚什么时候回来的?"

爸爸说:"我回来时你已经睡着了。"

丹增说:"我一直在等你回来。"

爸爸笑着说:"我看你睡得很熟就没有叫醒你。快去洗脸吃早饭吧。"

丹增去卫生间撒了尿,马马虎虎地洗了把脸。

出来时爸爸还在慢吞吞地吃早饭。

丹增坐在了餐桌的另一边。

丹增说:"昨晚我做了很多梦。"

爸爸说:"你都梦见什么了?"

丹增说:"我只记得做了很多梦,但具体做了什么,什么都不记得了。"

爸爸笑了笑说:"小时候就这样,长大了你就记得你做的梦了。"

丹增问:"你昨晚做梦了吗?"

爸爸说:"做了。我梦见你和你妈妈了。"

丹增问:"我们在你的梦里做什么?"

爸爸说:"你们具体在做什么我也不记得了。"

丹增只是看着他爸爸,没有说话。

爸爸给他倒了一杯牛奶让他喝。

丹增看了一眼爸爸妈妈卧室的门,门关着,就问:"不用等妈妈起来一起吃吗?"

爸爸说:"妈妈早走了,我没起来她就走了。"

丹增说:"妈妈昨晚看电视肯定看到很晚了。"

爸爸说:"我回来时她已经睡了。"

丹增就把那杯牛奶给一口喝干了。

爸爸说:"再喝一杯吗?"

丹增说:"喝。"

爸爸又给他倒了一杯牛奶。

丹增又一口把那杯牛奶给喝干了。

爸爸说:"还要喝吗?"

丹增点了点头。

爸爸说:"你平时不是不喜欢喝牛奶吗?"

丹增说:"今天想喝。"

爸爸就又给他倒了一杯牛奶。

丹增又一口给喝干了。

爸爸盯着他说:"不能再喝了,再喝对身体不好。"

丹增就没说什么。

爸爸问:"你不用吃点东西吗?"

丹增说:"不用,我已经饱了。"

爸爸说:"那你该去上学了。"

丹增站起来看着爸爸的脸说:"我想有个小弟弟。"

爸爸停下吃饭,睁大眼睛问:"你说什么?"

丹增重复说:"我想有个小弟弟。"

爸爸笑了,说:"小孩子家在想什么呢?"

丹增还是说:"我想有个小弟弟。"

爸爸开始收拾餐桌上的东西。

丹增站在饭桌边上不动。

爸爸就把书包拿过来,放到丹增手里说:"赶紧去上学吧,我也要睡一会儿了。"

丹增看着爸爸的脸,站着不动,说:"今天你不用去上班吗?"

爸爸说:"不用。"

丹增看着爸爸的脸。

爸爸想起什么似的从一边拿起红领巾说:"你看你差点忘了戴红领巾了。"

然后就帮丹增把红领巾给系上了。

丹增还是站着不动。

爸爸从兜里拿出十元钱给了丹增,说:"拿去买冰激凌吃吧。"

丹增拿着那十元钱还是站着不动。

爸爸就把丹增推到门外,关上了门。

上午,语文老师在神采飞扬地朗诵一首诗:

一个声音高叫着

爬出来吧

给你自由

我渴望自由

但也深知道

人的躯体哪能由狗的洞子爬出

朗诵时,语文老师显得很激动。

朗诵完后,语文老师站在讲台上大声地说:"同学们,你们感受到诗人当时的那种激情了吗?"

底下的学生们看着老师滑稽的样子哈哈地笑。

语文老师又提高嗓门说:"同学们,难道你们真的感受不到诗人当时的那种激情吗?"

底下的学生们的笑声更大了。

语文老师的脸涨得通红一片。

丹增的同桌丹群是个平时爱调皮捣蛋的学生,他笑着说:"老师,我能感受到你现在的激情。"

语文老师马上说:"好,回答得很好。"

丹群以为老师会骂他,但没有骂,就有些坐立不安了,还显得有点失望。

其他学生都看着丹群笑。

语文老师瞪着那些在笑的学生说:"同学们,你们不要笑,这位同学回答得很好,我传达的就是诗人在写这首诗时的激情。"

丹群以为老师是在讽刺他,更加坐立不安了。

语文老师再次表扬了他，再次批评了其他的同学。

语文老师又饱含激情地念了一遍那首诗。

念完之后，老师看了丹群一会儿，突然问："这位同学，你叫什么来着？"

丹群有点害怕地说："我叫丹群。"

老师有点莫名其妙地说："好，好，丹群，你是个好学生，你一定要好好学习。你回去把这首诗背得滚瓜烂熟，明天朗诵给他们听。"

其他学生都看着丹群笑，丹群很痛苦的样子。

语文老师对着其他学生说："你们一定要向丹群同学学习。"

之后，语文老师又转向丹群问："你现在最想说的是什么？"

平时爱调皮捣蛋的丹群同学这时很严肃地说："我想成为一名诗人。"

语文老师惊讶地看着丹群的脸说："好，很好。如果你将来成了一名诗人，我就把你的诗念给班里的同学听。"

丹群就更加严肃地说："我一定要成为一名诗人。"

语文老师再次表扬了他之后，问其他同学同样的问题。

除了丹增之外的其他同学都学着丹群的样子异口同声地说："我想成为一名诗人。"

语文老师对他们的回答大为恼火，说："诗人是想成为就能成为的吗？"

那几个同学都低头不敢说话。

语文老师发现丹群的同桌丹增一直没有说话,就把期望的目光投向丹增的脸,问:"呀,小丹增,你平时不爱说话,那么现在,你最想说的是什么?"

丹增不假思索地说:"我想有个小弟弟。"

语文老师惊讶地盯着丹增的脸说:"你将来一定是一个出色的诗人。"

丹增说:"什么?"

语文老师有点激动地说:"这是一首诗的名字吗?"

丹增说:"不是,我就是想有个小弟弟。"

语文老师说:"如果这是一首诗的名字那就太好了。"

丹增说:"我就是想在上学时有个小弟弟跟在我的屁股后面跑。"

语文老师很高兴,说:"好,这就是一首诗的很好的开始,有了这样的开始,后面就很好写了。"

丹增也盯着语文老师的脸说:"我也想在放学的时候让他跟在我的屁股后面跑。"

语文老师嘻嘻地笑着说:"不错,不错,回去好好写吧。"

同学们却哈哈大笑起来。

丹增的同桌丹群也哈哈地大笑着。

丹增瞪了他一眼,说:"你再笑我就不给你买冰激凌吃了。"

丹群听到这话就一下子不笑了。

中午,丹增没有理睬丹群,自己买了一个冰激凌吃。

丹群死皮赖脸地跟在丹增的屁股后面说:"求求你了,给我买个冰激凌吃吧。"

丹增傲慢地说:"那你为什么也跟着他们笑我?"

丹群狡黠地说:"我没有笑你。"

丹增一边吃冰激凌一边问:"哼,语文老师和那些同学笑时,你也在笑。"

丹群说:"我是在笑咱们的语文老师,他念诗和说话的样子就像个弱智。"

丹增的脸上慢慢地露出了笑容,说:"真的吗?"

丹群说:"你没有看出来吗?他念诗和说话的样子不仅像个弱智,而且像个弱智的猴子。"

丹增哈哈地笑了起来,说:"我也看出来了,他念诗和说话的样子确实像个弱智的猴子。他连我在说什么都不知道。"

丹群嘻嘻地笑着,没有说话,只是盯着丹增手上的冰激凌看。

丹增还想说什么,但突然恍然大悟似的从兜里掏出一元钱说:"去买个冰激凌吃吧。"

丹群就跑进小卖部买了一个冰激凌回来和丹增一起吃。

他们看见那几个说想成为诗人而被语文老师奚落了一顿的学生,在不远处讨好似的看着他俩。

他俩就又交头接耳地嘲笑了一番那几个同学。

那几个同学一直等到他俩快吃完了才无趣地走开。

他俩吃完冰激凌,各自用各自的语言尽力地回味着冰激凌的美妙味道。

他俩各自回味了一番,觉得没有什么可回味了的之后,丹群说:"你在语文课上说什么来着?"

丹增想了想故意说:"我说什么了吗?我没说什么啊。"

丹群说:"你说了。"

丹增说:"我说了什么?"

丹群也故意说:"语文老师问你时,你说你想要什么来着?"

丹增又故意想了想说:"噢,我想起来了。"

丹群说:"我知道你不是在说一首诗的名字。"

丹增说:"那是老师在胡说八道。"

丹群说:"你真的想要有个小弟弟吗?"

丹增说:"嗯,真的想要。"

丹群说:"我有办法让你得到你想要的东西。"

丹增问:"什么?"

丹群想了想说:"这个冰激凌真的是太好吃了,你再买一个冰激凌给我,我就给你说。"

丹增说:"你在骗我!"

丹群说:"骗你是小狗。"

丹增就从兜里掏出两元钱说:"去吧,给我也买一个。"

一会儿,丹群就从小卖部买了两个冰激凌回来。

他俩很快吃完之后,又用各自的语言各自回味着。

他俩都说:"这次的味道跟上次的不一样。"

之后,丹群问:"哪次的味道更好一点呢?"

丹增说:"上次的。"

丹群说:"那就再买一个跟上次一样的冰激凌吧。"

丹增没有理他,说:"你快说你有什么办法?"

丹群说:"这是个秘密。"

丹增说:"你是不是想骗我?"

丹群说:"不是。"

丹增说:"如果真能那样,我会再给你买一个冰激凌的。"

丹群说:"那现在就买吧。"

丹增说:"等你做到了我再给你买。"

丹群说:"那咱俩得逃学。"

丹增说:"逃学去哪里?"

丹群说:"去你家里。"

丹增说:"去我家里干什么?"

丹群说:"去了就知道了。"

下午,丹增和丹群逃学到了丹增家。

丹群问丹增:"你爸爸妈妈在哪里睡觉?"

丹增指着一间卧室说:"就是这里。"

丹群就进了那间卧室。

丹群四处看了看,回头问丹增:"你爸爸妈妈这会儿不会回来吧?"

丹增摇摇头说:"不会。"

丹群说:"那就好。"

丹增满脸疑惑地问:"你要干什么?"

丹群神秘地笑了笑说:"等会你就知道了。"

丹增就盯着丹群看。

丹群开始在床头柜里乱翻。

他翻完一个又翻另一个，翻得很仔细。

翻到最后一个抽屉时，丹群兴奋地拿起一包东西说："就是这个。"

丹增问："这是什么？"

丹群说："就是这个让你没有了小弟弟。"

丹增从丹群手里拿过那包东西仔细地看了看说："不可能。"

丹群说："就是这个。"

丹增问："你怎么知道？"

丹群说："大人告诉我的。"

丹增说："那你怎么没有一个小弟弟？"

丹群说："差点就有了。"

丹增问："什么叫差点就有了？"

丹群："后来，我爸爸妈妈说不要了。"

丹增说："什么叫不要了？"

丹群说："我也不知道是什么意思，就是不要了。"

丹增："噢。"

丹群说："这样我就没有小弟弟了。"

丹增想起什么似的说："你说这些有什么用啊？"

丹群："我有办法让你有个小弟弟的。"

丹增说："什么办法？"

丹群："你们家里有针吗？"

丹增说："得找找看。"

丹增就四处找，到最后也没有找到一根针，就说：

"没有,我已经很久没有看到妈妈用针来缝缝补补了,咱们得到街上的小卖部去买。"

丹群说:"好,好,顺便把冰激凌也买了。"

丹增没说什么就出去了,丹群也跟上了他。

他俩到了一个小卖部。店主问:"你们买什么?"

丹增说:"买一根针。"

店主说:"没有针。已经很久没有进那东西了。"

他俩又去了另一家小点的小卖部。

店主问:"你们买什么?"

丹增说:"买一根针,有吗?"

店主说:"有。还要什么?"

丹群赶紧说:"还买两个冰激凌。"

丹增瞪了一眼丹群,店主就问:"什么样的针?"

丹增问丹群:"什么样的针?"

丹群说:"最小最细的针。"

丹增回头对店主说:"最小最细的针。"

店主已经开始找了,嘴里说:"我知道了。"

过了一会儿,店主拿着一根针说:"这就是这里最小最细的针了。"

丹增把那根针交给了丹群。

丹群说:"这个针还是大,没有比这个小的针吗?"

店主说:"没有。"

丹群想了想说:"那就这个吧。"

店主问:"冰激凌要什么样的?"

丹群马上说:"最好吃的。"

丹增说:"拿一个就够了。"

店主把一个冰激凌给了丹增说:"这是最好吃的。"

丹增也不管丹群,接过冰激凌,付了该付的钱就出去了。

丹群拿眼睛瞪他他也不理。

一路上丹群很生气,不跟丹增说话。

到了丹增家里,丹群把针给了丹增,赌气地说:"我要回去了。"

丹增问:"你不是要帮我找到一个小弟弟吗?"

丹群说:"你是个不守信用的家伙!"

丹增把冰激凌递给他说:"我怎么不守信用了?这个就是给你买的。"

丹群看着他问:"那你怎么不吃?"

丹增说:"我肚子痛。"

丹群就高兴了,吃完冰激凌后说:"这个冰激凌确实很好吃,比前面两个都好吃。"

丹增没说什么,丹群就从那包袋子里拿出一小包一小包的东西,拿针一个一个戳。

戳完之后又让丹增看有没有戳过的痕迹。

丹增拿起一个对着有光的地方看了看说看不出来。

丹群就把那一小包一小包的东西重新装进去说:"这样你就有个小弟弟了。"

丹增有些不相信他的话。

丹群说:"肯定会有的。"

丹增看着他没有说话。

丹群说:"这个小卖部的冰激凌确实很好吃,比在学校边上那个小卖部的还好吃,能再给我买一个吗?"

丹增还是看着他,没有说话。

丹群就背着书包走了。

傍晚,丹增一个人坐在饭桌边上等爸爸妈妈回来。

他觉得很无聊就写了一首诗:

> 我想有个小弟弟
> 我想他在上学时跟在我的屁股后面跑
> 我也想他在放学时跟在我的屁股后面跑
> 我要每天给他冰激凌吃
> 有时候
> 我吃一个
> 他吃三个
> 有时候
> 我吃三个
> 他吃一个

写完这些句子,丹增就笑了。

他反反复复地照着语文老师的样子念这些句子,刚开始很兴奋,念着念着情绪却越来越低落,觉得怎么也念不出今天上午语文老师念那首诗时的那种激情。

他有点灰心丧气,突然想自己刚才念诗时的样子会不会也像一个弱智的猴子呢,就有点恼怒地把那张纸揉成一团扔到垃圾桶里。

过了一会儿,他有点后悔,看了看垃圾桶,把那张纸捡起来展开装进了书包里。

很晚了,爸爸妈妈还是没有回来。

他就自己泡了一包方便面吃,吃完觉得没有吃饱,就又吃了一只鸡蛋,之后觉得还是有点没有吃饱,就又喝了一杯牛奶。

他把方便面的袋子、鸡蛋壳、喝牛奶的杯子,还有碗和筷子都胡乱地放在桌子上不去管它们。

后来,他又打开电视看。

电视里还是昨晚他看到的那些小孩。

那些小孩还是有点欢快地到处跑来跑去的,发出吵吵嚷嚷的声音。

第九个男人

在遇见这个男人之前,雍措对所有的男人都失去了信心。

这个男人是雍措的第九个男人。

雍措的第一个男人是个僧人。那年,雍措十八岁。也不知怎么回事,雍措就糊里糊涂地和那个男人好上了。雍措在村里算是个美人儿,是村里的小伙子们大献殷勤的对象。雍措和那个男人好上之后,村里的男女老少们都大惑不解,说这世上的事儿真是谁也说不清道不明啊。

那个男人比雍措大两岁,但对男男女女的事却没有丝毫的经验。虽然雍措比那个男人小两岁,但她在村里听了不少关于男男女女的事,已经多多少少有了一些经验,而且对这方面怀有一种懵懵懂懂的向往之情。

在雍措的帮助下,两个人在满天星光下的草地上战战兢兢地完成了各自的第一次。

完事之后,雍措有些失落,觉得整个过程有些仓促,没有期望中或者传说中的那么神秘。

完事之后，那个男人却是一把鼻涕一把眼泪地哭了起来，像一个孩子。

雍措很内疚，因为自己的冲动让一个持戒的僧人失戒了。

雍措想安慰几句什么，却不知该说什么。

最后就说："我是个罪孽深重的女人，我应该下地狱。"

那个男人却紧握住她的手说："我不是因为失戒而哭泣，我是因为这么晚才体验到这么美好的感觉而哭泣。你让我知道了人生的美好，你不会下地狱的，你应该进入天堂。你太好了，要是我早点遇见你就好了。"

雍措把自己跟第一个男人的故事毫不隐瞒地讲给第九个男人听时，第九个男人微笑着说："这就是世间男欢女爱的魅力，挡也挡不住。我也是因为这个才找到你的。"

对于这类话，现在的雍措似乎有些麻木不仁，脸上没有任何的表情。

雍措的第二个男人是个被自己的女人抛弃的男人。

那个男人的女人跟着另一个男人跑了，但是那个男人心里总是忘不掉这个女人，觉得自己是这个世界上最最孤独的人。

雍措和那个男人的女人长得有点像，那个男人在孤独的时候总是来找雍措倾诉点什么。雍措有两根齐腰长的辫子，那个男人喜欢抚摸雍措的两根长长的辫子。

雍措因为让一个持戒的僧人还俗了，所以村里人都骂她是一个不祥的女人，都咒她该下地狱。有时候雍措自己也这样觉得。但是那个还俗的僧人对她是真心的好，她也就觉得很满足，不去顾及那些个闲言碎语了。村里人对那个还俗的僧人也是冷嘲热讽，让他觉得自己从一个很高的位置一下子跌到了一个很低的位置。后来，因为受不了这些，那个男人丢下雍措悄悄地去了一个谁也不认识他的地方。

所以，当那个被自己的女人抛弃的男人来找她倾诉的时候，雍措的内心也正感受着深深的寂寞，就和那个男人在一起了。那个男人时常把雍措的名字叫成自己前一个女人的名字，这让雍措心里稍微有些不舒服。但那个男人对她很好，也就任他怎么叫了。

正当雍措适应了那个男人对自己的称呼，准备和那个男人好好过时，那个男人的前一个女人回来了。

那个女人很蛮横，揪着雍措的两根长辫子，在那个男人面前拉来拉去的，那个男人也只是看着，没有任何行动。

雍措含泪走到那个男人面前，盯着他的脸看。

那个男人低下头说："我只是因为你和她长得很像才找你的，现在她回来了，我就要和她在一起。"

最后，雍措发现那个女人也有和自己一样的两根长辫子。

雍措把自己跟第二个男人的故事毫不隐瞒地讲给第九个男人听时，第九个男人愤怒地说："这个男人真不是个东西！"

听了第九个男人的这句话，雍措看了他一眼。

雍措的第三个男人是个做珊瑚项链生意的商人，他手里有很多串像血一样鲜红的珊瑚。那个珊瑚商人喜欢把一串一串的珊瑚项链挂在自己的脖子上，在村子的小巷道里穿来穿去的，嘴里不时喊一声："买珊瑚项链喽，买珊瑚项链喽。"

对于村里的女人们来说，拥有一串珊瑚项链是她们一生的梦想。在那个珊瑚商人喊着"买珊瑚项链喽，买珊瑚项链喽"的叫卖声从自家门前经过时，总是忍不住从门缝里偷偷地看上几眼或是跟在他的屁股后面走上一段路。

每当那个珊瑚商人出现在村子里，每当那叫卖的声音飘荡在村子上空的时候，就是这个村子的男人们最最胆战心惊的时刻。村子里的男人们对那个珊瑚商人几乎可以说是恨得咬牙切齿了。有几个村里最穷的男人甚至商量在那个珊瑚商人还没有进入村子前就打断他的狗腿，让他永远都不能进入这个村子。但是平常那个珊瑚商人快要出现在村子里的时候，这里的男人们常做的一件事就是把自己的女人打发到山上割草、放羊，或者做其他什么活儿，总之就是想方设法不让女人们看见那个珊瑚商人或是不让女人们听到他的叫卖声。这样，那个珊瑚商人在这个村子里的生意也就可想而知了。

就是在这样的时候，雍措遇见了那个珊瑚商人。

雍措自然也是被那个珊瑚商人的叫卖声吸引的女人之一。每当那个珊瑚商人的叫卖声在村子上空响起的时候，雍措就跑出去看那个珊瑚商人脖子上的珊瑚项链，心想要是那串珊瑚项链在自己脖子上该多好啊。

雍措虽然已经历了两个男人，但这时候的她也不过二十岁,想拥有一串珊瑚项链的那种渴望总是按捺不住地从她心底冒出来。

那个珊瑚商人看到她的样子就问:"喜欢珊瑚项链吗?"

雍措毫不掩饰地说:"喜欢!"

珊瑚商人说:"那就让你的男人来买吧。"

雍措红着脸说:"我没有男人。"

珊瑚商人说:"你这么漂亮的姑娘怎么会没有个男人?"

雍措的脸不红了,说:"没有。"

珊瑚商人想了想,指着自己脖子上的珊瑚项链说:"看看你喜欢哪一串?"

雍措犹豫了一下,眼神在珊瑚商人脖子上的那几串珊瑚项链上游移不定,最后指着其中的一串说:"喜欢这一串。"

珊瑚商人笑着说:"你的眼光不错啊,这是最好的一串。"

雍措说:"我就喜欢这一串。"

珊瑚商人说:"这一串项链上有三十颗珊瑚,个个都是上好的珊瑚啊。"

雍措不说话。

珊瑚商人看着雍措说:"你拿什么买我这三十颗上好的珊瑚呢?"

雍措还是不说话。

珊瑚商人眯缝着眼睛说:"我看你也是有几分姿色的,这样吧,你陪我三十个晚上,这三十颗珊瑚的项链就归你了。"

雍措红着脸不说话。

三十个夜晚之后,那三十颗珊瑚的项链就挂在雍措的脖子上了。

村里的女人们对雍措是既羡慕不已又冷嘲热讽,甚至在后面吐唾沫咒骂她。

雍措把自己跟第三个男人的故事毫不隐瞒地讲给第九个男人听时,第九个男人鄙夷地说:"生意人没有一个好东西,都是些奸商!"

听了第九个男人的这句话,雍措又看了他一眼。

雍措的第四个男人是个卡车司机,他从村里拉一些东西到城里,又从城里拉一些东西到村里。自从那串珊瑚项链出现在雍措的脖子上之后,那些以前总是找各种机会往她耳朵里灌甜言蜜语的轻浮的小伙子们也不再找她了,看见她就远远地躲开,眼睛里充满鄙视的味道。村里的女人们更是这样,没有一个主动和她说话的。

这时候,雍措也多少有些理解她遇见的第二个男人经常说的那种孤独的感觉了。她想来想去最后觉得这些都是自己脖子上的这串珊瑚项链引起的。她把珊瑚项链拿下来仔细地看,仍然觉得很美,就又毫不犹豫地重新戴在了自己的脖子上。她这时候就强烈地渴望走出这个村子,去外面一个谁也不认识她的地方,就像她的第一个男人那样。而且她也早就听说外面的世界比这里更大更美丽。

这时候她还想起了很多人都会唱的一首歌:

哎，呀，
　　天上架起彩虹，
　　若是一座金桥呀，
　　我要走出大山，
　　去看外面的世界呀。

　　雍措想不起什么彩虹和金桥，想来想去只能想到那个卡车司机。她觉得那个卡车司机是唯一能够带她走出这个四面环山的村子的人。

　　雍措找到那个卡车司机把自己的愿望告诉了他。

　　卡车司机盯着她脖子上的珊瑚项链不说话。

　　雍措说："你别打这串珊瑚项链的主意。"

　　卡车司机又盯着她的脸看。

　　雍措说："但是我会报答你的。"

　　卡车司机就让她在天快亮时到村口等。

　　雍措的心里有种莫名的激动，一夜都没有合眼，很早就到了村口。

　　天差不多已经亮了时，卡车司机才开着卡车来了，卡车司机还是迷迷糊糊的样子。

　　卡车司机拿出一个小瓶子，打开喝了一口。

　　雍措已经闻出了酒味，但还是问："那是什么？"

　　卡车司机说："这是酒。"

　　说完又喝了一口。

　　雍措看着他没有说话。

　　卡车司机说："每次出门前，我就会喝两口。"

说完就开动了卡车。

卡车上路之后，卡车司机就显得格外清醒，而雍措却呼呼地睡着了。

等雍措醒来时，卡车停在了一个空旷的地方，四周被阳光强烈地照耀着，很刺眼，睁不开眼睛。卡车司机正在忙着脱她的衣服，准备要她。她也没做什么反抗，眯着眼睛懒懒地躺在那里，任由他摆布。

整个过程卡车司机都很仔细，到最后竟颤抖着声音说："你是我遇见的所有的女人里面最漂亮的女人。"

雍措眯缝着眼睛看了他一眼，觉得他的样子很好笑，问："你遇见过几个女人？"

卡车司机依然颤抖着声音说："记不清了，记不清了，什么都记不清了。"

雍措笑出了声。

卡车司机的声音还是颤抖着："但是这辈子遇见你这样一个女人就够了！"

卡车开到一个十字路口就停住了，卡车司机说："这就是城里了。"

雍措惊呆了，她从没见过这么多来来往往的人，这么多把好几辆卡车摞在一起似的高楼，就是在梦里也从来没有见过。

雍措准备下车，卡车司机有些依依不舍地说："跟着我吧，我可以每天带你到城里，还可以带你到不同的城市。"

雍措笑了笑说："跟你在一起我不自在，我觉得像是跟自己的叔叔在一起。"

卡车司机不说话了，脸上没有了表情。

雍措从驾驶室里跳下来，站在了十字路口。

卡车司机叫住她，盯着她脖子上的珊瑚项链说："你要小心啊。"

雍措把自己跟第四个男人的故事毫不隐瞒地讲给第九个男人听时，第九个男人轻描淡写地说："跟那个奸商相比，这个卡车司机还算是个老实人。"

听了第九个男人的这句话，雍措似乎在想着什么。

雍措的第五个男人是个英俊小子，他总是出现在这个小镇的十字路口。那天雍措走出驾驶室，站在十字路口用新奇的目光看着眼前的一切时，那个英俊小子就出现在了她的面前。那辆卡车还没有开走，司机看了一眼英俊小子，对着雍措说："你可要小心啊！"

英俊小子看了一眼卡车司机问雍措："他是你叔叔吗？"

雍措说："你怎么知道的？"

英俊小子说："看他像长辈一样关心你呢。"

雍措看了一眼卡车司机对着英俊小子说："嗯，你真聪明，他就是我叔叔。"

那辆卡车"呜"的一声就开走了，像是发出了一声哀号。

雍措和英俊小子看着卡车屁股后面冒出的黑烟大笑。

英俊小子就站在十字路口给雍措讲各种笑话，而且讲的都是些高级的笑话。雍措平常在村里听到的都是些低俗下流的笑话，听了之后都羞得不敢笑出声来。雍措从来没有听过这么多高级又好笑的笑话,就毫无顾忌地开心地笑了起来。

来来往往的人们都用奇异的目光看雍措。

雍措觉得奇怪,问英俊小子:"他们是在看我脖子上这串漂亮的珊瑚项链吗?"

英俊小子看都不看雍措脖子上的珊瑚项链,说:"在城里这样的项链算不了什么,几乎每个女人都有一串。"

雍措仔细地看来来往往的几个女人,之后又问:"那她们怎么不把珊瑚项链戴在脖子上呢?"

英俊小子说:"对她们来说,那已经算不上什么贵重的首饰了,所以她们都懒得戴,都放在家里的柜子里,等生出小珊瑚来送给乡下的穷亲戚们。"

雍措惊奇地问:"你说珊瑚能生出小珊瑚?"

英俊小子这时才凑过来看了一眼雍措脖子上的珊瑚项链说:"我看你这串就是城里的大珊瑚生出来的小珊瑚。"

雍措显得很失落。

英俊小子又安慰雍措说:"在小珊瑚里面你这算最大的了。"

雍措问:"那他们笑我戴的是大珊瑚生的小珊瑚才这样看我的吗?"

英俊小子说:"不是,不是,他们那样看你是因为你很漂亮。"

雍措似乎不相信英俊小子的话,看着来来往往的那些女人说:"可是我觉得这里所有的女人都比我漂亮,她们的皮肤多白啊,像雪一样白。"

英俊小子笑着说:"这里所有的女人都没有你漂亮,跟你相比,她们简直就是那些个挂在屠宰场里面的白晃晃的猪肉。"

雍措的脸红了,不敢看那些来来往往的女人的脸。

英俊小子说:"你看,这会儿你更加漂亮了。"

这时有个警察走过来对英俊小子说:"嗨,你不能老是站在十字路口在光天化日之下和姑娘们调情啊,你这样严重影响这里的交通秩序。"

英俊小子说:"这是我的表妹,从乡下来,我带她出来开开眼界。"

警察严肃地说:"你再这样扰乱交通秩序,我就把你拘起来。"

英俊小子说:"晚上我请你喝酒,黑猫酒吧见。"

警察也笑了,看了一眼雍措说:"快走吧,到时别忘了带上你的表妹啊!"

黑猫酒吧在十字路口的不远处,夜幕降下来之后,它就在街角的某个角落里出现了。

雍措望着黑猫酒吧门口五颜六色的霓虹灯,觉得很新奇,问英俊小子:"这个房子怎么白天没有啊?"

英俊小子神秘地说:"这座城市就是这么具有魔幻色彩。"

雍措跟着英俊小子进去之后,更是惊呆了,问:"白天怎么没看到这么多奇奇怪怪的人。"

英俊小子笑着说:"他们是另一个世界的人,只有晚上才出来。"

雍措以前听说只有鬼才是晚上出来的，但又觉得那些人不像是传说中的鬼。

英俊小子带雍措在一个昏暗的角落里坐下之后，白天的那个警察就过来了，他还穿着那身警服，但已经没有白天那么威严了。

警察坐在对面说："兄弟啊，你让你表妹过来陪陪我啊，今晚我请客。"

英俊小子赶紧说："表妹还小，表妹还小，等她长大些再陪你吧。"

警察说："你这小子也太小气了吧。"

英俊小子只是一个劲地说："表妹还小，表妹还小。"

警察就转向雍措问："他真是你表哥吗？"

雍措使劲点了点头。

警察说："是表妹还带她到这种地方，不像话！"

英俊小子说："让她开开眼界，开开眼界。"

警察要了很多啤酒，他们开始喝起来。

雍措刚开始觉得那东西特别特别难喝，根本喝不下去。但慢慢就觉得好喝了，而且觉得越来越好喝。

当雍措觉得那东西特别特别好喝的时候，就记不清发生的一切了。

雍措醒来时已经是第二天早晨了。她发现自己赤身裸体地躺在一张大床上，头沉得像一块石头，抬也抬不起来。她努力地从床上抬起头来时，发现自己的衣服胡乱地扔在了地上。但是她脖子上的珊瑚项链不见了，她怎么找也没找到。

雍措跑到十字路口时，那个警察正在执勤。

雍措问警察："英俊小子呢？"

警察笑着问："噢，你是说他吗？"

雍措说："是。"

警察还是笑着说："他不是你表哥吗，我怎么知道？"

雍措说："我不认识他。"

警察说："那你们昨天不是一直在一起吗？"

雍措说："我是昨天才认识他的。"

警察摇着头说："现在的这些年轻人啊！"

雍措说："我的珊瑚项链不见了。"

警察说："是真珊瑚吗？"

雍措说："是真的，英俊小子说那是城里的大珊瑚生出来的。"

警察大声地笑起来，说："这小子真能编。"

雍措很着急，问："他住在哪里？"

警察停止笑，说："你找不到他了，他今早搭了一辆顺风车去了拉萨，早走了。"

雍措哭了，说："那你帮我把他找回来。"

警察说："我是个交通警察，我管不了这个。"

雍措还是哭着，一些人也围上来看她，警察就有点紧张地劝她回去。

警察严肃地站在十字路口给雍措指了一条路，雍措就沿着警察指的方向回去了。

雍措把自己跟第五个男人的故事毫不隐瞒地讲给第九个男人听时，第九个男人咬牙切齿地说："可恶啊可恶，那些个街上的小混混就是那样花言巧语地骗取一些个小姑娘的心的！"

听了第九个男人的这句话，雍措似乎在回想着什么。

雍措的第六个男人是个放羊娃。说是放羊娃，可已经不小了，过了而立之年，还是光棍一条，村里人还是习惯称呼他为放羊娃。

放羊娃是个孤儿，从小为村里人放羊一直到现在。和他年龄相仿的小伙子们都已经成家立业了，也没人帮他说个媳妇什么的，他还是替别人放着羊。那些跟他一般年龄的姑娘们平时也只是对他冷嘲热讽，懒得跟他说上两句调皮的或者调情的话。慢慢地，放羊娃成了一个沉默寡言的人。

雍措沿着警察指的方向就走回了家乡。她路上没有吃到一口饭，就在快要昏倒时，遇见了正在山坡上放羊的放羊娃。

雍措看见放羊娃向自己走来就放心地昏倒了，之前她是一直坚持着不让自己昏倒的。

放羊娃把自己水壶里的水往雍措的嘴里灌，但又不敢看她的脸。

雍措醒来之后就对着放羊娃笑了，放羊娃第一次看到一个漂亮女人这样对着自己笑，有点晕乎乎的感觉，不知道该怎么办。

雍措也知道放羊娃的事情，但是没想到自己会这样躺在放羊娃的怀里。总之，遇见一个自己熟悉的人，她甚至觉得有点感动。

放羊娃拿出自己的干粮让雍措吃。

雍措狼吞虎咽地吃,到最后才发现她把所有的干粮都吃完了。放羊娃挨了一天的饿,但是他没有感觉到丝毫的饿。这让雍措有点内疚,觉得不该那样把人家的干粮全吃掉。但是放羊娃觉得这天自己很幸福。

夕阳西下的时候,放羊娃赶着羊群,背着雍措往回走。

到了村口,放羊娃犹豫不决地问:"你要去哪里,我背你回去。"

雍措想了想,说:"就到你住的地方吧。"

放羊娃背着雍措站着不动。羊群都走很远了,他还是不动。

雍措说:"你不想带我去吗?"

放羊娃又开始走了,慢慢地跑起来,赶上了羊群。

晚上,在放羊娃简陋的屋子里,雍措主动把自己给了放羊娃。

之后,放羊娃像是在举行一场仪式似的对着雍措磕了三个头,一脸严肃地说:"对我来说,你就是我的白度母啊!"

雍措笑了,说:"你怎么拿我一个平常人跟神比较,这样是有罪过的。"

放羊娃又对着雍措磕了三个头,没有说话。

雍措说:"现在我没有了那串不该有的珊瑚项链,我就和村里其他女人一样了。"

放羊娃说:"你比她们都漂亮,你戴着那串珊瑚项链更漂亮。"

雍措说:"我戴着那串珊瑚项链时你没有嫌弃我吗?"

放羊娃说:"我一直把你当作一个女神。"

从此之后,雍措就和这个放羊娃住在一起了。

村里的小伙子们对放羊娃投去了艳羡的目光,村里的女人们向雍措投去了更加鄙夷的目光。

放羊娃放羊回家吃完饭做的第一件事情就是给雍措洗脚。他洗脚洗得很仔细,这让雍措觉得很惬意。临睡前还要对着雍措磕三个头,刚开始雍措很不适应这个,总是想方设法地躲开,但渐渐地适应了,一副无所谓的样子。

但之后到天快亮的时间是雍措最最无法忍受的。也不知道这个放羊娃哪来的这般旺盛的精力和旺盛的欲望,一到这个时候就变得像一只野兽一样,变得兴致勃勃起来,至少也要和雍措来上那么六次才肯罢休,每天晚上都是如此。

这样,放羊娃白天去放羊就不是放羊了,而是把羊赶到山上之后自己睡大觉,他经常只是在梦里放羊。有几只羊被狼咬死了他也不知道。请他放羊的人家知道这个情况后也不再对他百分之百地放心了,有一些人家从他手里收回了羊。

刚开始,雍措觉得这样的生活也是人生的一种享受,因为之前遇见的男人们从来没给过她这种酣畅淋漓的快感。但过去了大概半个月之后,她就觉得这种生活太恐怖了,一到夕阳西下的时候就会莫名其妙地惶恐不安,担心夜里要发生的一切。

过了一个多月，雍措就再也坚持不住了，想方设法地离开了这个精力旺盛、欲望充沛的放羊娃。

雍措把自己跟第六个男人的故事毫不隐瞒地讲给第九个男人听时，第九个男人笑着说："有些个男人天生就是副欲火中烧的样子啊！"

听了第九个男人的这句话，雍措似乎很茫然。

雍措的第七个男人在这个村里算是一霸，喜欢说话之前先动手，大家都叫他霸男。村里的女人们都不喜欢他，村里的男人们又都多少有些怕他。之前，在一些场合，他也向雍措说过一些赤裸裸的男欢女爱的话，但从来没被雍措放在心上。

在不堪忍受那个放羊娃的折腾之后，雍措就想到了霸男。她觉得现在只有他能把她从放羊娃手里救出来。

放羊娃出去放羊之后，雍措找到了霸男。

雍措说："你把我从放羊娃手里救出来，我就做你的女人。"

霸男奇怪地说："你和放羊娃不是像夫妻一样恩恩爱爱地生活着吗？怎么说要把你救出去？不至于吧？有这么严重吗？"

雍措就把事情的经过给霸男说了一遍。

霸男听了似乎也惊呆了，自言自语似的说："没想到这狗东西有这么旺盛和充沛的精力！"

夕阳西下时，雍措带着霸男等在放羊娃的门前。

放羊娃看上去已经有点弱不禁风的样子，霸男看见他就笑。

放羊娃就问霸男："你笑什么？"

霸男不说话，依然看着他笑。

放羊娃觉得没趣，就看雍措。

雍措手里已经提着一个小包，鼓起勇气说："我要离开你。"

听到这话，放羊娃吼了一声就跑上来抢雍措手上的包。霸男一脚把他踢了个仰面朝天。

他又爬起来扑向雍措，又被霸男踢开了。

踢开放羊娃之后，霸男开口了："雍措已经是我的女人了，她已经和我睡过了，睡得酣畅淋漓，以后你再纠缠她，我就打断你的狗腿！"

雍措惊奇地看霸男的脸，霸男看着她坏笑。

放羊娃看了一眼雍措就大声地哭了起来，哭得雍措也很不自在。

霸男带着雍措要离开时，放羊娃猛一下扑过来抱住了雍措的腿，请求她不要走。

雍措心里生起一些怜悯，有点不忍心离开。这时，霸男踢开放羊娃，拽着雍措走了。

走出很远还能听见放羊娃哭泣的声音。

雍措离开放羊娃之后，听说放羊娃每天都丢几只羊，到最后村里人不让他放羊了。雍措有几次想去安慰安慰放羊娃，但到最后还是没去。

霸男虽然有着强壮的体格、暴躁的脾气，但到了晚上却是个无能的家伙。这是雍措万万没有想到的。霸男越是暴露出自己的无能，就越是拿雍措撒气。

没过几天，雍措就变得鼻青眼肿了，根本看不出曾经是一个美女。

雍措决定离开霸男，离开的方法就是威胁霸男说要把他晚上无能的秘密告诉全村的小伙子们和姑娘们。

听了雍措的威胁，霸男一下子泄气了。他反而求起了雍措，甚至还有些哭哭啼啼的样子，这也是雍措万万没有想到的。最后霸男还说，只要她不把这个秘密说出去，以后就是离开了他，他也可以随时随地地保护她。

雍措就这样顺利地离开了自己的第七个男人，没有任何的牵绊。

雍措把自己跟第七个男人的故事毫不隐瞒地讲给第九个男人听时，第九个男人说："有些个男人就是这样，表面强壮，内里虚弱！"

听了第九个男人的这句话，雍措似乎也在思考这个问题。

雍措的第八个男人是村里一个本分人家的老实巴交的独生子。

独生子年老的父母问独生子："你愿意让雍措做你的女人吗？"

独生子说："我怕她不愿意啊！"

独生子的父母说："她已经不是过去的雍措了，正愁着没处去呢。"

独生子就笑了。

独生子的父母又问:"你愿意让雍措为咱们生个儿子吗?"

独生子说:"愿意,这个儿子生出来一定像雍措一样很漂亮。"

这样,雍措就成了这一家人的儿媳妇。

几个月之后,雍措的肚子就隆起来了,全家人看着她隆起的肚子幸福地微笑。

又过了几个月,孩子生下来了,像这家人一直都期望的那样是个男孩。但刚生下来不久,孩子就死了。

又过了一个月,雍措就离开了这家人,这家人没再留她。

雍措把自己跟第八个男人的故事毫不隐瞒地讲给第九个男人听时,第九个男人说:"可惜啊,差点就做成一个母亲了,可做了母亲又有什么呢。"

听了第九个男人的这句话,雍措平静地说:"这些就是我经历过的所有的男人,也许你已经从别人的嘴里听说过了。"

第九个男人也平静地说:"我在乎的只是你这个人,我从没向什么人打听过你的过去。"

雍措似乎有些感动,说:"你真的不在乎我过去的这些经历吗?"

第九个男人想都不想地说:"我说过我在乎的只是你这个人。"

雍措说:"你能发誓不再提起这些事吗?"

第九个男人说:"我发誓。"

第九个男人是另一个村庄的小学老师,戴着一副眼镜。他发誓的样子很庄重,雍措看着都有些想笑。

新年开始的第一天,雍措就和这个男人生活在一起了,男人还带着雍措去乡政府领了结婚证书。

男人把结婚证放在他俩的床头上,每次房事之前总要看上一眼对着雍措说:"我们就要开始一种新的生活了!"

雍措也呢喃着:"我们已经开始一种新的生活了。"

前四个月他们的生活可以说很美满,左邻右舍都说年底可以把他俩评选为模范夫妻。雍措不懂什么叫模范夫妻,邻居的一个老太婆给她解释了好半天,她也没有弄明白是什么意思。

到了晚上,雍措问自己的男人:"模范夫妻是什么意思?"

男人说:"就是天底下最好的两口子啊。"

雍措说我终于懂了,脸上漾起幸福的笑。

学校老师们有个每月一次的聚会,前四个月男人都没去参加,留下来陪雍措。到了第五个月,聚会的时间又到了,几个老师硬是把雍措的男人也给拽去了。

半夜时候男人醉醺醺地回来把熟睡的雍措摇醒,恶狠狠地说:"那些僧人一出家就该把他们那玩意儿像太监一样给阉割掉!"

说完倒头睡着了,而雍措整夜都失眠了。

第二天,看着雍措的样子,男人问:"昨晚我没说什么吧?"

雍措摇了摇头。

男人说:"没说就好,都是酒给闹的,以后再也不喝了。"

第六个月的教师聚会之后,男人又醉醺醺地回来说:"我过去认识的一个女人,也有和你一样的两根长长的辫子。"

半夜还喊出了一个陌生女人的名字。

第二天,男人醒来后想了半天,说:"昨晚我是不是说了什么?"

雍措摇了摇头。

男人说:"这酒啊,以后确实是不能喝了。"

第七个月的教师聚会之后,男人照旧喝了酒,回来说:"等年底我发了奖金,咱们也买一串真正的珊瑚项链,就把它装在箱子里,让它生出一些小珊瑚,送给你那些乡下的穷亲戚。"

第二天早晨,男人问雍措:"我昨晚是不是答应给你买什么东西了?"

雍措摇头,不说话。

男人说:"我一直想着要给你买一块不用上发条的自动手表的,到年底我凑够钱就买给你。"

第八个月的教师聚会之后,男人又醉醺醺地回来说:"等以后咱们有钱了,咱们就坐飞机去一趟大城市,坐飞机去了大城市才算是真正去了城市呢。"

雍措看着这个男人,让他在床上躺下来,自己则坐到了天亮。

第二天早晨,男人问:"我是不是又提上次答应你买自动手表的事了,放心吧,我已经凑了一些钱,到了年底手表一定要买。"

雍措说:"我不要什么自动手表,你只要不喝酒就好。"

男人说:"这个一定要买,一定要买。"

第九个月的教师聚会之后,男人喝得更醉了,一回来就抱住雍措要亲热。

雍措有点不愿意,男人就问:"你是担心我喝醉了明早不记得和你亲热过的事吗?每次喝醉之后和你亲热的过程我都记得一清二楚。"

雍措似乎瘫掉了,没有觉察到男人已经进入了自己的身体里面。男人在上面挥汗如雨,呼哧呼哧地喘着粗气,突然间从她身上爬下来,倒在一边像头猪一样地睡去了。

雍措听着男人打呼噜的声音,在黑暗中流出了泪。

第十个月的教师聚会之后,男人醉得更不成样子,几乎是爬着进了屋子。

他看见雍措不假思索地说:"我是真心地喜欢你啊,可我一个堂堂正正的人民教师连个放羊娃都不如啊,连个放羊娃都抢在我的前头了。"

雍措给他灌了一壶茶,让他睡下了。

第二天早晨,雍措看着醒来的男人的脸说:"你之前是发誓不再提以前的事的。"

男人很响亮地打了自己一个耳光,说:"我真是个混蛋!"

雍措说:"你不必那样,我真正把心交出去的男人只有你。"

男人再次打了自己一个耳光,再次地发了誓。

生活还在继续着,雍措和男人间的话却越来越少了。

第十一个月的教师聚会之后,几个年轻力壮的老师把男人架进了屋里,他们的后面跟着老校长。老校长埋怨说:"你这是怎么了,以前很少喝酒,现在倒喝得越来越凶了,你这是怎么了?"

男人含含糊糊地说:"我是高兴啊!你们不知道我心里有多高兴!"

雍措站在一边看他。

男人看了一眼雍措,对着老校长说:"老校长,咱们学校你的身体最强壮,我们老师们都很怕你啊。可是我听说你在家里却害怕你的老婆,这是真的吗?你是不是有什么把柄在你老婆手里啊?"

老校长莫名其妙,很生气地走了。

雍措也没有理他。他自己就上床睡下了。

第二天互相也没提昨晚的事,就像是没有发生过什么事一样。

过了几天,男人笑嘻嘻地看着雍措的肚子说:"咱们结婚这么长时间,我看你的肚子也没什么动静啊?"

这时,雍措哭了起来。

男人忍不住过来安慰她,说:"不急,不急,咱们慢慢来,今年不行,咱们明年再让它慢慢鼓起来。"

雍措哭着说:"我对你隐瞒了一件事。"

男人说:"什么事?"

雍措哭着说:"我对你只隐瞒过一件事。"

男人说:"什么事? 快说吧。"

雍措继续哭着说:"那次生育之后,医生说我以后再也不能生孩子了。"

男人半晌不说话。

过了很久才说:"没事了,我说过我在乎的只是你这个人。"

雍措抱住男人,流出了很多泪水。

第十二个月的教师聚会被他们挪到了那一年的最后一个晚上。

男人也去参加了,回来时也是喝醉了酒。

雍措很殷勤地伺候着男人。

雍措想,她和这个男人在一起生活一年了。这时候,她有一点幸福的感觉。

男人在雍措的呵护下睡着了,雍措却一直在旁边等着他醒来,想告诉他一些话。

半夜过后,男人突然坐起身对着前面某个空荡荡的地方说:"我为什么不是那第八个男人,而是第九个男人啊,我如果是那第八个男人,我这会儿也许就有一个儿子了!"

说完又倒头睡着了,似乎刚刚说出的话是在梦里说出来的。

第二天,男人醒来时,发现旁边的床头柜上整齐地放着两根长长的女人的辫子。

他一下子认出那是雍措的头发。

一块红布

1

太阳已经升起老高了,乌金还在路上晃荡着。

乌金是个小学生,要是在平时,他可能第一个就到学校了,先是一个人玩一会儿,然后跟其他陆续到来的学生们玩一会儿,在学校的那口破钟当当、当当地响起后,就和许多学生一窝蜂冲进各自的教室里上课了。也许这会儿他该像往常一样坐在教室里一边烦躁不安地听老师讲那些他觉得无聊而又新鲜的东西,一边没有耐心地等待那当当、当当的下课钟声的响起。

可是今天他还在路上晃荡着。

每天都出来放羊的羊本在那块坡地上远远地看见了乌金。羊本和乌金差不多大,有时候羊本把乌金当作自己的朋友,有时候他会把乌金当作一个小孩,把自己当作一个长辈。这会儿,他就把自己当作一个长辈,把乌金当作一个小孩了。他看见乌金背着书包在寒风吹起的尘土和草屑中晃荡着，就扯起大人似的嗓门喊了起来："喂，小家伙，你还那样磨蹭着不去上学，等会儿就要挨老师揍了。"

乌金听到羊本的声音很高兴，抬起头笑着看向他。

羊本把羊群赶下山坡，依然用大人一样的嗓门喊道："喂，小家伙，你没听到我说的话吗？快点跑起来。"

乌金还是笑着，而且还笑出了声。

羊本很生气地走了过来。

待羊本走近时，乌金看见羊本的怀里抱着一只小羊羔。

乌金很羡慕地看着羊本，然后摸了摸小羊羔的头说："我真羡慕你啊，要是我也能像你一样天天放羊，不用上学那该多好啊。"

羊本瞪了一眼乌金说："你别胡想了，我当初也是经常逃课，没好好上学，老留级才没上成学的，我现在可后悔了。"

乌金兴奋地说："那咱俩换换吧，你去上学，我来放羊。"

羊本推了一把乌金，正色道："快去上学，要不然我揍你！"

乌金很不服气地瞪着羊本说："装什么大人！我去不去上学，又关你什么事？"

这下羊本火了，他放下小羊羔，一边踢着乌金，一边从腰间拿出"乌尔朵（抛石器）"要抽他。

乌金看着羊本真要抽他，就害怕地跑起来，跑没多远又放慢脚步回头看。

羊本黑着脸往乌尔朵里装上一块小石头，举在头顶使劲地摔了起来。

乌金知道乌尔朵的厉害，要是打着自己会很痛的。那些在羊群中不听话到处跑的调皮的羊要是被乌尔朵打着了，也痛得在地上直打转。乌金就掉头跑了起来。

羊本看着乌金的样子笑了起来，他把乌尔朵掉转方向，摔了几下，把里面的石头抛向了几只往山坡边上跑的羊。

2

乌金终于到了学校门口。

乌金躲在学校外面，不敢进去。教室里传来了学生们读书的声音。乌金想要是自己没迟到，这传出来的声音里面肯定也有自己的声音。乌金觉得这传出来的声音很美妙，有一种僧人们在经堂里诵经一般美妙的韵律。乌金纳闷自己平时怎么没有感觉到。乌金一下子后悔自己没有早早来上学，没有让自己的声音加入这诵经一般美妙的韵律中。但这种后悔的情绪很快就没有了，他马上意识到了自己目前的处境。他的脸上又显现出一些紧张的神色来。

他看看院子里没有老师或者学生，就悄悄地溜了进去。

他走到自己的教室门口，把脸贴在门框上，透过门缝往里看。他看见自己的同桌拉措刚刚读完作文坐下了，随后传来老师鼓掌的声音，然后又传来老师说话的声音："你的作文写得很好，是全班写得最好的作文。同学们应该向拉措学习。"同学们的目光立时带着羡慕地投向拉措,弄得拉措不好意思起来。随后,同学们的掌声也响起来了,持续了很长时间。

等掌声变得稀稀拉拉,终于停下来后,老师问:"拉措同学,我想问问你,你怎么会对盲人的世界有那么深的感受?"

拉措小心翼翼地说:"我奶奶是个瞎子,我从小和她在一起。"

拉措说完向门口看了一眼,就看见了正从门缝往里偷窥的乌金的脸。

拉措差点喊了起来。看见拉措的样子,乌金也差点紧张地喊起来。但拉措还是忍住了,没有喊出声来。乌金趁此机会向学校门口逃去。从教室到学校门口有一点距离,乌金头也不回地逃。逃到学校门口,乌金又马上刹住脚步回头往教室的方向看。

教室门口什么动静也没有。他看了一会儿,就向不远处的一片草地走去。那片草地上杂乱地长着一堆枯黄的草,在寒风的吹动下东倒西歪、无精打采的样子。

乌金走到那片草地上。这时,当当、当当地响起了下课的钟声。那下课的钟声显得疲惫不堪,像是一个睡着的人在睡梦中无意间敲起的。乌金很想自己跑过去使劲地敲几下,让那钟声响亮起来。有时候老师也会让乌金去敲上课或下课的钟声,那时候乌金就很兴奋,让钟声响亮起来。那钟声无精打采地持续了一会儿,就停下了。相比之下,疲惫的钟声之后,从各个教室里传出来的孩子们兴奋的脚步声，顷刻间充满整个操场，操场上空欢愉的说话声和笑声充满了许多按捺不住的活力。这些声音让乌金也兴奋起来，差点从草地上跑回学校。但他马上意识到了自己的处境，快速地藏在了草丛里。这些杂乱却又长得很高的枯草很快把乌金给藏起来了。一种来自草的根部的腐朽的味道刺进了乌金的鼻子，让他一阵难受。但乌金还是忍住了。他从草丛间的缝隙向学校门口张望。

乌金的同桌拉措跑到学校门口到处张望，她胸前的红领巾在寒风的吹拂下微微地飘动着。乌金从草丛里看着拉措胸前飘动着的红领巾觉得很羡慕，同时也觉得很漂亮。乌金想只要自己这个学期努一把力，也许下个学期自己也可以像拉措一样戴上红领巾了。这样就可以每天和拉措一起上学或者放学回家了，要不然老是觉得自己会被那些大人笑话的。

拉措张望了一会儿就向乌金藏着的草丛走来了。看见只是拉措一个人走来，乌金没有动。

拉措走到乌金藏着的草丛前，小声说："出来吧，我知道你藏在这儿。"

乌金没有走出草丛，依然蹲着。他也小声说："不要说话！你是想让老师捉住我吗？"

拉措就没有说话，寻着乌金声音的方向钻进了草丛。

拉措的额头几乎碰到乌金的额头了，她看着他的脸小声问："你不上课躲在这里干什么？"

乌金叹了一口气说："我没有完成老师布置的作文。"

拉措问："你为什么不写？"

乌金还是叹着气说:"我根本就写不出来,我没有那个感觉。"

拉措说:"那我怎么就写出来了?老师还表扬我了呢。"

乌金说:"因为你有你的奶奶,你有那些感受。"

拉措停了停说:"那其他同学也写出来了,总比没写好!你也可以自己体验一下啊!"

乌金无奈地说:"唉,要是我也有个瞎了眼睛的爷爷奶奶、爸爸妈妈、哥哥姐姐,或者弟弟妹妹就好了,我就可以体验到他们的感觉了,我就可以写出这样的作文了,可惜我没有,我是个孤儿。"

拉措爱惜地看着他说:"乌金,你别伤心,我一直把你当作自己的亲弟弟的。"

乌金还是无奈地说:"我真的希望这样。"

拉措生气了,瞪了他一眼,站了起来,说:"你以为我能体验我奶奶的感受就是幸福的吗?这次写作文才感受到了她心里的许多痛苦。"

乌金一把拉住她,让她坐下来,吞吞吐吐地说:"对不起,是我说错了。但是我真的写不出,除了你奶奶,我就没见过一个瞎子,我真的不知道瞎子是什么感受。"

拉措说:"你不写作文可能这个学期也戴不了红领巾了。你不想像我一样戴上红领巾吗?"

乌金沉默了一会儿说:"我也很想像你一样戴上红领巾啊,可是——"

那敲得死去活来的上课钟声又响了,拉措说:"走,快去上课吧。"

说着拉起了乌金的手。

乌金使劲挣脱拉措的手说:"我没写作文我不敢去。"

拉措着急地问:"那怎么办?"

乌金愣了一会儿,突然说:"你说得对,我要自己体验,我要当一天的瞎子,我要像瞎子那样到处走走,我要用一天的时间体验瞎子的感觉。"

拉措诧异地望着乌金。

乌金看着拉措脖子上的红领巾说:"你可以把你的红领巾借我一天吗?我要用它蒙住我的双眼。"

拉措更是诧异地望着乌金,说:"可以借给你——可是你会什么也看不见,这样的一天会很漫长的。"

乌金似乎一下子成了一个思想深邃的哲人:"瞎子一辈子都看不见,那他们的日子不是漫长得没有尽头了吗?"

拉措一时也无话可说了,但是过了一会儿又说:"我不信你能坚持一天。"

乌金语气坚定地说:"我可以对你发誓。"

拉措疑惑地说:"对我发誓有什么用,你要对佛发誓我才信。"

乌金微笑着说:"相信我吧,我会写出让老师满意的作文,争取这学期戴上红领巾的。"

拉措看着乌金的眼睛说:"我还是不相信。"

乌金似乎忘记了自己是藏在草丛里的,笑了起来:"好,好,那我就对佛发誓吧。"

拉措正色问:"这会儿佛在哪里?"

乌金也正色道:"佛就在我心里。"

说完也不等拉措再说什么，乌金就闭上眼睛，双手合十道："我要对我心中的佛发誓，我要做一天的瞎子。"

然后，他缓缓睁开眼睛看着拉措说："现在可以把你的红领巾借给我了吧？"

拉措想了想把脖子上的红领巾解下来给了乌金。

拉措看着乌金用红领巾蒙住了自己的双眼。

蒙住眼睛的乌金茫然地说："拉措，你对我真好。没想到你会把红领巾借给我。"

拉措只是看着乌金被红领巾蒙住的地方，没说什么。

拉措突然惊叫了一声，从草丛里站起来，跑去上课了。

乌金在后面喊："拉措，你随便撒个谎给我请个假。"

乌金也不知道拉措有没有听到自己的话，没有再喊。

乌金听着拉措的声音从学校门口消失后，就晃晃悠悠地向来时的方向走去了。

3

羊本的羊群在那块坡地上散开了，有几只羊在走向另一块坡地。

羊本站起来，往乌尔朵里装了一颗石头，抛向那几只羊。石头刚好落在了那几只羊的前面，几只羊就停住了，抬头张望。

羊本喝了一声，几只羊就远远地看了一眼羊本，明白了他的意思似的掉头往回走，走到了羊群里面。

羊本喜欢让羊群驻留在自己的视野中，这样在放羊时就有一种很踏实的感觉。不要让羊群离自己很远，这是阿妈对他的嘱咐。在一天接着一天的牧羊中，他感觉到阿妈的这句话很对。

羊本坐下来反复琢磨阿妈的这句话时，从羊群里传来了一声稚嫩的小羊羔的叫声，羊本又赶紧起身向声音传来的地方走去。

他走到羊群中间，兴奋地喊起来："啊哈，是一只黑头小羊羔。"

母羊已舔完了小羊羔身上的羊水，看着小羊羔咩咩地叫着。

羊本俯身抱起小羊羔，摸了摸小羊羔的头。

母羊看着羊本咩咩地叫着围着他转，羊本就坐下来把小羊羔放在了怀里望向远处。

羊本看见乌金从远处的土路上摇摇晃晃地走来。

羊本大声地喊起来："小家伙，你怎么没去上学，跑回来了？"

乌金像是没有听见他的话，继续摇摇晃晃地往前走。

羊本又喊起来："你要是不去上学，看我怎么收拾你。"

说完把小羊羔放在了一直在旁边焦急地等着的母羊跟前，拿起乌尔朵摔了几下，发出响声，想吓唬吓唬乌金。但是乌金一点反应也没有。羊本就又从地上捡起一块土疙瘩，装进乌尔朵，轻轻挥了几下，抛了过去。

那块土疙瘩落在乌金的前面，碎开了，而乌金没有任何感觉地继续往前走。

羊本就有点纳闷，等着乌金走过来。

待乌金摇摇晃晃地走近时，羊本才看清乌金用一块红布蒙住了眼睛。

羊本把乌尔朵甩了几下，发出了响亮的声音，故意粗着嗓门说："是不是抽你，你才去上学啊！"

乌金向着羊本的方向说："你就是抽我，我也不回去，我要做一天的瞎子。"

羊本停下来好奇地看着乌金说："你这小家伙好像真的蒙住眼睛了。"

乌金说："我用拉措的红领巾蒙住了眼睛。"

羊本就说："乌金，你过来。"

乌金摸索着朝羊本这边来了，半途还摔了一跤。

羊本自言自语似的说："这小家伙好像还真的看不见。"

乌金到了羊本身边。羊本在他眼前挥了挥拳头，见没有任何反应，就问："乌金，你干吗要蒙上眼睛？"

乌金小声说："我要写一篇关于瞎子的作文。"

羊本笑了，问："为什么？"

乌金说："这是昨天老师布置给我们的作文，我怎么也写不出来，我不知道瞎子是什么感觉。你知道瞎子是什么感觉吗？"

羊本摇着头说："可能就是什么也看不见、到处都黑乎乎一片吧。"

乌金说："是瞎子当然什么也看不见啊，但是你知道他们心里真正的感受吗？"

羊本说："我又不是瞎子，我怎么知道他们真正的感受啊。"

乌金说：“所以我要蒙住眼睛做一天的瞎子。”

羊本说：“我敢保证你坚持不了一天。”

乌金说：“我肯定能坚持，你要不相信咱俩可以打赌。”

羊本来了劲，大声说：“你想赌什么？”

乌金想了想说：“其实也不用赌什么，只要你以后不喊我小家伙就行。”

羊本笑了，说：“小家伙，没想到你还在乎这个啊！”

乌金生气地说：“你看你，又喊我小家伙了。你就比我大两岁！”

羊本一本正经地说：“只要你还在上学，你就是小孩子。”

乌金不服气地问：“照你这样说，不上学的小孩就是大人了？”

羊本肯定地说：“是，只要不上学就是大人了，所以我也是大人了。”

乌金继续问：“那那些上大学的小伙子呢？”

羊本犹豫了一下说：“我说过只要在上学就是小孩子。”

乌金无奈地说：“真是奇怪的想法，但要是你输了，以后不再喊我小家伙就可以了。”

羊本拉起乌金的手，紧紧握住说：“一言为定。”

4

太阳又升高了一些，羊本觉得跟被蒙住眼睛的乌金在一起也没什么好玩，就逗乌金说：“你喜欢哪个女孩子？”

乌金的脸似乎红了一下，不说话。

羊本笑着说:"我看你喜欢和你一起上学的拉措吧。"

乌金的脸一下子全红了,吞吞吐吐地说:"你别胡说了。"

羊本看着乌金的脸,狡猾地笑着说:"我经常看见放学回家时你们走在一起。"

乌金的脸依旧红着,说:"我们是同桌。"

羊本继续狡猾地笑着说:"我看你喜欢她也有道理,她长得确实挺好看的。"

这下乌金似乎更紧张了,说:"她的学习很好,全班第一。"

羊本继续说:"长得好看,再加上学习也好,你喜欢她的理由就更充足了。"

乌金的脸不再红了,说:"蒙住我眼睛的这块红领巾是她给我的。"

羊本故意用夸张的语气说:"是吗?她给你这个就是表示她也喜欢你了。一个女孩要是喜欢上了一个小伙子,就会把头巾啊什么的送给他的,这是个常识。"

乌金沮丧地说:"她只是借给我,让我用这个蒙住眼睛,体会瞎子的感觉。而且还是我主动向她借的呢。"

羊本说:"唉,跟你聊天真没劲。"

听到这话,乌金反而笑了,说:"那说说你喜欢哪个女孩子吧。我们村里的,还是外面村里的?"

羊本瞪了他一眼说:"我不喜欢你那样拐弯抹角,喜欢谁就是谁。"

乌金说:"那你直接说吧。"

羊本说:"我喜欢央措。"

乌金说:"其实我也知道你喜欢她,我还听说你们小时候就定了亲。"

羊本说:"这个全村人都知道,可就是不知道她到底喜不喜欢我。"

乌金说:"那你就问问她嘛。"

羊本说:"问了也不说。"

乌金说:"总有办法问到的。"

羊本叹了一口气说:"跟一个小家伙在一起真没什么意思。"

乌金生气了,说:"你看你又喊我小家伙了,我们不是打赌以后不再叫我小家伙了吗?"

羊本笑了,说:"还不知道你能不能坚持当一天的瞎子呢。"

乌金说:"我肯定能坚持,我坚持下来写出一篇好作文,这个学期就有可能戴上红领巾了。"

羊本似乎觉得很无聊,没再说话。

过了一会儿羊本又说话了:"你体验到瞎子的感觉了吗?"

乌金说:"没有,我只是觉得周围都黑乎乎一片,差不多就跟晚上一样,但跟晚上又不一样。"

羊本说:"那是什么感觉?"

乌金说:"具体我也说不清。"

羊本烦了,说:"你好好体验瞎子的感觉吧,我要睡一会儿了。"

乌金说："你别睡，我看不了你的羊群。"

羊本笑着说："你不用看，再说你也看不了，你只要用耳朵留意一下羊群的声音在不在周围就可以了。"

说完就侧身躺下了。

羊本又坐起身，看了一眼羊群说："我看羊群这会儿也不会走远了。等会儿咱们一起吃午饭，我阿妈给我装了午饭，够我俩吃了。"

说完又侧身躺下了，一会儿就发出了轻微的呼噜声。

乌金自言自语似的说："我不能睡着，我要好好体验。"

羊本睡着之后，乌金就开始仔细地辨听周围的声音，去体会那个看不见的世界。

5

一个刺耳的女孩的声音"羊本、羊本"地喊了起来，羊本一下子醒过来了。

他揉着眼睛看也不看地说："央措！"语气中有几丝兴奋。

那个女孩继续刺耳地喊："你也不知道管管自己的羊群吗？你的羊群快要跑到我的羊群里来了。"

羊本依然很高兴的样子，站起来看了看不远处的央措大声说："两个羊群合在一起了更好。"

央措骂了一声"混蛋"，就把羊本的羊群往羊本这边赶，把自己的羊群往回赶。

羊本高兴地看着央措赶羊，没有动弹。这时他才注意到了乌金。乌金侧身躺在他的旁边，睡着了，发出轻微的鼾声。

他踢了一脚乌金，把乌金弄醒，说："你就是这样体验瞎子的感觉的吗？"

乌金无精打采地坐了起来，含含糊糊地说："蒙住眼睛睡觉似乎能睡得更香一些。"

羊本又冲着央措喊起来："央措，过来吧，过来我们一起吃午饭吧。"

央措这才注意到羊本的身边还有个人，就大声地问："你旁边的那个人是谁啊？"

羊本喊："是乌金，小学生乌金。"

央措喊："他怎么没去上学？"

羊本喊："你过来吧，过来就知道了，很好玩儿。"

央措犹豫了一会儿，就过来了。

央措看着乌金问："他怎么用一块红布把眼睛给蒙上了。"

羊本就给央措讲乌金这样做的原因。

央措听了说："真是奇怪。"

乌金看着央措的方向说："央措姐姐，刚才羊本说他很喜欢你。"

央措笑了，看着羊本。羊本的脸一下子红了，瞪了一眼乌金说："你这小家伙瞎说什么呀。"

乌金不理他，说："央措姐姐，他说他就是不知道你到底喜不喜欢他。"

央措看了一眼羊本，又看着乌金说："我也不知道。"

乌金说:"央措姐姐,你很好看。"

央措笑着说:"你蒙着眼睛还说这些。"

乌金说:"你一直就很好看。"

央措看着羊本笑,羊本的脸还是很红。

看着央措对着自己笑个没完,羊本就说:"央措,我们吃午饭吧,我阿妈给我准备了很多好吃的。"

央措还是笑着说:"你应该像乌金一样叫我姐姐,别忘了我比你大两岁呢。"

乌金说:"央措姐姐,你以后会嫁给他吧?"

央措说:"来,乌金,我们一起吃午饭。"

羊本就赶紧把阿妈给自己准备的午饭全倒了出来,央措也把自己的午饭拿出来了。

这时乌金也说:"我书包里也有吃的。"说着从书包里拿出了一些吃的。

央措看着前面的各种食物,说:"今天的午饭很丰盛啊。"

羊本笑了笑,自己先吃了起来。

央措给每人倒了奶茶,自己先喝了一口。

乌金仔细地听他俩吃东西、喝茶的声音。

央措看到他的样子,就说:"乌金,先把那块布取下来,等吃了饭再蒙上吧。"

乌金说:"不行,我已经发誓了。"

央措笑了笑,把茶碗放在他的手里,又把一块糌粑点心放到了他的手里。

他们不说话,只是各自吃着,偶尔羊本和央措抬头看看自己的羊群。

这时,从他们后面传来一个人的声音:"哈哈,你们的午餐很丰盛啊,我加入进来可以吗?"

羊本和央措往后看,是村里的英俊小子旦多,他骑着一匹马过来了。央措站起来高兴地说:"可以啊,快来吧。"

羊本瞪了旦多一眼,没有说话。

旦多下马,把马拴在一边,过来坐下了。他看见乌金的样子,就又问这问那,央措把羊本讲给她的话给他讲了一遍。

旦多似乎也不觉得奇怪,说:"如今这世道什么稀奇古怪的事情都有。"

说完就自顾自地拿起地上的东西吃起来,好像那些东西全是他自己带来的。

央措看着旦多吃了几口后,看了一眼一直低头不说话的羊本,笑着说:"旦多,刚刚听乌金说羊本很喜欢我,你看你来了,他好像就不高兴了。"

旦多一边吃一边笑着说:"是吗?很好的事情啊,他自己对你亲口说过吗?"

央措也装作疑惑地说:"没有,他一次也没有对我说过这样的事。他自己不亲口对我说,我怎么知道这是不是真的啊。"

旦多笑着对羊本说:"羊本,你要真喜欢她,现在就对她说吧。"

乌金说:"他以后还要娶她呢。"

旦多说:"是吗?那可不得了。"

央措说:"这两个小家伙很好玩吧。"

羊本说:"不许你叫我小家伙!"

旦多笑着说:"羊本这么个毛都没长出来的小家伙还要娶你,你可要享福了,很好玩,很好玩啊。"

央措一下子大声地笑了起来。

羊本又开口了,问:"我没长什么毛?"

央措一下子停住笑,但接着笑得更厉害了,指着羊本说:"你看看,你看看,这个小家伙!"

旦多也哈哈大笑起来,说:"羊本,男人的毛你长了吗?"

羊本疑惑地说:"你有头发,我也有头发,我还要什么毛?"

旦多走过来说:"胡子你长了吗?"

羊本知道自己没长胡子,就说:"总有一天我也会长出胡子的。"

旦多坏笑着说:"还有其他的毛你长了吗?"

羊本显得很疑惑:"还有什么毛?"

旦多笑得在地上打滚,说:"等你长大了就知道了。"

羊本没再问,一脸的疑惑。

央措笑着问乌金:"乌金,羊本现在脸上的表情你能想象得到吗?"

乌金说:"想象不到,什么表情?"

央措说:"你想象不到就可惜了,很有趣。"

旦多停止在地上打滚,还是笑着,说:"最主要的是你凭什么要娶她?"

羊本不说话了。

乌金开口说:"央措的阿爸很早就答应羊本的阿爸长大后把央措嫁给羊本了。"

旦多停止笑,看着羊本说:"那些都是胡扯,男人娶女人要靠自己的本事。你说说你有什么本事?"

羊本又开口了。他看了看央措,很自信地说:"我能放好羊。"

央措和旦多哈哈大笑起来。乌金也跟着傻笑起来。

笑完之后,旦多说:"草原上,是个牧人就能放好自己的羊,这不算什么本事。是个男人就得有匹好马,你有吗?"

羊本有点露怯地说:"我长大后一定会拥有一匹好马!"

旦多看着央措笑着。乌金也笑了。

过了一会儿,羊本不服气地站起来对旦多说:"你敢跟我摔跤吗?"

旦多笑着走到一块平地上,说:"听说你摔跤摔得不错,你们那帮小孩里面没有一个是你的对手,是吗?"

羊本看着个子比自己高很多的旦多,有些犹豫,不敢上前。

旦多看着羊本的样子说:"你不是要和我摔跤吗?这会儿是不是又怕了?"

羊本给自己壮了壮胆说:"哼,我还以为你怕了呢,我正要准备提醒你呢。"

旦多笑了,随后他俩便摆开了摔跤的架势。

羊本扑向了旦多。旦多很巧妙地躲开了。旦多拦腰抱住羊本晃了一圈,然后把他重重地摔在了地上。

乌金一直在紧张地捕捉着他俩摔跤的声音。听到"啪"的一声一人摔倒在地的声音,乌金马上问:"谁摔倒了?"

央措笑眯眯地说:"小家伙羊本摔倒了。"

乌金着急地说:"哎呀呀,要是我没发誓做一天的瞎子,我也要看他们摔跤的样子。"

央措"咯咯"地笑着说:"那就把那块布取下来看吧。"

乌金又不说话了。

羊本不肯罢休,站起来又扑向旦多。旦多还是把他重重地摔在了地上。

没等乌金问,央措就笑眯眯地说:"又是小家伙羊本摔倒了。"

乌金似乎着急得不行了,来回地走,有时候还摔倒。

羊本又爬起来扑向旦多。旦多还是轻而易举地把羊本给摔倒了。

没等央措开口,乌金就紧张地问:"羊本是不是又摔倒了?"

央措笑着说:"是他。"

乌金来回走动着,嘴里胡乱地叫着什么。

旦多看着趴在地上的羊本,说:"小家伙,还要来吗?"

羊本坐起身掸了掸身上的尘土,说:"俗话不是说男人摔跤只摔三次吗?不然我一定会摔死你的。以后不许再叫我小家伙!"

旦多对着羊本哈哈大笑起来。

羊本愤怒地对旦多说："我一定要娶到央措，我已经答应我阿妈了。"

旦多笑得更厉害了，对着央措说："你听到了吗？央措，这个小家伙说他答应他的阿妈要娶到你。他想替他阿妈娶你做老婆呢。"

央措也笑了起来。

羊本又对着央措说："我不是开玩笑，我真的答应阿妈要娶你了。"

央措和旦多还是笑。看着他俩笑个不停，羊本就哭了起来，而且哭的声音越来越大了。

旦多不笑了，对羊本说："等过了一两年，你能摔倒我的时候，你就有机会娶到央措了。"

央措也微笑着看羊本，用袖口擦了擦羊本脸上流在一起的眼泪和鼻涕。

旦多走过去解开马缰绳，看着远处央措的羊群说："央措，你的羊群已经走远了，咱们走吧。"

说着旦多翻身上马，回头看着央措。

央措看了一眼显得很失落的羊本，安慰了一句，过去骑在了旦多的后面。

羊本愤怒地看着骑在马上的旦多和央措，站起来狠狠地说："我答应我阿妈的事，我一定要办到。"

旦多笑了笑，松开缰绳任那匹马轻快地跑起来，央措紧紧抱住旦多快意地笑了起来。

随后，从旦多的嘴里飘出了一首曲调欢快的情歌，充满了周围的草原。渐渐地，这首曲调欢快的情歌也随着旦多和央措飘远了。

羊本看着他们翻过那座山包消失后,颓然坐在了地上。

6

过了中午,羊本还是坐在地上一动也不动。乌金推了一下他说:"你就这样一直坐着不起来了吗?"

羊本不理乌金,目光凶狠地看着前面自己被旦多摔倒的地方。

乌金说:"你要是这样,你以后肯定就要不到央措了。"

羊本这才说话了:"你这话什么意思?你这是在取笑我吗?"

乌金说:"我在学校里打架从来没有哭过,就是输了也不哭。你刚才不应该在央措面前哭起来。"

羊本一下子站起来说:"你以为我打不过他吗?要不是我阿妈早上嘱咐我不要在外面打架,我早就把他打得站都站不起来了。"

乌金笑了起来:"你就不要吹了,虽然我看不见你们摔跤,但是我能感觉到你不是他的对手。"

羊本生气地说:"你再胡说,小心我揍你。"

乌金还是笑着说:"你揍比你小的小孩,算不上本事,有本事过一两年把比你大的旦多摔倒在地,把央措娶回家。"

羊本举起手想打乌金,但是看到乌金被那块红布蒙住眼睛的样子，又把手放下了。

乌金开口说:"羊本，以后我帮你练习摔跤，一两年后一定要把旦多摔倒在地，而且要在央措的面前，最好让旦多也哭。"

羊本高兴了，把手搭在乌金的肩膀上说:"你真是我的好伙伴，我以后不再叫你小家伙了。"

乌金也高兴了，把手搭在了羊本的肩膀上。

羊本说:"你说我和旦多谁英俊?"

乌金说:"当然是旦多英俊，姑娘们都这样说。"

羊本有点伤心的样子，不说话。

乌金似乎猜透了羊本的心事，说:"羊本，其实你也是个英俊的小伙子，你只要把本事练好就可以了。"

听到这话，羊本高兴地笑了，说:"对，我得好好练练本事了。"

乌金也高兴了，说:"我相信你。"

羊本摸了摸头上一块发青的地方问乌金:"乌金，你能不能看看我这里是不是破了，特别疼?"

乌金说:"可是我看不见啊。"

羊本说:"你就不能取下那块布偷偷地看一眼吗?"

乌金为难地说:"可是我已经对佛发誓了。我说过我要做一天的瞎子，现在取下来，我就写不出我的作文了，写不出作文我就可能戴不了红领巾了。"

羊本说:"哦，那就算了吧。"

乌金说:"很疼吗?"

羊本只是摸着头上那块发青的地方，没有说话。

过了一会儿羊本说:"乌金,你已经体会到瞎子的感觉了吗?"

乌金犹豫了一会儿说:"我说不太准,就是很黑的感觉。"

羊本说:"那可能就是瞎子的感觉,你就照那个感觉写吧。"

乌金说:"可是我又觉得我没什么可写的。"

羊本说:"那就继续体会吧。"

乌金说:"我现在什么也看不见,心里有点害怕。"

羊本说:"你不用害怕,我会一直跟着你的。"

乌金说:"好。"

羊本又想起什么似的问:"你是怎么从学校走到这里的?"

乌金说:"我摸索着就过来了。路上还摔了几跤,但还是能感觉到路。"

羊本说:"那我也试试吧,我用腰带把眼睛蒙起来。"

乌金说:"好。"

羊本就解开自己的腰带,把自己的眼睛给蒙上了。

乌金问:"蒙上了吗?"

羊本说:"蒙上了。"

乌金问:"什么感觉?"

羊本说:"没什么感觉,就像在漆黑的夜里一样。"

乌金问:"你可以蒙着眼睛去赶羊吗?"

羊本说:"我想我不行。"

乌金说:"那咱俩一起走吧,两个人就好走了。"

羊本说:"好。"

他们就互相搀扶着往羊群的方向走。

7

羊本和乌金互相搀扶着往羊群的方向走时摔了几跤,但他们还是爬起来继续往前走。

就这样断断续续地摔了许多跤之后,羊本感觉有点不对了,取下了蒙住眼睛的腰带。

羊本突然间大声地笑了起来。

乌金莫名其妙地问:"你笑什么?怎么了?"

羊本依然笑着说:"咱们走到羊群的相反方向了。"

羊本拉乌金的手坐下来,说:"咱们休息一会儿吧,等会儿带你回去。"

这时,羊本看见村主任骑着一匹马过来了,看见羊本就问:"羊本,你放羊啊?"

还没等羊本回答,乌金就紧张地小声问:"那个人是谁?"

羊本小声说:"是村主任。"

乌金显得更紧张了,说:"你快去吧,千万不要告诉他我在这里,他会骂死我的。"

羊本就跑过去说:"村主任好。"

村主任看着羊本的后面说:"刚才跟你在一起的那个小孩是谁?"

羊本说:"是外村的一个放羊娃。"

村主任说:"是吗？我怎么看着有点像乌金啊。"

羊本说:"不是他，不是他。"

村主任狐疑地看着羊本的脸说:"我得过去看看。"

村主任就策马向那个小孩的方向走去。羊本也紧紧地跟在后面。

乌金听到村主任过来的声音就面朝地趴在了那里不动弹。

村主任走过去说:"这孩子怎么了？怎么就趴在地上不动了？"

羊本说:"他是怕你才趴在地上不敢起来。"

村主任说:"怕什么怕，赶紧让他起来吧。"

羊本也说:"赶紧起来吧，村主任知道你是谁了。"

乌金这才慢吞吞地爬起来，坐在了地上。

看着乌金的样子，村主任惊奇地说:"这孩子怎么了？怎么这个样子？"

羊本笑着说:"他说他要蒙住眼睛做一天的瞎子。"

村主任几乎从马上跳了起来，尖声问:"什么？他要做一天的瞎子？"

羊本说:"他们的老师让他们写一篇关于瞎子的作文，所以他要体验瞎子的感觉。"

村主任笑着说:"这孩子是不是脑子出了什么问题啊？"

羊本笑着不说话。

村主任说:"好好的人，做什么瞎子啊。"

羊本依然笑着。

这时，村主任自言自语似的说:"我倒是希望自己变成一个瞎子,这阳间的不想看见的事情真是越来越多了。"

村主任突然又想起什么似的问:"他怎么没去上学?"

羊本说:"他就是想体验瞎子的感觉才没去上学嘛。"

村主任生气了,说:"胡闹,快让他去上学。"

说完策马准备离开。

羊本跑到前面说:"村主任,喝口茶休息一会儿再走吧。"

村主任就下马和羊本、乌金一起坐在草地上了。

羊本跑过去拿自己的茶和碗。

这时,乌金说:"村主任,这次您原谅我吧,将来我一定会好好学习。"

村主任看着乌金的样子笑了一下说:"村里看你是个孤儿才供你上学的,你倒好,逃学。"

乌金紧张地说:"我一定会好好学习,报答大家的养育之恩。"

村主任笑着说:"只要你把蒙住眼睛的那块红布取下来,乖乖去上学,我就不怪你了。"

乌金说:"红布不能取下来,我已经对佛发誓要做一天的瞎子了。"

村主任说:"乌鸦嘴,瞎子都想看见光明,你一个明眼人倒想变成瞎子!"

乌金说:"我也不想变成瞎子,我只是要完成一篇老师布置的关于瞎子的作文,写好这篇作文就有可能戴上红领巾了。"

村主任说:"我管不了那么多,你要不去上学,村里以后就不管你了。你就得自己去放羊养活自己了。"

乌金吓得不知所措起来。

羊本拿着水壶和碗回来了。羊本擦了擦碗给村主任倒茶。碗是只木碗，村主任接过木碗看了看说："这是你阿爸的那只木碗吧？"

羊本说："我也不知道，我阿妈说这只木碗是阿爸留下来的，我就一直带着。我已经记不清阿爸的样子了。"

村主任叹了口气说："你真是个好孩子啊，只可惜你阿爸走得太早了，让你们娘儿俩吃了不少苦。"

羊本露出伤心的样子，不说话。

村主任说："你阿爸可是个大好人啊。"

羊本还是不说话。

村主任看着碗说："这只碗是你阿爸和我们去拉萨朝圣时买的，当时你阿妈正怀着你，你还没有生出来呢。那次我们有十几个人，我们每人都买了一只碗，但是我们买的现在基本上都没有了，你阿爸的传到了你手里，真不容易啊。"

羊本又开口了："可是我真的记不起他的样子了，我阿妈说我很像他。"

村主任仔细看了一眼羊本说："你长得确实很像你阿爸，尤其眼睛和鼻子很像。"

羊本说："那我知道我阿爸长什么样了。"

村主任笑着又说："可是你没有你阿爸那样很漂亮的胡子啊。"

羊本问："是格萨尔王那样的胡子吗？"

村主任说："是，是，就是格萨尔王那样的胡子。"

羊本说："我阿妈说我长大了会有那样的胡子的。"

村主任笑了笑,喝了一口茶说:"你阿爸以前可喜欢喝奶茶了,一边揉皮子,一边喝奶茶,有时能喝掉两三壶奶茶。"

羊本说:"我也喜欢喝奶茶。"

村主任说:"这可能也是像你阿爸的缘故吧。"

羊本又不说话了。

过了一会儿村主任说:"你阿爸以前也是一个很好的牧人。他习惯一大早就把羊群赶到草地,直到黄昏日落后才把羊群赶回家。"

羊本又开口了:"我也喜欢一大早就把羊群赶到草地,黄昏日落后才把羊群赶回家。"

村主任说:"这也说明你很像你的阿爸。"

羊本的脸上露出了笑,不说话。

村主任喝羊本倒的第二碗茶时发现了羊本额头上发青的瘀痕就问:"你脸上怎么了?"

乌金终于插上了一句话:"是旦多刚刚打了羊本。"

村主任问:"为什么?"

乌金说:"他们是为了央措打起来的。"

村主任问:"为什么?"

乌金说:"羊本答应了他阿妈要娶央措,但是旦多笑话羊本还没长男人的毛,没资格娶央措。"

村主任大声地笑了起来,问乌金和羊本:"你们知道男人的毛是什么吗?"

乌金和羊本同时说:"不知道,问了旦多,旦多也没有说。"

村主任笑着说:"等你们长大了就知道了。"

乌金朝羊本的方向抢先说:"旦多说的也是这句话。"

村主任就更加大声地笑了起来。

羊本莫名其妙地看着村主任笑的样子。

乌金说:"旦多说再过一两年,要是羊本能摔倒他就有机会娶央措了。"

村主任看着羊本说:"那就要好好地练本事啊。"

羊本对村主任说:"我听我阿妈说,我阿爸在世的时候,央措的阿爸答应长大后要把央措嫁给我,是不是现在我阿爸不在了,央措的阿爸变卦了啊?"

村主任笑着说:"人家虽然答应过要把央措嫁给你,但是小伙子自己也得有点本事啊,要不然人家就是把女儿嫁给了你,你怎么保护人家的女儿啊?"

羊本听到这话,羞愧地低下了头。

乌金又开口了:"阿卡村主任,你是一村之长,你将来可要支持羊本啊,他们既然已经答应了,就要说话算话啊。"

村主任瞪了一眼乌金说:"怎么,你还不去上学吗?要不要我亲自把你送到你们老师那里啊?"

乌金恳求道:"村主任,明天开始我一定会好好学习,天天向上。但是今天你就放过我吧,再说我也是为了完成老师布置的作文才这样的。"

村主任把木碗放回羊本手里,站起来骑上马走了。

等村主任走远之后,乌金说:"村主任不会去学校告诉老师我在这里吧?"

羊本笑着说:"放心吧,不会的,村主任哪有那么多时间。"

乌金也笑了,说:"这下你也可以放心了,以后村主任肯定会为你做主的。"

两个人都变得很开心了。

8

草原上的时间说快也快,说慢也慢,这会儿天昏沉沉的,也看不出具体的时间。

羊本看着羊群懒洋洋的、不急于吃草的样子,就肯定地说:"现在已经是黄昏了。"

这时,羊本看见一些羊缓慢地往回家的方向走,就更加肯定地说:"是黄昏了,该回家了。"

乌金却有点伤心地说:"我蒙了一天的眼睛,却好像也没有什么特别的感受啊。天马上就要黑了,天黑了就和我蒙着眼睛一样了。"

羊本说:"那就把那块布取下来,我们一起回去吧。"

乌金想了想说:"我还要蒙一会儿,也许天黑之前会有一些感受呢。"

羊本说:"还会有什么感受啊,你回去随便编一些不就行了吗?"

乌金说:"都蒙了一天了,再蒙一会儿也无妨。走吧,咱们回吧,我不会碍事的。"

羊本过去把羊群都聚拢到一块儿,往回家的路上赶。

乌金仔细地辨别着黄昏时草原上的各种声音。他听到了一些以前没有听到过的声音。他有些兴奋。

羊本走过来拉乌金走。

他们跟在羊群的后面慢慢地走时,乌金似乎听到了什么不一样的声音。

乌金就停下来仔细地听。

羊本看见乌金的样子就问:"你在听什么?"

乌金说:"我好像听见什么特别的声音了。"

羊本说:"什么声音?"

乌金仔细地听,没说话。羊本也学着乌金的样子仔细地听。除了羊群中传来的一些熟悉的声音,羊本什么也没听到。

乌金还在仔细听着。

一会儿,乌金的神情有了变化,对着羊本的方向喊道:"羊本,你过来,我确实听到了什么声音。"

羊本走过来,像乌金那样仔细地听了听说:"你胡说什么呀?哪有什么声音?"

乌金认真地说:"有,真的有,好像是唱歌的声音。"

羊本看了看乌金,说:"声音是从哪个方向传来的?"

乌金继续仔细地听了一会儿,确定地指向了东面。

羊本拉上乌金说:"走,我们去看看。"

羊本和乌金开始很快地走,接着就跑起来了。

跑了一会儿,羊本也似乎听到了什么声音。羊本停下来说:"我也听到了什么声音。"

两人继续往前跑,气喘吁吁的。

这时,羊本又停下来说:"我确实也听到了唱歌的声音。"

两人又跑了起来，跑了一会儿就摔倒了。这时，那声音越来越清晰了。

羊本和乌金趴在地上，仔细地辨别着声音传来的准确方向。

可是，那声音突然停下了。羊本和乌金不知所措起来。一会儿，那中断的声音又响了起来。他们听清那是一个人在唱歌。

羊本问乌金："这是什么声音？"

乌金说："我也不知道。"

羊本和乌金就站起来，循着声音小跑了过去。虽然传来的声音很清晰，但他俩还是循着声音传来的方向走了很长的路。

那声音越来越近、越来越清晰了。

最后，他们在一片草丛中找到了一颗人造卫星。

羊本小心翼翼地拿起那颗人造卫星，好奇地看着。人造卫星里传出了一个男人唱歌一样的声音。

羊本好奇地说："这会是什么？里面有个男人在唱歌。"

乌金焦急地问："是个什么样子啊？"

羊本又把那个东西前后左右地看了看说："我也说不好，有点像装糌粑的小匣子，但是装糌粑的小匣子怎么会发出这样的声音呢？"

乌金想了想，突然说："会不会是天上的星宿啊？"

羊本马上否定了："天上的星宿怎么会掉到草丛里呢？"

乌金解释说："每天晚上不是能看见有星宿从天上掉

下来吗?"

羊本想了想说:"那天上的星宿怎么会唱歌呢?"

乌金像是突然想到了什么似的说:"我们老师说有些人造的星宿就会唱歌。"

羊本疑惑地说:"什么?人造的?天上还有人造的星宿?人造的星宿怎么会飞到天上呢?"

乌金说:"这个我也不知道。"

羊本就笑着说:"所以说,这肯定不是什么星宿,我想这里面肯定有个小人儿在唱歌。"

乌金半信半疑地说:"不会吧。"

羊本说:"肯定有!我要打开它找出里面的小人儿。"

乌金马上说:"你不能一个人打开,这是我发现的。"

羊本笑了笑说:"你发现什么?你忘了你的眼睛是蒙住的吗?你连看都看不见!"

乌金辩解道:"不,那是我先听到的。"

羊本狡黠地说:"听到的不算,不是说眼见为实吗?"

乌金有些无奈了,说:"求求你了,能不能等到明天咱们再一起打开它?"

羊本坚决地说:"不行,万一里面的小人儿跑了呢。我现在就要打开它,找出里面唱歌的小人儿。"

那颗人造卫星里还在发出唱歌一样的声音,但是声音很弱。

羊本问乌金:"你念了那么多书也听不出里面唱的是什么?"

乌金又仔细地听了一会儿,使劲摇了摇头说:"里面唱歌的人唱得很含糊,我根本听不清在唱什么,但肯定是用汉语在唱。"

羊本没再搭理他,看那个玩意儿。

那里面传出的声音越来越弱了,乌金说:"里面的小人儿是不是饿了,怎么声音越来越小了。"

羊本已经准备要拆那颗人造卫星了,敷衍似的说:"嗯,可能是饿了吧。"

乌金又问:"你还看见什么了吗?"

羊本仔细看了看那东西说:"这上面还写着几个字呢,可惜我看不懂。是汉字。"

乌金说:"你留到明天让我看我就明白上面写什么了。"

羊本说:"不行。"

羊本从怀里掏出一把吃肉的小刀,开始拆那颗人造卫星。

乌金在旁边很着急。羊本继续拆着那玩意儿。

乌金吓唬羊本说:"以前听老师说这种人造卫星里面有很多国家的机密,我们还是放回去吧。"

羊本不理他,低头乱拆着。一会儿,人造卫星里的声音就不响了。

乌金急了:"你把那个东西怎么了?你是不是伤着里面的小人儿了?"

羊本有点紧张地说:"没有,我还没有捉到里面的小人儿。"

乌金悄悄地说:"羊本,要不我就取下红领巾看一眼吧,你不要告诉别人就是了。"

羊本很认真地说:"不行,你已经发过誓了,你这样做是自欺欺人。"

乌金只好"唉"了一声。

这时,那个玩意儿里面又传出了那个男人沙哑的、含混不清的声音,乌金突然间就听懂了这么两句:"那天是你用一块红布,蒙住我双眼也蒙住了天。你问我看见了什么,我说我看见了幸福——"

接下来唱了什么,乌金又一句也听不懂了。

羊本继续叮叮当当地拆着,把那个人造卫星的零件拆得散落了一地。

乌金突然一下把蒙住他眼睛的红领巾给扯了下来,扔到一边了。

这时,从人造卫星里传出的男人沙哑的含混不清的唱歌的声音变调了,渐渐地什么也没有了。

乌金看着被羊本零零散散地扔在地上的各种零件,气愤不已地说:"人呢,你捉到的小人儿呢?"

羊本看着面前的那些零件,叹了一口气说:"没有,什么也没有。我也不知道跑哪里去了。"

乌金的脸上露出了笑容,说:"我听懂那个男人唱什么了。"

羊本赶紧问:"唱了什么?"

过了好一会儿,乌金才慢吞吞地说:"你这个混蛋,我不说。"

羊本也笑了,说:"你这个小家伙!"

寻找智美更登

1

江央站在村口路边的一处高地上望着远处。

远处有几棵树,被一层淡淡的雾包围着,若隐若现。

江央的身后是刚刚被犁过的田地,地里还散发着泥土的清香。对面的村庄里有许多人家,炊烟袅袅地从每家每户的烟囱里冒出来,升到半空之后又慢慢散开了。远处隐约传来村人祭祀念诵祈祷词的声音,时断时续的法号的声音,小孩子啼哭的声音,牛羊出圈的声音,还有许多杂七杂八辨不太清楚的声音。

江央沉浸在这些声音和景色里面,一动也不动。

江央是个电影导演,他为了拍摄一部电影和摄影师等人一起出来找演员。早晨他们的那辆切诺基爬上山坡,过了山口,这些景象就迎面出现在了他的面前。

江央赶紧叫司机停下车,自己下车了。

走了几步他又停下回头说:"你们先去确认一下是不

是这个村庄吧，我在这里等你们。"

司机"呀"了一声就开车往前走了。

一路上他们已经走错了很多村庄，江央的心里也有些疲惫了。

江央从口袋里拿出一支烟，点着吸了起来。

烟吸到一半时，传来了切诺基的声音。随后，从那个小山丘边的土路上便出现了他们的那辆黑色切诺基，还摁了一下喇叭。切诺基的后面卷起了浓浓的尘土。

江央看了一眼就扔掉手里的烟慢慢地向路边走去。

切诺基在江央旁边停了下来，司机摇下车窗说："咱们走错村庄了。"

江央应了一声就上车了。

切诺基加大油门往前开去，后面是一溜烟的尘土。

2

切诺基在土路上一直颠簸着，车里放着一首既传统又经过加工的情歌。歌手的声音很忧伤，翻来覆去地唱下面的歌：

美酒甘甜清香

益西卓玛拉

敬请姑娘享用

益西卓玛拉

三口喝完此杯

益西卓玛拉

不要一次喝完
益西卓玛拉
慢慢慢慢享用
益西卓玛拉
三口喝完此杯
益西卓玛拉

快乐小小酒馆
遇见心中姑娘
敬我美酒一杯
胜似美妙琼浆
三口喝完此杯
益西卓玛拉

这首翻来覆去的歌听得车里的每个人都昏昏欲睡。

司机终于看见前方的土台子上有几个人在向这边张望,就说:"我们说好十点到他们村,现在都十二点了,人家肯定等了很长时间了。"

坐在司机旁边的老板也看了看前面说:"人家肯定等了不少时间,要是没走错路就好了。"

司机继续看着前面,脸上露出一丝兴奋的样子:"但也总算是到了,要是还不到,你们都这样昏昏欲睡的,我也困得快把不住方向盘了。"

江央在后面催促道："那就快点吧。"

车一下子快了，车里唱歌的声音也被隆隆的马达声盖过去了。

车快到那个土台子时，他们看见那几个人在招手，就停下了。

他们下车后，土台子上下来一人说："你们就是那几个拍电影的吧？"

司机赶紧说："是，是。"

那人说："路上吃苦了吧，我们等了你们一个上午。"

老板上前握住那人的手说："路上倒是没吃什么苦，只是走错了路，耽误了不少时间，让你们久等了。"

那人说："我们倒没事，反正整天也闲着，听说你们要来我们还挺高兴的，只要你们路上没吃苦就行，我是这儿的村主任，你们的导演是谁？"

老板指着江央说："谢谢你们，谢谢你们，这位是我们的导演。"

村主任握住江央的手说："昨天我弟弟就打电话来了，说你们是高中同学吧？"

江央也笑着说："对，我们是高中同学，他说他今年可能回不了家。"

村主任说："自从参加工作之后，他回家的次数就明显少了，老是说工作很忙。"

江央说："他们机关的工作确实挺忙的，毕业之后我们也没见过几次。我家里人也总是这样说我，但平时总是有一些莫名其妙的事情让你脱不开身，其实我们是很想回到家里多待些日子的。"

村主任说:"其实我们也知道你们很忙,主要是你们老在外地总是不放心啊。"

老板笑着说:"其实他们已经很适应那个环境了。"

江央指着微微发福的老板说:"噢,忘了介绍了,这位是老板。这次他是义务给我们带路的。"

老板又一次和村主任握手。

导演又把摄影师和司机介绍给了村主任。

他们一一握手。

土台子上的另外几个人也下来跟他们热情地握手。

待大家握过手之后,江央对村主任说:"这次我们来主要是听说你们这儿以前演过《智美更登》,想找一个演智美更登的演员。"

村主任很认真地说:"这个昨天我弟弟打电话时都跟我交代过了,我已经通知了以前演过这出戏的演员,今天让他们在家里等着,但是他们已经好几年没演《智美更登》了,不知道现在还会不会演。"

村主任又对旁边的一个小伙子说:"你去把他们叫来。"

之后,又对江央说:"我们先去村里的党员活动室吧,以前那儿是放《智美更登》的道具和服装的地方,那儿还有演出《智美更登》的戏台哪。"

江央马上说:"太好了,那我们就过去看看吧。"

几个人被村主任领着走,经过一个小河滩,进了一个四周都有围墙的大院子。

院子里有几块大石头,还有两个旧的篮球架子,正对着大门有一个大的舞台。

村主任说:"咱们先到党员活动室休息一会儿吧,你们也应该很累了。"

说着把他们领进了门口挂有党员活动室牌子的房间。

党员活动室里有几张旧沙发和两张办公桌,正中间的墙上挂着马恩列斯毛像,左右两边挂着一些锦旗和奖状,收拾得很干净。

村主任让他们在沙发上休息一会儿。

江央看了看屋里说:"你不是说还有藏戏《智美更登》的服装道具吗?我们先看看吧。"

村主任说"有有",带他们进了隔壁的套间。

隔壁套间里木头搭起的平台上堆满了藏戏《智美更登》的服装道具,墙上还挂着几个面具,上面都积着一层厚厚的尘土,很久没有动过的样子。

村主任拿起一个大臣的帽子给江央看。

江央接过去看时,上面积着的尘土掩住了原来的颜色。江央往上面吹了一口气,扬起一阵尘土,使得大家捂起嘴巴直咳嗽,但还是看不清是什么颜色。

老板拿起一个藏戏面具戴在自个儿脸上做出各种怪异的动作,引得大家直发笑。

之后,老板又好奇地拿起一个圆形的帽子笑着说:"你看他们多有主意啊,把一个安全帽改成了大臣的帽子。"

说话间,从玻璃窗户里看见几个年轻男女进了院子。

村主任看了看外面对江央说:"演智美更登的人来了,咱们出去吧。"

大伙儿走出了党员活动室。

村主任指着刚刚进来的一个抱着小孩的男人说:"他就是当年演智美更登的演员,那几年可是轰动了方圆几里的村庄啊。"

江央走过去对那男人说:"你没演智美更登几年了?"

男人想了想说:"大概有五六年了吧。"

江央看着他的脸问:"那你今年多大了?"

男人不假思索地说:"我今年三十二岁。"

一个歪嘴男青年问老板:"你们是来选演员的吗?"

老板笑着说:"对,我们年底要拍一部电影,里面需要一个演智美更登的演员,听说你们村以前演过《智美更登》,就特意来看看。"

歪嘴男青年对着演过智美更登的男人开玩笑似的说:"嘉措,你可要好好表现哪,要是真选上了就能上电视了,我们就能在电视里看到你了,你可要出大名了。"

老板一本正经地说:"我们拍的是电影,将来你在电视里是看不到的,小时候你看过电影吧?就是在一块大白布上放的那种。"

歪嘴男青年说:"这个我也懂,但是那种电影已经有好多年没有看过了,小时候在村里经常看那种电影,在县上也看过很多,不过县里有电影院,电影院里的那种椅子、那种感觉是无法比的,尤其带上一个女孩子一起看,那种感觉真是绝妙啊!那时候我正在县城上中学,就老是骗家里的钱带着一个女孩去看那种电影,电影倒是看了不少,但是后来连高中都没考上,那个女孩也没考上,想想可能真是害了那女孩啊。"

江央笑着说:"你的经历倒是和我很相似啊,只是我现在能拍电影,而你却不能拍电影,有点可惜啊,可能是你太早熟了吧。"

歪嘴男青年一本正经地说:"你觉得我也有可能拍电影吗?"

江央笑着说:"很有可能啊,每个人都有可能拍电影。"

歪嘴男青年笑着说:"那我当年没好好读书有点可惜啊。"

老板笑着说:"这就是命运啊,谁又能知道自己有怎么样的命运呢?"

歪嘴男青年看了看老板说:"你说得有道理,我和那个女孩好像就只有那么一点点缘分,虽然那时两人那么要好,但是现在我却连她在哪里都不知道。"

江央笑着说:"你的故事挺有意思的,也许将来可以拍成一部电影。"

歪嘴男青年不太相信但又很高兴地说:"真的吗?那太好了,我可以把那时候更多的秘密讲给你听的。"

老板笑着说:"你不要听导演乱说了,他已经跟很多人说过要拍他们的故事。"

江央很认真地说:"我倒是真的希望把这些拍成电影的,我觉得挺有意思的。"

歪嘴男青年有些羡慕又有些遗憾地说:"那些演电影的人命真好啊,他们能把自己的形象生生地留下来,人这一辈子总得在阳世上留下点什么吧?"

村主任瞪了一眼歪嘴男青年说:"不要光顾着瞎聊,人家还有正经事哪。"

说完又对着演智美更登的男人说:"你把孩子放下,到台上唱两句吧,让人家看看你到底怎么样啊。"

台下的几个人也附和着说:"放下孩子,赶紧到台上唱两句吧。"

演智美更登的男人不好意思地对江央说:"我可以抱着孩子上去唱吗,这孩子爱哭,除了我和他妈谁都不认。"

江央笑着说:"可以,可以,你上去唱两段你最拿手的就行了。"

男人抱着孩子从后台的小门绕到了戏台上。

江央赶紧对跟在后面的摄影师说:"等会儿他唱时你把戏台带人全拍下来,回去做资料。"

摄影师赶紧做好了拍摄的准备。

男人抱着孩子在戏台上走了几步说:"几年不唱现在有点紧张啊。"

这时,台下的人群里传出一个女人的声音:"哪止几年啊,咱们没演智美更登都有十个年头了。"

男人在台上指着那个女人说:"她就是当年演我妃子的演员。"

江央等几个人的目光落在那个抱着小孩的女人身上。

歪嘴男青年对着台上笑着说:"她演的不是你的妃子,她演的是智美更登的妃子。"

人群中传来一阵哄笑声。

台上的男人抱着孩子有点不服气地争辩道:"我就是智

美更登,她就是曼达桑姆,为什么不能说她是我的妃子?"

歪嘴男青年更加大声地说:"你只是演了个智美更登而已,她也只是演了个曼达桑姆而已,不要搞错了。"

村主任对着歪嘴男青年说:"人家即便不是智美更登,也演过好多次智美更登呢,你这样说好像你演过什么重要角色似的。"

众人笑了起来,歪嘴男青年有点不好意思地看着江央说:"我就是特别喜欢演戏,但是他们一直没给我一个机会。"

摄影师把镜头对准歪嘴男青年拍。

看着摄影师把镜头对着自己,歪嘴男青年有点紧张地说:"你没有拍我吧,不要拍我啊,怪不自在的。"

又指了指台上的男人说:"赶紧拍他吧,他才是你要拍的人。"

村主任对抱小孩的女人说:"你刚才说有十个年头没演智美更登,有这么久吗?"

女人不假思索地说:"怎么没有,从我结婚那一年起村里就没演过什么藏戏,我结婚都已经十年了。想一想时间过得真快啊,转眼间年华就已经老去了。"

台上的男人也说:"我刚刚仔细算了一下,村里没演藏戏确实已经十年了,可是心里总觉得只有五六年的时间,这时间真是飞快啊。"

江央的手机响了,手机铃声很古怪,一个小女孩的声音一个劲地说:"阿爸,阿妈来电话了。阿爸,阿妈来电话了。"

台上的男人停下来看他。

江央到一边接了一会儿电话就马上回来了。

抱小孩的女人开始说："我记得很清楚，那年秋天，跟我们一起演《智美更登》的其他几个演员都考上了大学，到城里上学去了，现在都成了国家干部。我们虽然演的是智美更登和曼达桑姆，但是我们都没能考上，成了现在这个样子。那年藏历年时，我虽然已经嫁了人，但还是想演一次曼达桑姆。可是那些学生没有一个愿意演的，也就没演成。学生们说要变一个花样，就排了一些稀奇古怪的唱歌跳舞的节目，从那以后就再也没有演过《智美更登》了。刚开始那些节目还挺新鲜的，但是那些节目大家看了几年也就没人看了。现在倒是有人老是嚷嚷着说想看藏戏《智美更登》和《卓瓦桑姆》等，可是现在恢复这些哪有这么容易啊。"

老板偷偷地看了几眼抱小孩的女人，眼神有点异样。

江央听着女人的话显出了沉思状。

这时，江央的手机又响起来了："阿爸，阿妈来电话了。阿爸，阿妈来电话了。"

江央走到一边去接电话，低声说了很多话。

其他人都用怪异的目光看着江央接电话的样子。

江央终于打完电话了，装上手机回到戏台前。

村主任有点急躁地对着台上说："站着不说话算怎么回事？人家是来看你们能不能演智美更登的，你还是赶紧唱一段吧。"

台上的男人也赶紧说："好，好，那就唱一段吧，我唱智美更登王子施舍眼睛那一段吧。"

说着清了清嗓子准备要唱,但是刚唱出声嗓子就被卡住了,最后,清了几遍嗓子后才唱了出来:

一双眼珠已取下
满足欲望施予你
望你从此见光明
看清三域辨是非

可是唱了这四句之后就再也唱不下去了,怎么也记不起词了,对着台下说:"实在是记不起台词了,唱这么点行吗?"

江央说"可以了,可以了",然后给摄影师做了个手势,让他不要再拍。

摄影师也笑着停下了。

看着台上的男人局促不安的样子,江央也笑了,说:"你可以下来了,谢谢了。"

待男人下来之后,又对抱小孩的女人说:"现在你来唱两句吧。"

女人支吾着不唱。

江央笑着说:"你是不是也要到戏台上才能唱出来啊?"

女人摇头。

老板走近女人问:"你是不是有什么事啊?"

女人又是摇头。

村主任见状说:"那你是怎么回事?"

女人小声对村主任说:"村主任,你来一下。"

说着走到了篮球架子那边,村主任也跟着过去了。

女人在篮球架子边站住悄声说:"村主任,昨天我跟你说的那件事情。"

村主任拍了一下脑门恍然大悟似的说:"看看我这记性,差点给忘了。"

说完,自己先过去了。

江央问:"有什么问题吗?"

村主任说:"没什么,没什么,都不好意思说出来。"

江央说:"有什么事你就赶紧说吧。"

村主任这才很不好意思地说:"是这样的,她和她男人在一个工地打工,每天能挣个二十元,昨天下午我去他们家说你们要来时,她男人不让她在家等,说他们俩得打工挣钱,我好说歹说都不行,最后就答应给她补上今天的工钱了。"

老板笑了笑说:"原来是这么点小事啊,我还以为有什么大事呢,今天的工钱我给她。"

说着从兜里掏出三十元钱,走到篮球架子旁塞到女人手里说:"给,多给你十元钱。"

这样一说,女人又不好意思了。

村主任走过来说:"拿着吧,这样你回去就有个交代了。"

女人拿出钱,取出十元还给村主任说:"我不能多要。"

村主任把十元钱还给了老板。

老板笑着说:"现在你可以唱了吧。"

女人点了点头,他们就过去了。

女人说:"我就唱智美更登施舍眼睛,我昏倒醒来后的那一段吧。"

江央说:"好,好,就唱那一段吧。"

女人便抱着孩子没有任何动作地唱了起来:

曾在哈相恶魔山,
忍痛度过三十年。
死里逃生到如今,
不幸又遭此厄运。
……

女人记得的唱词倒是不少,不停地唱了好几段。

唱着唱着,中间的唱腔都有些跑调了。

但是大家还是看着她唱。

最后,女人自己停下来说:"我还要唱吗?"

江央赶紧说:"可以了,可以了。"

老板笑着说:"唱得还真不错。"

江央看了看老板又对着村主任说:"我看就差不多了,我们该回去了。"

村主任急了:"哪有这样的道理,吃了午饭再走,这样走了我弟弟回来会骂死我的。"

老板说:"他们有点急,我们还是回去吧。"

村主任说:"谁也不用说什么了,到我家吃了午饭再走,都准备好了。"大家便往村主任家走。

那个喜欢电影的歪嘴男青年走近江央说:"你刚才说

的要把我的故事拍成电影的事是真的吗?"

江央笑着说:"有可能,我觉得你的故事挺有意思的,一个跟电影有关的爱情故事。"

歪嘴男青年小心翼翼地说:"那有没有可能让我自己演自己哪?"

江央依然笑着说:"也有可能,好多电影就是这样的。"

歪嘴男青年有点激动地说:"那你可一定要记得我啊。"

他们越走越远,除了一些笑声听不见具体的谈话内容了。

3

切诺基在一条公路上行驶着,车里还是反复不停地放着那首很是伤感的情歌。

老板看着前面的路说:"我们先去尼木村吧,尼木村离这儿近一些。"

江央说:"我对这一带不熟,就听你的了。"

江央又问司机:"司机,你认得去尼木村的路吗?"

司机回头说:"我认得路,以前去过一次,前面就得右拐了。"

刚拐进去司机又说:"前面的路断了,我们得绕着走。"

说着又把车倒回来,向另一个路口开去了。

一会儿之后,车就拐进了一条山路。

走上山路后,车里有点晃动起来。

老板问江央:"导演,刚刚那两个演员中你的意吗?"

江央说:"我看演员基本就不能用,不过那些场景倒是有点意思。"

摄影师说:"我觉得也是。"

江央笑着问老板:"你对那个小媳妇那么热情,你什么意思啊,我看着都有点不好意思了。"

摄影师也笑着说:"我也看出来了,没想到老板还那样色啊。"

老板神秘地笑着没有说话。

江央说:"别那样傻笑着,赶紧说说是怎么回事吧,是不是喜欢上人家小媳妇了?这种情况可不允许啊。"

老板依然神秘地笑着说:"我再怎么色也不至于在光天化日之下想入非非吧?"

摄影师说:"那你是怎么回事,对人家小媳妇那么殷勤?还抢着给钱。"

老板看着前面,语气有点忧伤地说:"这个你可能不懂,有时候看见一个人很容易想起另一个人的。"

江央说:"你就不要卖关子了,快点说说到底是怎么回事吧。"

老板的表情也变得忧伤起来:"那个小媳妇,她让我想起了我的初恋情人。"

江央的表情也发生了变化,好奇地问:"什么?初恋情人?"

老板依然伤感地说:"这个小媳妇和我的初恋情人长得很像。"

江央急切地说:"快讲讲是怎么回事吧。"

老板看着前面的路，顿了顿说："说一个女孩带走了我一生全部的爱也是可以的，我到现在也忘不了她。"

江央催他："那就讲讲那个女孩吧。"

老板把目光转向远处的山野，说："讲起这个会勾起很多往事的。"

江央再次催他："快讲讲是怎么回事吧。"

老板说："和那个女孩子的经历是我这辈子最重要的情感经历，我到现在也忘不了她。"

摄影师也在催他："那快点讲给我们听听吧。"

老板从远处收回目光说："我现在心里很难受，再说尼木村也快到了，等以后有机会了再讲给你们听吧。"

江央说："我最痛恨这种讲故事的方法，你这不是在我的心里留下一块疙瘩了吗？"

老板很认真地说："这是我真实的情感经历，这不是一个故事。"

江央的手机突然响起来了："阿爸，阿妈来电话了。"

江央拿出手机看了一下，想接又不想接的样子。

手机继续响着，老板回头说："手机响个不停怎么不接啊？"

江央没说什么，关了手机装进了口袋里，脸上没什么表情，像是换了一个人。

切诺基经过一段下坡路之后，就到了尼木村。

尼木村很有特色，周围树木茂密，房屋全部用木头建成，中央还有一座白色的佛塔。

切诺基在佛塔边停下了。

他们下车后,老板问一个转经的老人:"老爷爷,你们这儿负责藏戏的人是谁?"

老人停下诵经说:"你说什么,我耳朵不太好使。"

老板提起嗓门问:"你们这儿负责藏戏的人是谁?"

老人也提起嗓门说:"噢,是前面那一家,但是不在家,他们到河滩里砍柴去了,你们等一会儿,我让人去叫。"

老人叫来一个小孩说:"你快去河滩叫多杰叔叔回来,说有客人找。"

小孩不太愿意的样子:"太远了,我不想去。"

老人生气地说:"你这小孩怎么这个样子!"

小孩还是不愿意的样子。

老板想了想从兜里摸出一支钢笔说:"你是学生吧,这支钢笔给你,一定要好好学习啊。"

小孩接过钢笔很喜欢地看了看,跑去叫人了。

老人问:"你们从哪里来?"

老板指着江央等人说:"这些人是拍电影的,要在我们这儿拍部电影。老爷爷,电影你知道吗?"

老人说:"电影当然知道啊,以前不是在村里挂块镶黑边的白布老是放吗?那玩意儿还挺新奇的。"

江央说:"老爷爷,您知道的还真不少。"

老人皱着眉头说:"不过那玩意儿现在还有吗?已经有好多年没看过了。现在每家每户都围着那么个铁匣子看,有时候还放唐僧喇嘛西天取经的故事,挺好看的。但是有时候一家人在一起也实在没法看,好好的男女突然就会亲起嘴来。"

江央笑着说:"现在大城市里还有很多人在看电影哪。"

老人说:"噢,那我就不知道了,你们等会儿,我要转经。"

江央说:"我们也跟着您转经吧。"

几个人跟着老人转经。

没过多久小孩回来了:"我去叫了多杰叔叔,他让你们到他家里。"

他们告别老人,让小孩带路开车过去了。

藏戏负责人多杰对藏戏有着比较深入的了解和研究,尤其对《智美更登》更是知道得很多,进去没多久就开始滔滔不绝地讲起了智美更登的故事:

"《智美更登》是八大藏戏之一。智美更登为古印度贝德国王之子,八岁时就表现出无比的慈悲心,开始广济施贫,把镇国之宝如意宝物也施舍给了邻国国王香赤赞普,因此触怒了贝德国王。国王将王子智美更登、妃子曼达桑姆和他们的三个孩子发配到了哈相恶魔山。路上遇见三个婆罗门,请求施舍三个孩子。智美更登王子把三个孩子施舍给了他们。帝释、梵天两大天神化身婆罗门,请求施舍妃子。智美更登也如愿把妃子施舍给了他们。两大天神深受感动,把妃子还给了王子。智美更登带着妃子曼达桑姆到了哈相恶魔山,在那里苦修了十二年。后来遇见一个瞎子婆罗门,请求王子施舍双眼。智美更登就把双眼施舍给了他。那个瞎子婆罗门到了贝德王国,人们问他:你一个瞎子,怎么突然间看见了光明?瞎子婆罗门说是智美更登王子把双眼施舍给了他。这件事就像风一样传遍了全世界。大臣达娃桑布听到这个消息后前去迎请智美更登王子。智美更登王子为了满足大臣达娃桑布的愿望，减轻妃子曼达桑姆的痛苦，虔心祈祷，重新看见了光明，踏上了返回故土的路。先前的那三个婆罗门把三个孩子还给了智美更登王子。于是，王子全家再次团聚。邻国国王香赤赞普也把如意宝物还给了王子智美更登。王子智美更登便返回王宫，善理朝政，长此以往。"

江央很佩服地看着多杰说："大叔，您对藏戏这么有研究，到时候就做我们的顾问吧。"

多杰谦逊地说："我只是知道一点点，谈不上什么研究，现在比较担忧的就是好多年以前有藏戏传统的地方现在都不演藏戏了，这样下去藏戏的前景堪忧啊。不过我们这儿到现在从来没有间断过，一直保持了下来。"

江央说："我们这次来就是想找个扮演智美更登的演员。"

多杰马上说："我们这儿演智美更登和曼达桑姆的演员演得都非常好，只要他们一出场，就会哭倒村里的许多男女老少。"

江央很感兴趣地说："能不能请他们来唱一段，让我们听听。"

多杰面有难色地说："演曼达桑姆的演员还在村里，但是演智美更登的演员今年大学毕业后分到了州师范学校当老师，不知道今年过年能不能回来，他若不能回来，今年村里的藏戏也演不成了。不过这个孩子很有表演天分，特别喜欢表演，小时候还演过一部电视剧哪。"

江央好奇地问:"是吗,还演过电视剧?什么电视剧,您记得吗?"

多杰想了想说:"具体叫什么名字我都忘了,记不起来了。那是他很小的时候演的,演得还挺好的。"

江央说:"这很可惜啊,演了这么多年,如果今年演不了的话。"

多杰说:"是啊,本来指望着他能来,但是他说他今年不一定能回,现在培养一个估计也来不及了。"

江央说:"演曼达桑姆的女孩演得怎么样?我们也需要一个演曼达桑姆的演员。"

一提到她,多杰的眼睛都亮了起来:"她可是附近几个村子里演曼达桑姆演得最好的一个,可谓是出神入化啊,说老实话,演智美更登的男孩都没有她演得好。"

江央高兴地说:"那赶紧叫来让我们看看啊。"

多杰对刚才的小孩说:"你快去叫卓贝姐姐来。"

小孩看了看老板说:"我累了,我不去。"

多杰骂了一句:"你这孩子怎么不听话?"

老板笑着掏出两元钱递给小孩说:"快拿去买个作业本吧。"

小孩看了看多杰,不敢拿老板的钱。

多杰笑着说:"老板是好心让你好好学习,只要你肯好好学习,就拿去买作业本吧。"

老板把钱塞到了小孩的口袋里。

小孩对着老板说了声"谢谢叔叔"就准备要走。

多杰笑着对小孩说:"下次可不准这样啊。"

小孩很认真地说:"下次你们让我去哪儿,我就去哪儿。"大家看着小孩出去都笑了起来。

多杰指着旁边的一个小木房说:"这里有一些《智美更登》的面具和道具,要不要看一下?"

江央说:"好,好。"

多杰进了那间木房,他们也跟了过去。

多杰从木房里搬出了一些面具和道具。

那些面具和道具还是崭新的,保养得也很好。

多杰指着那些面具和道具讲起来:"这些就是王子智美更登和妃子曼达桑姆被发配到哈相恶魔山时,恐吓他们的虎豹豺狼等野兽的面具和道具。"

说着拿起一个毛茸茸的面具说:"这是其中野人的面具。"

导演接过去看着。

多杰又拿起一个很粗的蛇的道具说:"这是哈相恶魔山上的毒蛇,它使哈相恶魔山弥漫着黑色的毒气,非常恐怖。"

他把毒蛇的道具给了老板后又拿起一个狰狞的老虎的面具,绘声绘色地说:"这是虎的面具,王子智美更登和妃子曼达桑姆从哈相恶魔山返回时,虎豹豺狼等野兽向他俩显示出对父母般的依恋之情,请求他俩不要离开。"

正说话间,大门吱呀一声开了,多杰看了一眼说:"噢,演曼达桑姆的卓贝也来了,我们去看看吧。"

等大家看时,看见刚才那个小孩后面跟着一个女孩进来了。

那女孩用一条红头巾把头和脸严严实实地围着，只露出了一双眼睛。

江央好奇地看着那女孩。

女孩脸上仅露出的一双眼睛很大，扑闪扑闪着，透出忧郁的神色。

多杰指着女孩说："她就是演曼达桑姆的卓贝。"

女孩在一边低着头，不说话。

江央看着女孩笑着说："姑娘，你能不能把头巾取下来，让我们看看你的脸。"

女孩摇了摇头。

多杰板起脸说："你这像什么话呀，人家是来选演智美更登和曼达桑姆的演员的，你不取下头巾，人家怎么知道你合不合适啊？"

女孩低着头说："我感冒了，冷。"

几个人都笑了起来，连小孩也在笑。

江央止住笑说："不让看你的脸也就罢了，能不能唱一段曼达桑姆的唱词？"

女孩点了点头。

多杰笑着说："等一下，我给她伴奏。"

多杰进屋拿了一根笛子出来。

多杰和女孩悄悄说了几句话之后，就吹起了笛子。笛子里吹出的也是忧伤的曲调。

听着笛子的伴奏声，女孩的神态一下子变了，开始进入状态进入角色表演起来了。

女孩在表演曼达桑姆发现智美更登趁她不在把三个孩

子施舍出去之后的那段令人肝肠寸断的戏。

女孩做寻找三个孩子的样子。

女孩对着多杰说:"你是不是把咱们的三个孩子也施舍给了别人?"

多杰装作智美更登的样子点了点头说:"是的,我把他们施舍给了三个婆罗门。"

女孩极度悲伤,腿一软跌倒在地上,用哭腔唱道:

我的宝贝孩子
像那太阳一样可爱
为什么这黑心的乌云
要把阳光遮挡住

说着晕倒在一旁。

女孩的表演和吟唱使在场的每一个人都屏住了呼吸,透不过气来。

唱完之后,江央感慨万千地说:"唱得真是好啊,多纯粹啊!"

听到江央的赞美,女孩又恢复到刚开始时的样子,低着头不说话。

江央不无遗憾地说:"姑娘啊,你就不能取下你的头巾,好让我们看看你的脸吗?"

女孩还是摇了摇头。

江央也无奈地摇了摇头,想了想把多杰拉进屋里悄声说:"她唱得真是太好了。我有一个问题要问你,你可要老实回答我,她不是因为长得太难看才蒙住脸的吧?"

多杰听了哈哈大笑起来,说:"你可是讲了一个大笑话啊,她可是我们村里最漂亮的女孩子,附近村庄也没有几个这样的。"

江央纳闷地说:"这真是奇怪。"

多杰说:"我们也说她变得怪怪的,跟以前不一样。"

江央想了想说:"那你去问问她愿不愿意演我们的电影,我想让她演《智美更登》中的曼达桑姆。"

多杰面有难色地说:"好,我去试试看吧,答不答应我可没把握啊。"

说着多杰走出去了。

江央从木格窗户里往外看。

多杰正在费力地跟女孩讲着什么。

一会儿之后多杰就回来了。

江央问多杰:"她答应演了吗?"

多杰回说:"答是答应了,但是得答应她一件事,她说答应了才肯演。"

江央问:"她有什么事?"

多杰笑着说:"她说她以前的男朋友肯演智美更登的话她才肯演,要不然她也不演。"

江央莫名其妙地问:"这是什么意思?"

多杰叹了一口气说:"她的男朋友就是我前面说的在州师范当老师的那个小伙子,从小和她一起演《智美更登》,他们已经好了好多年了,但是今年夏天,小伙子大学毕业后就又找了一个女朋友,要和她断绝关系。"

江央点了点头说:"原来是这样,这个可有点为难啊。"

多杰不无遗憾地说:"他俩以前实在是太好了,谁也不会想到会发展成这样。"

江央问:"那个小伙子演得怎么样?"

多杰又大加夸赞起来:"要说表演,他演得也实在是好,附近几个演藏戏的村庄里面可能没有比他更好的了,他们俩搭配在一起演那才叫绝啊,如果现在还有那种文工团招演员的机会,他们俩肯定能考上的。"

江央说:"你去告诉那姑娘,如果她不变卦,我一定去争取让那个小伙子演。"

多杰又出去了。

江央从窗户里看外面。

多杰正在向女孩说着什么。

过了一会儿,多杰又摇着头回来了。

江央问:"又怎么了?"

多杰摇着头说:"唉,这姑娘真是麻烦,她说她要跟你们一起去见见那个小伙子。"

江央笑了起来:"这倒有些意思啊,难得她那么执着,我看也没什么问题吧,主要是那个小伙子演得真有你们说的那么好吗,真的值得我们专程去看看吗?"

多杰说:"他演得确实是好,你们看看就知道了。"

江央说:"就凭你这句话,我们也得走一趟。"

说着他们往屋外走。

江央像是突然想起什么似的停住脚步问:"我还是要问一下,她长得不是很差吧?"

多杰看着江央说:"唉,你既然这么信不过我,我这里正好有我们藏戏团的合影,她也在上面,你可以自己看一看。"

说着走过去从桌子上拿来一张照片给江央看。

江央想了想说:"照片我就不看了,我一般都看真人,照片和真人的感觉不一样。"

多杰说:"那你就先带上它吧,这张照片就送给你了,也许以后会用得着哪。"

江央也没再说什么,接过照片装在了上衣口袋里。

走出木门时,多杰突然想起什么似的说:"你们不是在找智美更登的演员吗?我们村里可有个活生生的智美更登啊。"

江央惊讶地问:"什么?活的智美更登?"

多杰笑着说:"是啊,他年轻时像智美更登一样把自己的妻子施舍给了别人。"

江央问:"真的吗?他叫什么名字?"

多杰说:"真的,他叫嘎洛大叔。这里的人都知道他。"

江央看了看摄影师等人说:"那我们一定得见见他,大叔您能给我们带路吗?"

多杰说:"可以,可以,就不知道他这会儿在不在家里,应该在家里吧。"

到了院子里,多杰对蒙面女孩说:"姑娘,快去准备一下吧,人家答应带你去了。"

江央也对姑娘说:"去准备一下,等会儿我们就走。"

蒙面女孩"哎"了一声就先走了。

江央对摄影师、老板等人说:"听说这个村里有个活的智美更登,我们也过去看看吧。"

往外走时,小男孩跑在江央前面说:"我给你们带路。"

江央看着小男孩可爱的样子笑着从兜里掏出一把零钱,找出一张五元的给他。

小男孩说:"我不能再要了,我说过你们让我做什么我就做什么的。"

老板等人笑着说:"快拿上,等一会儿去买糖吃吧。"

小男孩犹豫了一下还是接过去了。

多杰笑着故意对小男孩说:"今天你在我们家里发了大财啊,那些钱咱们分了吧?"

小男孩听了紧张地把钱装进了裤兜里。

出门之后,多杰把他们领进了一个胡同里。

多杰问小男孩:"你有没有看见嘎洛大叔?"

小男孩说:"今天我没看见他。"

多杰说:"今天早上我也没看见他,他应该在家吧。"

小男孩指着村子后面的那个小山丘说:"刚才我去叫卓贝姐姐时看见嘎洛大叔的女儿在那里晒太阳。"

多杰停下来说:"是吗?那你问问她。"

小男孩双手作喇叭状对着小山丘大声喊道:"喂,嘎洛大叔在家吗?嘎洛大叔在家吗?"

那边山丘上站起来一个人大声说:"喂,你们去吧,我阿爸在家里。"

多杰对着江央说:"嘎洛大叔在家里,这就好了。"

江央也说:"那就好,那就好。"

他们又开始往前走,多杰说:"嘎洛大叔可是个奇人啊。"

江央说:"我们平常都在城里,就不知道这些,以后应该多走走才是。"

"这边走,这边走。"多杰又把他们领进了另一个胡同。

过了那个胡同,眼前就是一户人家。

多杰说:"这就是嘎洛大叔家。"

他走到门口时,多杰说:"哦,人不在家里,拴着门链呢,可能没走远,就在附近吧。"

大伙儿就左右张望,也没有看见一个人的影子。

多杰对小男孩说:"你喊喊吧。"

小男孩便"嘎洛大叔,嘎洛大叔"地喊了起来。

在嘎洛大叔家麦场的地方传来了一声"哦,我在这儿"的声音。

小男孩立即说:"嘎洛大叔在麦场里。"

他们便推开麦场的木栅门进去了。

嘎洛大叔正在整理木材,一根一根地往墙边码木头,见他们来了就停下了,手里还拿着一根木头。

多杰走上前说:"嘎洛大叔您在这儿啊,我们还到处找您呢。"

嘎洛大叔看着手里的木头说:"我在这儿。"

多杰说:"他们在找一个智美更登的演员,听说有您这样一个活的智美更登,就让我带来见见您。"

嘎洛大叔谦逊地说:"哦,好,好,你们辛苦了。"

江央仔细看了一眼嘎洛大叔说:"大叔,您真的把您的妻子施舍给别人了吗?"

嘎洛大叔五十多岁的样子,一脸的慈祥,他笑了笑说:"是啊,那是我年轻时候的事情。"

江央问:"那么您为什么要施舍自己的妻子呢?"

嘎洛大叔很认真地说:"我三十多岁时,我们村里有个男人,他的妻子去世了,一只眼睛又是瞎的,就这样三四年都没能娶上个老婆。我想着我比他小几岁,也不缺胳膊少腿的,就是把妻子施舍给他我也可以再找一个,就这样把妻子施舍给了他。"

江央吃惊地看着嘎洛大叔问:"那她同意吗?您把她施舍给别人?您有这个权力吗?"

嘎洛大叔说:"本来是没有这个权力的,当时我和她商量过,她同意之后才这样做的。"

江央疑惑地问:"那您对她有感情吗?"

嘎洛大叔说:"说起来我俩相处得还很好,在一起生活十年,夫妻间连个架都没吵过。"

听到这话,江央似乎陷入了沉思之中,看着嘎洛大叔不说话。

这时,老板开口了:"大叔,要是有人让您施舍双眼给他,您能像智美更登一样施舍双眼吗?"

嘎洛大叔还是一样的表情,缓缓地说:"如有需要,我会施舍的。但是我怎么施舍啊?就算我像智美更登一样取出双眼给别人,别人拿它又能做什么啊?"

老板笑着说:"您有所不知啊,现在科学很发达,许多人死前像智美更登一样，会把眼睛施舍给别人的。"

嘎洛大叔有点摸不着头脑了，问："一个死人的眼睛有啥用呢？"

老板还是笑着说："您又不知道了吧？那让很多盲人见到了光明。"

嘎洛大叔又很自信地说："科学这东西真有那么奇妙的话，我也可以在没死前把眼睛施舍给别人。我已经到了这个年岁，该享的福都享了，别人如有需要，我是愿意把什么都捐出去的。"

老板很佩服地说："大叔您真是个活菩萨啊！真没想到这年头还有您这样的人。"

多杰很认真地说："真是这样的，他就是这样的人。"

老板又说："大叔，我们今年要拍一部关于智美更登的电影，您能不能在电影中演一个角色呢？"

嘎洛大叔连连摇着头："这个我干不了，都这把年纪了，电影我真的演不了，你们也别麻烦我了。"

多杰也帮着老板说话："您是活着的智美更登，您就答应了吧。"

嘎洛大叔还是摇着头说："我手里有什么你们需要的，我都可以给你们，其他的你们就不要为难我老汉了，我求求你们了。"

江央开口说："大叔，我们到处在寻找的其实就是您这样的人啊，以后有什么需要您的地方，我们还会回来找您的，您多保重。"

嘎洛还是摇着头说："求求你们，你们不要再来找我了，那是我帮不了的事，你们多保重吧。"

江央也很郑重地说:"大叔，您多保重。"

他们跟嘎洛大叔告别后就离开了。

嘎洛大叔一直看着他们离去。

4

切诺基又行驶在了一条崎岖不平的山路上。

车里依然是那段音乐，江央和摄影师似乎在听着，却又各自想着心事的样子。女孩用红头巾把头和脸严严实实地围着，只露出一双忧郁的大眼睛看着窗外。司机显得有点疲惫，他开车的样子很让人担心。老板坐在司机旁边的位子上，音乐似乎对他起了催眠的作用，一副昏昏欲睡的样子。

车在穿过一个干涸的河滩时突然剧烈地颤动了一下，把车里所有的人都震醒了。

江央像是突然想起了什么似的拍了一下老板的肩膀说:"你不是要讲一段自己的情感经历吗，我在心里一直惦记着哪。"

老板回头看了一眼坐在摄影师旁边的女孩说:"本来是可以讲的，但是现在车里坐了这样一个女孩子，我就不太好意思讲了。"

摄影师也催促道:"大老板，你就别造作了，痛痛快快地讲出来吧，我们都在等着听哪。"

老板看着前面的路说:"有个女孩子在身边，讲这种故事总是有些不自在吧。"

江央笑着纠正道:"不要搞错了,你要讲的不是一个故事,是你真实的情感经历。"老板不好意思地回头笑了笑。

江央继续说:"其实也没什么的,车里都是大人了,不是小孩,再说你讲的也不是什么少儿不宜的事吧。"

老板还在笑着。

江央问司机:"司机,你多大了?"

司机回答说:"二十六。"

江央问摄影师:"你多大了?"

摄影师回答说:"我啊?我今年二十八岁。"

江央问女孩:"姑娘,你今年多大了?"

女孩低下头不说话。

江央笑着说:"我们不能看你的脸,知道一下年龄应该不会有问题吧?"

女孩想了一会儿说:"我今年二十岁。"

司机和老板都回头看了一眼女孩。

女孩依然低着头。

江央就笑着说:"老板,你都听到了吧?在座的都是成年人,这下你就可以放开讲了吧?"

老板想了想突然问司机:"你是什么文化程度?"

司机笑着说:"老板,你是知道的,我是一个初中毕业生。"

老板又回头问摄影师:"你是什么文化程度?"

摄影师笑了笑说:"老板,你问这个干吗呀?我是大学毕业。"

老板问江央:"你是什么文化程度?"

江央严肃地说:"我和摄影师是同一年同一所学校毕业的,我也是大学文化程度。"

老板问女孩:"姑娘,你是什么文化程度?"

女孩想了想说:"我可没有什么文化程度,我小学毕业后就在家了。"

老板笑了笑说:"还说没有什么文化程度,没想到你的文化程度比我高哪,我连个小学一年级都没上过。"

又笑着对司机说:"你老是吹你上过学,有文化,你看人家导演和摄影师都大学毕业了,还这么谦虚,以后可要向人家学着点,要知道,汉族有个成语叫什么来着,就是那个山外有山,天外有天啊。"

江央忍俊不禁地笑了:"你啰里啰嗦、怪里怪气地问这么多,还乱用成语,你到底想说什么呀?"

老板也笑着说:"你看,你们都是小学、初中、大学毕业的有文化的人,都是那个山外边的、天外边的人,我什么学都没上过,你们这不是成心要笑话我这个没什么文化的人吗?"

司机对着老板说:"老板,你今天这是怎么了,你以前不是把这个故事给别人讲了许多遍吗?"

司机马上又回头对江央说:"今天我们的老板很做作,他以前有好多次是求着人家听他的故事的。"

摄影师对着司机说:"你又说错了,这不是一个故事,这是他真实的情感经历。"

说着笑了起来。

江央也忍不住笑了。

老板说:"在你们这些知识分子面前讲这样的故事,我真是有点心虚出汗啊。"

这下司机也学着说:"这不是一个故事,这是你真实的情感经历。"

老板也笑了,说:"那我就讲讲吧,反正人也不多,不过我真的还是有种紧张感。"

江央笑着说:"这下就对了,制造了那么多悬念,想听这个故事的愿望也更大了。"

江央接着又马上说:"你看看,我又说错了。"

这次,女孩也笑出了声。

老板说:"不用再纠正了,你们就当是一个故事来听吧。"

摄影师说:"求你了,大哥,快讲吧。"

老板严肃地说:"没讲之前我要做一个郑重的声明。"

江央不笑了,问:"你又在卖什么关子?"

老板一本正经地说:"我以前是一个喇嘛。"

江央又笑了:"哈哈,这下故事的悬念更大了,一个喇嘛的爱情故事。"

老板还是一本正经地说:"你可不要胡乱说什么啊,那是我还俗以后的事情。"

江央说:"我觉得这事有点意思,我让摄影师拍下来,你不会有什么意见吧。"

老板说:"你看,这下弄得更复杂了,你们这些知识分子就是毛病多,你让我随便讲我都有点紧张,你拿这么个东西对着我,我能自在吗?"

江央说:"刚才不该对你说啊,没事,你就当是没有这个东西吧。"

老板说:"你这不是骗人吗?"

这时,其他人都不耐烦了,纷纷说:"快讲吧,快讲吧。"

老板做出要讲的样子。

摄影师把摄像机对准了老板。

老板好像不知道怎样开始故事的讲述。

江央等了一会儿见老板不讲就问:"是不是一时想不起来了?"

老板说:"当然能想得起来,这个故事在我的心里就像流水一样顺畅,哈哈。"

江央问:"是因为讲的次数太多吗?"

老板说:"是的,这个故事我讲了很多次。那时候我对别人讲这个故事不是现在这个样子的,是带着痛苦、带着感情的。"

江央笑着说:"那你就像以前一样带着痛苦、带着感情地讲吧。"

老板笑着开始了讲述:"那次我是准备去拉卜楞寺的,赶到车站时已经是下午了,没有班车,就在车站旅社住下了。我住下之后就去买票,买票时旁边有个女孩也在买票。那个女孩戴着一副近视眼镜,穿着一件水獭镶边的羔皮藏袍,看上去十七八岁的样子,很漂亮。"

江央问:"你是说那个女孩戴着一副近视眼镜?"

老板说:"是的,她戴着一副近视眼镜。后来才知道她是一个学生。不知为什么我那时对知识分子心里有一种好奇感,我觉得她很像一个知识分子。我小心翼翼地问她去哪里?她说她去拉卜楞寺。我说我也去拉卜楞寺,是同路。她用异样的眼神看了看我,那个眼神我到现在也忘不了,就好像有什么秘密被她看穿了。我不好意思起来,把脸转了过去。过了一会儿我又忍不住回头说今天去拉卜楞寺的车没有了,只好住下了。她说她知道今天没车。我又没话可说了,转过脸去。等快轮到我买票时,她突然问我你住在哪里。我说我住在附近的车站旅社里。她问我那儿安不安全,我说我不知道,我也是第一次住。她笑了笑说那我也住那儿吧。当时我不知怎么回答好。等我买上票后我就在一边等她。她看见我在等她就冲我笑了笑,我也冲她笑了笑。不一会儿她买上票了,我们就到门口的一家饭馆去吃饭。我们一边吃饭一边聊。我问她你是个学生吧,她说是。我问她在哪儿读书,她说她在州中学。我说你既然是学生,不好好读书,跑到拉卜楞寺去干什么。开始她笑着不回答,最后才说她去年就高中毕业了,考大学没考上,今年又在上补习班准备复考。我说那你更应该好好复习啊,她笑着说我都不担心,你担心什么。我想想也是,但我还是说好好复习总比这样跑来跑去好吧。她不好意思地笑了一下说,老实讲我的学习很差,我是想去拉卜楞寺求佛好好保佑一下我。我说噢我明白了,没再问。吃完饭她要自己付钱,我没让她付,我帮她付了。她很不好意思的样子。后来我们就去给她登记了房间,住下了。"

江央笑着问:"你们就那样住在一起了?"

老板马上解释说:"你误会了,我们是分开住的,没你想象的那么快。"

接着,老板又叹了一口气说:"唉,说起来这些事就像看电影一样一幕幕清晰地浮现在眼前。"

江央笑着催他:"不要再感叹了,赶紧往下讲吧。"

老板又开始讲了:"第二天我们就按时出发了。我们挨着坐在一起。走到半路她开始晕车,我就想方设法照顾她。后来她好像好点了,就慢慢睡着了。我想着要照顾她,就坚持着没睡。后来她不知是有意的还是无意的,慢慢地把头靠在了我的肩膀上。后来我多次问她,她也笑着没说。我用手托了一会儿她的额头,就顺势将她揽到了自己身边,做出很关心的样子,哈哈。再后来,她也索性拨开长发把脸贴在了我的胸膛上,当时的那种感觉非常非常特别。就这样我们到拉卜楞寺时,已是中午了。我就带她去大经堂帮她许愿,帮她点酥油灯,我还找了一个认识的喇嘛帮她念一些心想事成的经文。她很高兴,说要是这样也考不上大学她就没什么后悔的了。晚上我们去登记住宿,就这样我得到了她。她在外面很少说笑,进了房间就变得有说有笑的。平时我不是个太勤快的人,可是为她我变得勤快起来了,我抢着为她洗围巾之类的,甚至她身上一根毛都不让粘,好让她干净,让她漂亮。

"到了第二天,她要去州上的学校,我去送她。我给她买了车票,把她送上了车。当时离开车还有一段时间,她说她不想去学校了,求我把车票给退了。我说这坚决不行，你还要考大学，必须要好好复习。她还是求我把票给退了，我说我过几天再去看她。那时她已经泪眼婆婆了，依依不舍的样子。其实，我心里也舍不得让她离开。就在班车快要开了时，她问我你真的不退票吗，我坚持说我不退。她突然拿出票撕碎撒到窗外，跑出来抱住了我。我真的没想到她会这样，但是当时我真的很高兴、很感动。就这样，我们又在拉卜楞住了几天，我们已经难舍难分了。"

江央笑着说："你们很疯狂啊！"

老板也笑着说："嗯，我也觉得。那时我想，这个世界上不会再有比她更好的女孩了。"

江央"哈哈"地笑了两声。

老板也笑了两声说："是啊。那时心里全是她的影子，我不想跟任何女人说话了。我们甜甜蜜蜜地住了几天，手头那三四百元钱，又是买东西，又是住店，又是吃饭，很快就花完了，最后只好拿她仅有的五十元钱买了车票，她去了学校，我回了家，就这样分手了。我们分手时，她已经泣不成声了。我以为以后再也见不到她了。可是在正月十五祈愿大法会时我又遇到了她。"

江央疑惑地问："又遇见了？没有任何事先的约定吗？"

老板说："没有没有，那时候也没有电话，通信不方便嘛，那个时候人们多半用写信的方式互相联络，我只是给她留了一个我的地址。跟她分手回家后，我心里也是很难过，平时也不想跟人说一句话。几天后，我就用马车拉着我们家的大豆到附近的村子去换麦子。大概过了一个星期我把换好的小麦拉到县粮站卖了，回到村里经过村委会时看见几个小孩在门口的小卖部玩,其中有个小孩在叫我:阿克多贝!阿克多贝!有你一封信!我心想一定是她的,就问:这封信来了几天了?他说:已经三四天了。我生气地问这么长时间了你们为什么不及时给我,他说你不在村里怎么给你。我想想也是,就没跟他争辩,激动地赶紧拆开信看。果然是她写来的。她在信上写了我很想你,真的很想你之类的话。"

江央问:"信是用藏文写的吗?"

老板不假思索地说:"是用藏文写的,字写得很漂亮。"

江央问:"能记起信的详细内容吗?"

老板想了想说"具体记不起来了,反正写得很感人,文笔也很好。主要是说很想我,并且说每当想我时她就到学校后面的山上去静静地想,悄悄地流泪。看到这些,我当时就想见到她,没回家,让一个小孩把马车赶回家里,拿着用大豆换来的本该是家里一年收入的六百多元钱直接去找她了,直接到她上学的地方找她,哈哈哈。"

江央问:"你是拿着信去的吗?"

老板说:"当然是拿着信去的。信上还说为了我,她就是抛弃父母、抛弃亲人也是愿意的,就是跟我乞讨一辈子也要和我在一起。她写得真好啊!"

对面驶来的一辆大卡车发出刺耳的喇叭声冲了过来,司机有点紧张地减速让那货车。等那辆大卡车从身边呼啸而过之后,司机回头恶狠狠地骂了一句什么。

因为在气头上,司机加大油门使车奋力向前冲去,老板也紧张地看着司机不说话。

很快，他们就到了一个村庄，不远处出现了一排佛塔。

江央对摄影师说："前面这些佛塔挺特别的，你赶紧把它拍下来吧。"

在佛塔边上，司机也停下了，摄影师打开窗户往外拍。

拍了一会儿之后，摄影师说："差不多了吧。"

江央说："应该差不多了，咱们走吧。"

车向前开去，江央看着老板说："老板，继续你的爱情故事吧。"

老板正要开始讲述时，他的手机也响了，手机铃声居然是歌曲《最近比较烦》。

铃声响了好一会儿之后，老板才从裤兜里摸出了手机。他把手机拿到耳边听了一会儿后说："好，好，我们大概有半个小时就到了，我们到了直接去找你们。"

老板很艰难地把手机装进裤兜后回头说："我们快到尖扎县了，我一个朋友要为我们接风，还说有一个很有表演天分的年轻人想试试能不能在咱们的电影里演一个角色。"

江央不无遗憾地说："你的爱情故事真是好，我们就不用吃饭了，我们就听你讲完吧。"

老板笑着说："吃饭要紧，吃饭要紧，我们还是先去吃饭吧，故事等上路了再讲，我们的路途遥远，我又跑不了，而且还可以给你们解解闷。"

司机也笑着说："这个故事听都听烦了，还是先去吃饭吧。"

司机也不听别人的反应,突然加大油门飞驰起来。

到县城附近的一个水泥桥头时,摄影师终于忍不住地说:"尿实在是憋得不行了,能不能停一会儿解个手。"

司机笑了笑把车停在了桥头。

几个人便下车走向桥的一侧比较隐蔽的地方。

女孩也下车了,她只是站在桥头手扶栏杆低头望着桥下面那混浊的流水。

江央正要解开裤腰带准备撒尿时,手机响起来了:"阿爸,阿妈来电话了。阿爸,阿妈来电话了。"

江央又系上了腰带,拿出手机离开他们到桥的另一头接电话。江央接电话的声音被河水淹没了,几乎什么也听不见。

他们都依次上车了,从车窗里看江央打电话。江央打电话的样子有点烦躁不安。

江央终于打完电话了。他装上手机,忧心忡忡地回到车里说了声:"咱们走吧。"

大家也不说什么,司机发动车离开了桥头。

5

夜幕渐渐降下来时,他们也聚在一家餐馆的某个包间里了。

老板喝了朋友敬的酒后,突然记起什么似的问:"刚才你在电话里说的那个很有表演天分的小伙子是谁呀?"

老板朋友指着对面的一小伙子说:"就是他。"

小伙子站起来对着导演、摄影师、司机、老板点了点头,最后看了看用红头巾蒙着脸不吃饭的女孩点了点头说:"我叫旦正加,请多多关照。"

老板问小伙子:"听说你很有表演天分,你都会演些什么呀?"

小伙子看了看江央说:"我会做各种各样的表情。"

老板说:"那你表演一下给我们看看吧。"

小伙子离开了饭桌,马上进入了表演状态,和刚才判若两人。

小伙子做出了各种各样非常丰富的面部表情,用肢体语言配合着,就更显精彩了。

等表演结束时,大家都忍不住哈哈大笑着,蒙面女孩也忍不住偷偷地笑着。

看着摄影师也在笑个不停,江央生气地说:"你在那里傻笑什么,你赶紧拍下来啊,咱们不是来挑演员的吗?"

摄影师赶紧架起了摄像机,准备要拍。

小伙子的脸上又恢复了严肃的表情。

老板忍住笑对着小伙子说:"光弄几个表情怎么拍电影啊,你还会些什么?都拿出来。"

小伙子笑了一下没说什么,看了看江央。

江央说:"你的表情很丰富,你还会些什么就尽量表现出来吧。"

小伙子很认真地说:"我还会模仿卓别林。"

江央有点意外地问:"什么?卓别林?他可是表演天

才啊,那你赶紧模仿一下吧。"

老板一脸疑惑地问:"别林是谁啊?"

江央笑着说:"不是别林,是卓别林。卓别林是美国的一个大演员,看他表演你也许就知道了。"

老板还是一脸疑惑和委屈的样子:"我一个喇嘛出身的,哪能知道那么多啊。"

江央对小伙子说:"那你就表演吧。"

小伙子看着江央有点为难地说:"就在这儿表演吗?"

江央有点讥讽地说:"是不是这儿空间太小,你表演不开啊?"

小伙子看了看饭桌前面的空地,很认真地说:"是有点小。"

江央就站起身说:"来,来,各位,我们把饭桌往后挪一挪吧。"

江央见摄影师一直在拍蒙面女孩,就笑着说:"喂,光拍姑娘干什么呀?你也去帮忙搬一下桌椅吧。"

摄影师也笑着收起摄像机,帮忙搬桌椅。

大家把饭桌和椅子都搬到了后面的墙根里。

前面已经空出了一大块空地,江央看着小伙子说:"现在可以表演了吧?"

小伙子点了点头,走到门后面,背身从一个包里取出一套服装穿在身上,然后又稍稍打扮了一番,等他转过身来时,活脱脱一个卓别林就出来了,还没表演就博得了大家的掌声。

小伙子模仿的是卓别林的电影《摩登时代》中的一些经典动作，很精彩，每一个动作都十分神似。

老板的鼓掌更加起劲，大声说："太有意思了，太有意思了，这下我知道卓别林是个什么了。卓别林这家伙很有意思，回去我一定要找到他的电影看看。"

江央对小伙子说："你很有表演天分，模仿的能力也太强了，你演过藏戏吗？"

小伙子说："我没演过藏戏，但我可以学会。"

老板对江央说："他演得真是好啊，你就让他在你的电影里演上一个角色吧。"

江央想了想说："他不太适合演智美更登，但是我会给他安排一个合适的角色的。"

大家鼓掌，把饭桌恢复到了原来的位置。

老板和老板朋友对小伙子说："来，来，恭喜恭喜，把这杯酒干了。"

说着将一大杯白酒递给了小伙子。

小伙子说了声"谢谢"就将那杯酒喝干了。

老板朋友又举起酒杯给蒙面女孩敬酒，蒙面女孩只是摇头不说话。

老板朋友又让蒙面女孩吃饭，蒙面女孩也只是摇头不说话。

老板朋友有些好奇地看着老板说："跟你们同行的这位姑娘一直蒙着脸，又不说话又不吃饭的，这可不好啊。"

老板笑了笑说："这个你就不要管了，这是我们的一个秘密。"

老板朋友笑着说:"你们不会是在拐卖人口吧,要是这样公安局局长可是我的小舅子啊。"

老板笑着对女孩说:"姑娘,你不要在意他胡说八道了,你若觉得不方便你就到外面自己随便吃点东西吧,外面人不多。"

女孩应了一声出去了。

老板朋友看着女孩出去之后说:"真是邪门啊,来,来,不管那么多了,咱们喝酒。"

老板朋友看着小伙子说:"赶紧给导演敬个酒吧,这可是非常难得的机会啊。"

小伙子端着一杯酒过来对江央说:"导演,我敬你一杯酒。"

江央也站起来说:"你就不用敬了,咱们碰一杯吧,你很有表演天分,希望以后有合作的机会。"

小伙子也没多说什么,仰起脖子就把手里的酒给干了。

待俩人坐下之后,老板朋友说:"我听说县藏剧团一个退休在家的演员以前演过智美更登的父王,不知你们需不需要这样的角色。"

江央说:"正好需要,我们明天能见到他吗?"

老板朋友说:"应该能见到,我认识他,明早我带你们去,今晚咱们就好好喝个酒吧。"

随后,老板朋友就逐个和每个人划拳喝酒,酒桌上也热闹起来了。

饭馆外面昏暗的路灯下面,蒙面女孩望着街道上来来往往的行人,很孤单的样子。

6

早晨,他们往藏戏团的退休演员家走时,都显得有点无精打采。好在退休演员家离他们住的地方不远,很快就到了,而且他也正好在家里。

老板朋友介绍说:"这几位是拍电影的,他们在找演过《智美更登》的演员,听说您以前演过智美更登的父王,我们就专门找来了。"

退休演员很高兴地跟大家握手后说:"我也是从民间的藏戏班子里被招到县藏剧团的,可是很遗憾我从来没有演过《智美更登》,我倒是演过八大藏戏中的《苏吉尼玛》,退休前我还演过一部现代藏戏叫《悲惨的黎明》。"

江央看着退休演员的举动说:"那您就随便选一段《苏吉尼玛》演吧。"

退休演员想了想说:"我还是演现代藏戏《悲惨的黎明》吧,这部戏我是主演,我演的是一个头人,而且台词都记得。"

江央说:"好,好,那您就演您觉得最精彩的一段。"

退休演员穿着便装开始了表演。

退休演员一副飞扬跋扈的样子,跟刚才那个平易近人的老头判若两人,指着前方的某个地方说:"哼哼哼,才让东主,你这个兔崽子,我以前给你吃、给你穿,你现在长大了,居然忘恩负义,跟我头人作对,看我怎么收拾你!"

接着退休演员作摔倒状,装作才让东主生气的样子还击说:"你才是兔崽子呢!"

之后,又恢复成前面飞扬跋扈的样子说:"哈哈哈,谁是英雄,谁是凶手,只有我多杰说了算!你进了嘎荣部落的监狱,做让我千户多杰不高兴的事,我一定会活剥你的皮!抽掉你的筋!哈哈哈!"

此时,坐在院子里看他表演的几个小孩已经忍不住笑得前仰后合了。

摄影师、女孩、司机、老板、老板朋友都忍不住在偷偷地笑。江央忍住笑给退休演员鼓掌,并说:"您的表演很有感染力啊。"

听到江央的掌声和赞美,退休演员很高兴,有点自负地说:"因为这个角色,我还得过省里的优秀演员奖呢。"

江央对他的表演又夸赞了一番后问:"你们县藏剧团还有可以推荐的演员吗?"

退休演员说:"县藏剧团去年正好招了十几个年轻演员,条件都不错,你们可以去看一看。"

江央说:"好啊,反正我们的演员还没有定下来,就过去看看吧。"

退休演员很热情地说:"你们要去的话,我跟团长联系联系吧。"说着从上衣口袋里掏出手机摁了几个号码拨了起来。

拨了几次之后终于拨通了,退休演员大声说:"怎么老是占线啊,这里有几个拍电影的在找演员,你把去年招的那些演员都叫一下,我马上带他们过去。"

说完呀呀了几声后就把电话挂上了,转身对江央说:"刚才接电话的是藏剧团的团长,我已经说好了,我们过去看吧。"

江央说:"谢谢,谢谢,麻烦您了。"

退休演员说:"看你说的,都是同行,这么客气干吗?"

老板的朋友对退休演员说:"我认识你们的团长,我可以带他们去,就不用麻烦您了。"

老板也说:"那就不用麻烦您了,您好好休息吧。"

退休演员就把他们送出了大门。

7

他们赶到县藏剧团时,团长早已把演员们召集到了排练厅里。

老板朋友给他们互相做了介绍之后,团长对江央说:"我们的演员基本上都在这里,你们看一下吧。"

江央说:"先让他们不受拘束地做一些动作吧,就像平常练功时一样。"

团长走过去跟演员们交代着什么。

演员们开始像平常一样做着各种动作,摄影师则拿着摄像机到他们中间不停地拍着。

江央观察了一阵之后对团长说:"让男女演员各站成一排,各自跳一段舞吧。"

团长过去让男女演员站成了两排,先让女演员们表演。

伴奏的音乐响起之后,女演员们跳起了藏族某个著名舞蹈的片段。

江央站在前面观察着她们的表演。

那段舞不算长，很快就结束了，导演让她们站成一排说："你们中的第二、第三、第五、第七个，向前走一步，其他的就可以休息了。"

四个女孩出列了，其他几个过去坐在旁边的长凳上一边嗑瓜子一边看着他们。

江央问第一个女孩："你以前演过藏戏吗？"

女孩说："没有。"

江央问："你会不会藏文？"

女孩扭扭捏捏地说："会。"

江央说："那你朗诵一首藏文诗吧。"

女孩想了想说："我朗诵一首初中课本上的诗行不行？"

江央说："可以。"

女孩感情充沛地开始了朗诵：

太阳挂在蔚蓝的天空
峰顶覆盖皑皑的白雪
难忘故乡那郁郁葱葱
如少女般的万种风情

依然想起花季的少年
骑着高高傲视的骏马
踏着晨曦晶莹的露水
赶着羊群走向了草场

女孩朗诵完就跑到一边的凳子上坐下了,害羞地用手遮住了脸。

江央笑了笑问第二个女孩:"你以前演过藏戏吗?"

女孩说:"没有。"

江央问:"你会唱歌吗?"

女孩说:"不会唱歌。"

江央又问:"会藏文吗?"

女孩说:"会一点。"

江央说:"那你朗诵一首藏文诗吧。"

女孩说:"我不会诗歌。"

江央疑惑地问:"不会诗歌?"

女孩说:"不会。"

江央问旁边的团长:"你这儿有文学或者诗歌杂志吗?"

团长有点尴尬地说:"可能没有,我去找本藏文书吧。"

团长说完过去翻几个办公桌的抽屉,弄得很响。最后拿来一本杂志说:

"这儿有本《西藏艺术研究》,不知行不行?"

江央说:"可以,可以,你给她吧。"

团长走过去把杂志给了女孩。

江央看着女孩说:"你随便挑一段念一下吧。"

女孩把杂志翻了很长时间之后,按住一页说:"这有《诗学明鉴》里的一首诗,我念这个吧?"

江央说:"念吧。"

女孩几乎用杂志遮住了整张脸,从杂志后面发出了细微的声音:

喉间发出美妙音
眼神迷离游四方
多情鸽子绕恋人
身心愉悦吻香唇

念完就停下了。

江央想了想说:"这个有点短,再念一段吧。"

女孩又把杂志翻了好长一段时间之后说:"那我就念《萨迦格言》吧。"说完自顾自地念了起来:

匮乏智慧之嘴
犹如地头鼠洞
智慧修饰之嘴
犹如莲花盛开
……

第三个女孩上来就是一段很夸张的藏戏表演,表演时因为用力过度而摔倒在地扭伤脚,被两个女孩扶了下去。

江央问了几个简短的问题之后,第四个女孩就唱了起来:

羊卓雍措湖边
雏鸟跟着鸳鸯
幼鸟莫要鸣叫
让我思念故乡

歌总算唱完了，但老是跑调，高音也唱不上去，唱完之后自己也忍不住大笑起来。

江央将这几个女孩的名字、年龄、电话记在记事本上，让她们下去了。

之后，又和男演员们进行了简短的交流。男演员也不甘示弱，上来就表演了一段充满阳刚之气的舞蹈。

表演结束之后，江央选出三个男孩让他们单独表演节目。

第一个男孩很古板地表演了一段藏戏，中间还接了一次电话。

第二个男孩上来就是一段弹唱，用手作弹龙头琴的样子。

第三个男孩显得很紧张，含糊地背了一段台词就下去了。

江央将这三个男孩的名字、年龄、电话记在了记事本上。

之后江央问蒙面女孩："你觉得他们演得怎么样？"

蒙面女孩看了看他们没有说话。

团长开口说："我们还有一个歌手，你也可以看看。"

说完招手让一个男孩过来。

一个卷发的男青年摇摇晃晃地走过来站在排练厅中间。

江央看着他问："你以前演过藏戏吗？"

男歌手说："没有。"

江央问："会藏文吧？"

男歌手说:"会。"

江央说:"那你就唱一首歌吧。"

男歌手说:"那我用卫藏方言唱一首我自己写的歌吧。"

江央说:"好。"

男歌手拿起一把龙头琴,一边弹着一边唱了起来:

姑娘捎来情书

字迹潦潦草草

无法读懂内容

却又不愿示人

姑娘身在远方

心中思念不断

姑娘回到身边

已是他人之妻

歌手唱得很投入,蒙面女孩远远地看着他唱。

待唱完之后,江央夸赞了几句,笑着对团长说:"你们这里不是藏剧团吗,演员们好像不大会演藏戏啊。"

藏戏团长有点不好意思地说:"是啊,他们都是刚从民间招来的,条件、水平都参差不齐,我们也是打算在今年年底出一台像样的藏戏,不过还是有很多困难。"

江央指着蒙面女孩说:"像我们这次遇见的这个女孩,唱得可是非同一般啊。"

团长笑着说:"是吗?那就给我们唱一段吧。"

蒙面女孩赶紧摇头。

江央对着蒙面女孩说:"姑娘,你就唱一段吧。"这时,老板也过来劝。

女孩犹豫了一下之后就唱了起来:

尊贵王子听我唱
母子离别未谋面
心头涌动感母泪
无意扰乱修止心
苦思冥想心悲切
为圆誓言随从之

所有的人都被女孩的声音吸引住了,那几个坐在长凳上的女孩也停下嗑瓜子,静静地看女孩唱。

蒙面女孩唱完之后,团长的眼里露出一丝兴奋的光说:"好多年没有听到这么纯粹的声音了,唱得真是太好了!你干脆到我们团里来吧,我们现在就缺这样的人啊。"

蒙面女孩听了使劲地摇头。江央也过来劝,接着其他人也开始劝。蒙面女孩只是摇头不肯答应。

团长很无奈地摇着头说:"姑娘,那你考虑一下吧,考虑一下再说吧。"

蒙面女孩没做什么表态,团长就对着江央说:"我以前倒是演过《智美更登》。"

江央问:"是吗?演了什么角色?"团长笑着说:"演瞎子婆罗门。"

江央看了看团长的样子问:"是吗?瞎子婆罗门?"

团长一本正经地说:"是。"

江央说:"那来一段吧。"

这样一说,团长认真起来了:"我想想看啊,台词也好像记不清了,就试试看吧。"

江央就在一边看他。

团长从旁边的道具堆里拿了一根棍子装作瞎子婆罗门的样子说:"尊贵的王子,请予施舍。"

一个男演员装作王子搭词:"现在我一无所有,拿什么施舍给你?"团长紧闭双眼祈求道:"尊贵的王子,请把您的双眼施舍给我。"

男演员作把双眼施舍给婆罗门状。

团长揉了揉眼睛兴奋地看着女演员们说:"妙哉妙哉,这世上竟有如此多的美女啊!哈哈哈!我实在是记不起台词了。"

男女演员们也都哈哈大笑起来。

蒙面女孩一个人走出了排练大厅,也不理会她的同行伙伴们。

江央也笑着说:"可以了,可以了,咱们就互相留个电话,常联系吧。"

团长把手里的道具扔到一边说:"好,好。"

江央握住团长的手说:"将来若真要拍电影,还要请你们多多给予帮助啊。"

团长说:"好的,好的,我们一定会尽力的。"

江央等人和团长互相道别之后也走出排练厅去找蒙面

女孩。

蒙面女孩在藏剧团门口等着他们。他们叫上女孩准备上车时,迎面走来一个人握住老板的手说:"来了也不提前打个招呼,我是刚刚才听说的,听说你们去了藏剧团就直接追来了,今晚一定要到我的歌舞大世界坐坐,而且我也知道你们在找智美更登的演员,我那儿有个歌手以前就是在民间演智美更登的,我还有点事情,咱们晚上见。"

这个人是老板的一个朋友,说话语速很快,在县城里开了一家歌舞厅。他象征性地跟导演等人打过招呼之后,就打了一辆的士走了。

8

江央和老板他们赶到歌舞大世界时天已经完全黑了。歌舞大世界里乌烟瘴气,霓虹灯闪烁个不停。老板见他们进来直接把他们迎到舞台正中前方的一组沙发上,沙发前的桌子上已摆满了小瓶啤酒、饮料和各种零食瓜果。

坐下之后,他们便开始喝酒聊天,蒙面女孩在一边静静地看着舞台上的表演。

舞台上正在表演的是一个在民间非常流行的节目。一个穿着一套很古板藏装的年轻人抱着一把龙头琴在弹唱《阿克班玛》,曲调悠扬动人,每一个字很清晰地从他嘴里行云流水般地流淌出来:

阿克班玛耶

你是展翅翱翔的雄鹰
你飞向云端是蓝天的荣耀
你飞落悬崖是山峰的骄傲
没有你心里总是空空荡荡

阿克班玛耶
你是金色羽毛的鸳鸯
你漫步湖边是绿茵的荣耀
你嬉戏水面是湖泊的骄傲
没有你心里总是空空荡荡

阿克班玛耶
你是雄壮威武的汉子
你转身离去是村庄的荣耀
你回头走来是同伴的骄傲
没有你心里总是空空荡荡

唱完之后,大家热烈地鼓掌,女孩也在一边鼓掌。

歌手离开之后,上来一个主持人介绍道:"下面将要登台献艺的是著名的现代摇滚歌手嘎贝,他把刚才那位歌手献唱的《阿克班玛》改编成了充满现代气息的摇滚版,受到了广大歌迷的欢迎,下面我们就用热烈的掌声请他演唱这首歌!"

一阵非常怪异狂躁的音乐之后,舞台上突然蹦出了一个黄发、戴墨镜、奇装异服的年轻人。

他在舞台上做了几个夸张的动作后，含混不清地说："尊敬的各位来宾，大家晚上好！接下来呢，由我，为大家演唱一首摇滚版的《阿克班玛》，希望大家能够喜欢！祝大家今晚玩得开心，喝得尽兴，扎西德勒！OK！"

说完，他在舞台上摇摇晃晃地走了几步，嘴里还含混不清地说着什么。

突然间，迸发出了一阵急促的、震耳欲聋的音乐，接着他声嘶力竭地唱起了《阿克班玛》。他的头发随着他的身体在剧烈地摇摆着、颤动着。

除了从曲调上还能听出一点味道是《阿克班玛》外，歌词上已经完全听不出来了。

江央等几个人停止说话喝酒，怔怔地看着。

唱了有两分钟之后，歌手的嗓子完全哑了，完全唱不出来了，大厅里响起了此起彼伏的口哨声和尖叫声。

歌手狂摔了几下话筒后，就从舞台上走入观众席中。

他边唱边跳在江央他们的席上绕了一圈，又回到舞台上大声地唱了起来。

歌舞大世界老板悄悄对江央说："导演，怎么样，没想到我们这个巴掌大的地方还有这样的人才吧，他就是我说的演过智美更登的那个演员。"

江央笑着点了点头。

唱完之后，歌手把话筒扔到主持人手里，拿着一个啤酒杯过来了。

他举着杯子用汉语大声地说："来，远方的朋友，我真诚地敬你们一杯，祝你们吉祥如意，扎西德勒！"

大家都起来跟他干杯。

老板笑着说:"来,你歌唱得不错,我单独敬你一杯,就是一直没听懂你到底在唱什么。"

歌手很严肃地用藏语说:"你无需听懂什么,你听到什么就是什么,你想到什么就是什么。"

之后,他们狠狠地碰杯。

歌手太用力,把手中的杯子给碰碎了。

老板有点生气地说:"我好心给你敬酒,你这是什么意思?"

歌手说:"没什么意思,就是跟你碰杯啊,可能是我太有激情了吧。"

说着,从桌上随便拿起一杯啤酒和老板碰杯喝干了。

老板有些不快地喝干坐下了。

歌舞大世界老板悄悄对老板说:"不要介意,这家伙不知在哪儿灌了马尿,有点醉了。"

老板侧过身没有理他。

歌手坐在江央旁边说:"你是导演吧,听说你们在找一个演智美更登的演员,是吧?"

江央问:"听你们老板说你以前演过智美更登,是吗?"

歌手说:"那已经是很遥远的好几年前的事了。"

江央问:"你现在还能演吗?"

歌手说:"故事还记得。"

江央问:"那你现在能唱两段吗?"

歌手说:"那些唱词基本已经记不起来了。"

江央说:"没事,你就随便来一段吧。"

歌手说:"你让我演智美更登的话,我是坚决不演的。"

江央问:"为什么?"

歌手说:"不为什么!因为我不喜欢智美更登这个角色。"

江央问:"你为什么不喜欢?"

歌手说:"你觉得《智美更登》表现了什么?"

江央想了想,看着歌手说:"表现了无与伦比的慈悲、关怀、宽容和爱。"

歌手怒道:"千篇一律的回答,问谁也这样说。"

江央一时语塞,说不出话来。

歌手喝了一口,乘着酒兴说:"智美更登他把自己的眼珠子施舍给别人,那是他自己的事,我们管不着,但是他凭什么把自己的老婆和孩子也施舍给了别人,他哪来这样的权力,谁给了他这样的权力?"

江央说:"这可能是理解上的问题,也许你不应该这样理解这出戏。"

歌手有点火了:"你别跟我来这一套,好歹我也是个藏学专业毕业的大学生,要说藏文化,也许你还没有我懂得多哪!"

江央笑着说:"你可能喝醉了。"

歌手很激动地说:"我还是个优秀毕业生哪,可是到社会上,我连个工作都找不到,这不值得我们反思吗?"

歌舞大世界老板站起来说:"你有点醉了,收一收吧。"

歌手扶着歌舞大世界老板的肩膀说:"你还可以,总算是在做一些自己的事情,你看看咱们的那些寺院、那些寺院的喇嘛，整天墨守成规，也该考虑考虑自己的处境了。"

老板一下子站起来用力推了一下歌手说："小子，你灌了一点马尿，拿寺院和喇嘛开什么玩笑？"

歌手看着他说："我说一下他们怎么了，我又没有说你。"

老板气呼呼地说："你说寺院和喇嘛就等于是在说我。"

歌舞大世界老板把他俩给劝开了。

歌手给安顿到了蒙面女孩的旁边，不让他喝酒。

歌手从桌上抢过一杯啤酒干了，看着蒙面女孩说："姑娘，你好神秘啊，一直裹着个红头巾，不让人看到你的真面容，何不露出你的真面目和我好好喝杯酒哪。"

女孩使劲摇了摇头。

歌手哼唱了一首小曲说："姑娘，你身上纯朴的气息深深打动了我，我们随便聊聊天吧。"

女孩点了点头。

歌手问："你是做什么的？"

女孩说："我在乡下，我也跟你一样演过《智美更登》。"

歌手有些意外地问："你演什么？"

女孩说："我演智美更登的妃子曼达桑姆。"

歌手笑着说："那你就等于是我的妃子啊。"

女孩点了点头。

歌手又说："那我一定要看看你的脸。"

女孩赶紧摇了摇头。

歌手说："我都可以把你施舍给别人，现在看看你的脸总可以吧？"

女孩使劲摇了摇头。

老板一直斜眼瞪着摇滚歌手。

歌手问蒙面女孩:"那你跟着这些人干什么?"

女孩说:"我去看我以前的男朋友。"

歌手问:"以前的男朋友?"

女孩说:"对,以前的男朋友,他现在不要我了。"

歌手问:"那你还去看他干吗?"

女孩摇了摇头,不说话。

这时,老板凑过脸来大声说:"傻蛋,人家是为了爱情!"

歌手看着老板鄙夷地说:"哼,这个年代你们还相信有什么爱情吗?"

老板很生气地说:"连这个都不信,你活在这个世上还干什么?这不是连畜生都不如了吗?"

歌手一下子站起来了:"哼,别以为昧着良心赚了几个黑钱就可以对别人胡说八道!搞清楚自己是个什么东西!"

老板站起来冲过去准备打歌手,但被旁边的几个人给拉住了。

歌舞厅老板见气氛不对,就叫几个服务员把歌手给拉走了。

歌手边走边回头,还在嘴里含混不清地骂着什么。

9

切诺基在大草原上行驶着。

车里的几个人都显得有点萎靡不振。

几只羊挡住了路，司机使劲摁喇叭。喇叭把几个人都吵醒了，都看着羊慢吞吞地过去。

待几只羊过去之后，老板回头说："昨晚那歌手简直是疯了，说是要去外面带一帮他的哥们修理我，最后被歌舞大世界的老板关到了调音室里才算没事，不过我才不怕哪，有本事跟我单打啊。"

江央也揶揄道："人家还是个大学生哪。"

老板"哼"了一声说："大学生？他那样也算是大学生的话，那我早就是大学生了，我的大学是在社会上上的，而且我的小学、中学是在寺院上的哪。他老是吹他怎么懂得藏文化，我可没见他有什么高深的学问！"

江央笑着说："那你的大学和高尔基的《我的大学》差不多啊，就是你们都没有毕业证书啊。"

老板也笑了："哼，要差也就差这点了。"

江央、摄影师、司机都哈哈地笑着。

等大家笑得差不多了，江央说："老板，现在该讲你的爱情故事了吧，我们都惦记着哪。"

老板想了想说："你们真的想听吗？我还以为你们不想听了呢。"

摄影师也说："赶紧讲吧，我正等着拍呢。"

老板说："好吧，好吧，那我就讲吧。"

之后又停住问："昨天我讲到哪儿了？"

女孩好像是早有准备似的说："讲到你拿着信去找那女孩。"

211

老板笑了:"哈哈,没想到你还记得那么清楚啊。"

看见摄影师把摄像机对准了自己,就说:"你最好还是不要拍了。"

江央没理他,问:"你是还俗后的第几年遇见那个女孩的?"

老板也就回头看着前面说:"第二年。我是一九九二年还俗的,就是恰卜恰水库垮坝事件那一年。我和那个女孩就是在水库垮坝的第二年相遇的。我二十二岁还俗,二十三岁遇到她,那段恋情从元月开始到年底结束,就短短的一年时间。"

央问:"你当了几年的僧人?"

老板说:"我当了八年的僧人。我们那个寺院是一九八一年重新修建而成的,新寺落成大典时,附近村庄的好多孩子都出家了,我也是那一年出家的,那年我十四岁。我十七岁开始闭关修行三年,二十岁出关,当时为了扩建寺院,我和几个年轻的僧人到各地化缘,二十一岁回来,回来后和寺院的一些人有了矛盾,一气之下就还俗出来了。"

江央问:"主要是什么原因?"

老板说:"那年为了扩建寺院我去了很多牧区,也化到了许多善款,我省吃俭用把化到的钱一分不少地交给了寺管会,但是有些人说我在牧区以寺院的名义敛财,花天酒地等等,我好心得不到好报就还了俗。主要原因是我一心为寺院操劳,却得不到他们的理解。后来我听别的僧人说活佛还老是挂念这件事,说我当时是被冤枉的。只要活佛这样认为，我心里也就踏实了。"

江央问："你当时还俗以后有什么明确的目的吗？"

老板说："刚还俗时没有什么目的。觉得丢人，就流浪到了西宁，找找熟人，为商人干点杂活什么的。想起来真是苦得很呐！刚到西宁时我胆子很小，不敢抢，又不想偷。小混混们都叫我'阿卡'，他们说，你这样不能养活自己，跟我们去偷吧，跟我们去抢吧。我说这个我是坚决不干的，但是说实话我花过他们偷来的钱，吃过他们偷来的东西，但是自己从不偷从不抢。这也是如今好多商人都信任我的原因。我曾有过两天两夜只吃过一碗面片的日子。由于没钱住店，整晚在大街小巷晃悠，见扫大街的人出来了，我就高兴起来了，因为知道天就要亮了。"

江央问："当时你家里人不知道你已经还俗了吗？"

老板说："当时不知道，后来家里人也知道我还俗了，也知道了我在西宁，我的父亲和弟弟到西宁找到我，把我领回家了。那时我们村里出家的只有我一个人，当时我父亲一见到我就埋怨说：'啊嗬嗬，我阿尼切巴连拥有一个出家僧人的福气都没有了。'我父亲叫阿尼切巴，我们村叫姆佳村。我就笑着对我父亲说：'姆佳村都没有拥有一个出家僧人的福气，你阿尼切巴一个人哪有那么大的福气啊。'哈哈哈，现如今我这句话已经成了十里八乡茶余饭后的笑谈了。"

江央问："你们村子就你一个僧人？"

老板说："是。以前就我一个出家当僧人的。听说现在有两三个，以前就我一个。当时把我领回家后就让我劳动，说实在的，我当了那么多年的喇嘛，一下子干不了那么繁重的体力活。再加上我们家乡穷，经常到林场找活扛扛木头之类才能换点钱来。我实在受不了这些，就经常找各种理由往外跑。那次也是家里让我去拉卜楞寺做些法事才遇见那个女孩的。"

讲到这里，老板突然让司机停下车，慢慢倒回去。

司机慢慢倒车。

司机停下车后，老板有点神秘地指着窗外悄声说："你们快看窗外。"

司机摇下左侧的车窗。

窗外的草原上羊群散落一地，中间有一对年轻男女俯卧在草地上，头挨着头，很亲密的样子，丝毫没有注意到路边的车辆。

看到这情景，大家都屏住呼吸，静静地看着。

一会儿之后老板说："看看这一对年轻人，沉浸在爱情的海洋里，多么令人羡慕啊。"

江央也感慨道："在荒无人烟的大草原上突然见到这样的情景，真是令人激动不已啊。"

老板也感叹着说："昨晚那个傻瓜大学生还说现在没有什么真正的爱情，他真的是什么都不懂，其实爱情就是这样一种很神秘的感觉。"

大家还在看着那一对草地上的恋人。

老板对司机说："咱们悄悄地走吧，不要惊动了他们。"

车往前开了一会儿，江央的电话响了："阿爸，阿妈来电话了。阿爸，阿妈来电话了。"

江央拿出手机"喂"了几声之后,拍了拍司机的肩膀说:"司机,停一下,我去接个电话。"

车立即停下了,江央走出去站在马路边接电话。手机里老是传出"不在服务区。不在服务区。不在服务区"的声音。江央换了几个地方,手机里传出的还是那个声音。

老板看着在车前不停地走来走去的江央问摄影师:"你们导演怎么一路上电话不断呢,是不是有什么重要的事?"

摄影师也看着在马路上很滑稽地走来走去的江央,含糊其词地说:"没什么大事吧,可能是家庭内部的什么事吧。"

一辆大货车从对面冲过来,像是要撞了江央。老板等人很紧张地喊江央赶紧躲开。

江央刚退到路边,那辆大货车就从他旁边呼啸而过了,里面的司机还用怪异的眼光看了一眼他。

江央回到了车里,手机里还是"不在服务区"的声音。

坐下之后,江央把手机装回了兜里,说:"这个地方连个信号都没有,咱们走吧。"

老板看了一眼江央,想说什么又忍住了。

重新上路之后,摄影师笑着对老板说:"老板,既然爱情是那样一种神秘的感觉,你就继续你的爱情故事吧。"

老板笑了笑说:"我的故事就先讲到这儿吧,马上就到一个寺院了,寺院附近不宜讲这些男女之事的。再说,我一个还俗的喇嘛在寺院附近讲这些真是造孽啊,会堕入十八层地狱。这个寺院有很多小喇嘛,你们不是也要找几个小喇嘛的演员吗?可以顺便看看,而且这个寺院听说还演过《智美更登》,也可以多了解了解。"

江央一下子来了兴致,问:"寺院也演出《智美更登》?这是很新鲜的事情啊!"

老板说:"而且还是喇嘛们在演。"

江央问:"那里面的女性角色哪,比如说曼达桑姆谁来演,莫不是尼姑在演吗?"

老板笑着说:"不是,不是,都是喇嘛在演。"

江央像是明白了似的说:"噢,我还是第一次听说。"

车到一个山岗上时,突然间刮起了一阵大风。

等大风稍稍平息之后司机说:"看,前面就是寺院。"

大家都欠身看。

山岗下一座宁静祥和的寺院出现在了大家的视线中。

女孩从后面小声地对司机说:"司机师傅,能不能停一下。"

司机突然停下车问:"怎么了?"

女孩说:"我想在这儿下车,我不去寺院。"

江央也问:"你为什么不去?"

女孩说:"今天我连个敬佛的酥油都没带,所以我不能去。"

老板看着女孩说:"你在这儿会冷的,走吧,没事。"
女孩低着头说:"我不去了,我在这儿等你们。"

江央说:"那好吧,你就在这儿等一会儿,千万别走远了,我们很快就回来。"

司机开了门,女孩下车了。

江央从窗户里递过一瓶矿泉水,说:"给,拿着喝吧。"

女孩接过水，说了声"谢谢"。

车往下开去。

走了一段，江央回头看时，女孩依然站在路边远远地望着他们。

10

他们直接去了寺院管家的僧舍，管家正好在，互相介绍之后，管家让一个僧人去叫几个小喇嘛来。

不一会儿，那个僧人领着几个小喇嘛一窝蜂地进来了。那些小喇嘛们的身上、脸上全是土。

江央让几个小喇嘛站成了一排，小喇嘛们挤眉弄眼地笑着。

江央问左边的第一个小喇嘛："你几岁出家的？"小喇嘛显得很害羞，挠着头皮说："八岁。"

江央问："来寺院几年了？"

小喇嘛说："两年了。"

江央问："都学什么了？"

小喇嘛说："刚开始学藏文字母。"

江央笑着说："那你念念看。"

小喇嘛放松下来了，很流畅地念："嘎卡嘎啊……"

念完之后，导演又问左边第二个小喇嘛："你叫什么？"

小喇嘛表情严肃地说："我叫更登智巴。"

江央笑着问："你会些什么？"

小喇嘛说："我会背《萨迦格言》。"

江央笑着说:"那你背背看。"

小喇嘛便非常快速地背了起来:

> 贤者即使潦倒
> 品德更显高尚
> 火把尽管朝下
> 火舌仍然向上

> 学者见多识广
> 亦会博采众长
> 如此长久以往
> 通晓大小五明

> 智者虽然弱小
> 亦会力克强敌
> 虽是兽中之王
> 却被兔子征服

背完之后,小喇嘛还在喘着气,江央笑着对管家说:"这个小喇嘛记性真好啊。"

管家也笑着说:"寺院里的喇嘛们基本都是这样学出来的。"

江央继续问那个小喇嘛:"还会什么?"

小喇嘛说:"还会英语。"

江央一下子来了兴致,问:"什么?英语?"

小喇嘛说:"对,英语。"

江央站起来说:"那你念念看。"

小喇嘛只是背了英文的字母,而且发音也不是很标准:"ABCDEFG……STUVW……"

江央和摄影师等人都笑了起来。

江央又问左边的第三个小喇嘛:"你会什么?"

小喇嘛嘻嘻地笑着说:"我只会念经。"

江央笑着说:"那你就念一段《平安经》吧。"

小喇嘛闭着眼睛念起了《平安经》:

诸佛正法众中尊

直至菩提我皈依

以我所修施等善

为利有情愿成佛

皈依佛法僧三宝

我度一切有情众

安置殊胜菩提位

发起胜义菩提心

……

管家的手机响了,管家在一边低声接电话。

老板拿出自己的傻瓜相机,对着小喇嘛们的脸哗哗地拍着,闪光灯在小喇嘛们的脸上闪烁不定。

僧舍外面的几个小喇嘛也透过窗户在往里张望。

小喇嘛背完《平安经》之后准备要走,江央拉住边上一个面目清秀的小喇嘛问:"还有你,你叫什么名字?"

小喇嘛说:"加洋索南。"

江央问:"你学什么?"

小喇嘛说:"因明逻辑学。"

江央很感兴趣地问:"在学因明学啊?那你来辩论一下吧。"

小喇嘛走到一边,管家叫一个小喇嘛过来一起辩论。

两个小喇嘛开始了辩论:

"那么应成为恒常,因为有些存在是实有。"

"同意。"

"那么应成为非恒常,因为是实有。"

"论据不成立。"

"应成为实有,因为若是颜色就理应包括在红色中。"

"不一定。"

"那么,若是颜色就理应包括在红色中,因为你已答包括。"

"同意。"

"那么,若是颜色就不应该包括在红色中,因为这可是佛经《辨析》中的观点。"

"论据不成立。"

"因为《辨析》中说,如果说若是颜色就理应包括在红色中,那么以白海螺的颜色为例。"

"同意。"

两个小喇嘛的辩论告一段落,江央掩饰不住喜悦地对管家说:"小喇嘛真聪明啊!"

管家说:"他们正在学习摄理学,每天都要这样练习。"

江央说:"从小学习就好啊。"

两个小喇嘛的辩论又开始了:

"若是颜色就不应包括在红色中,因为经典中持此观点。"

"同意。"

"那么若是颜色就理应包括在红色中,因为颜色是随意的东西。"

"论据不成立。"

"若是颜色就理应包括在随意的东西中,因为它不是颜色。"

"论据不成立。"

"那么它应成为非颜色,因为是无色。"

"论据不成立。"

"那么它应成为无色,因为不是实有。"

"论据不成立。"

"那么它应成为非实有,因为是常法。"

"论据不成立。"

"那么它应成为常法,因为这是经典的观点。"

"论据不成立。"

"《辨析》中说:应成为常法,因为有些存在是实有。"

"同意。"

江央饶有兴趣地看两个小喇嘛辩论,管家却让他们停住了,让小喇嘛们回去学习。

小喇嘛们走后,江央向管家问寺院演出《智美更登》

的情况。

管家说:"这会儿演智美更登的喇嘛们都不在,都到村里念经去了,再过几天就好了。"

江央显出很遗憾的样子说:"看来我们来得不是时候啊。"

管家突然记起什么似的说:"我这儿有一张去年拍的我们寺院演《智美更登》的VCD,咱们现在就可以看一下。"

江央高兴地说:"那真是太好了。"

管家找出VCD,放进影碟机打开电视看。

喇嘛们的演出和村里的演出风格截然不同,很古板,音乐也很宗教化,一举手、一投足似乎都慢了半拍,但是别有一番风味。

江央快进着看了一段之后对管家说:"师傅,这个东西我能不能拷到我的电脑里带回去慢慢看?"

管家没听懂他在说什么。

老板给他解释。

最后,管家似懂非懂地答应了。

江央把那张VCD拷到了自己的电脑里。

江央取出VCD对管家说:"好了,谢谢您了师傅。"

管家奇怪地说:"这就好了?这么快?我还以为你要把这张VCD也要带走哪,我心里还有点不愿意,但想着你们的事很重要,就打算让你们给带走了。"

江央笑着说:"不会的,不会的,这个您留着,《智美更登》已经在我的小盒子里了。"

说着让管家看了看,把笔记本电脑装进了包里。

管家赞叹着说:"现在的科学真是神奇啊。"

11

女孩上车之后,车又继续往前开,几十头牦牛从公路上鱼贯而来,司机减速使劲地摁喇叭,但是那几十头牦牛像是什么也没有听见似的晃悠悠地往前走。司机嘴里骂着"畜生",不停地摁喇叭。

过了一会儿,牛群后面出现了一个蒙面女孩。

老板对司机说:"好多年没去纳隆村,我都记不太清怎么走了,你还是去问吧。"司机兴奋地应了一声马上就下车了。他一边赶牛,一边没话找话地说:"姑娘,你的这些牛胆子可真大呀,连汽车摁喇叭都不怕。"

女孩也抬起了头,但是看不清长得什么模样。女孩很认真地说:"以前它们是怕的,只要一摁喇叭就逃得远远的,现在慢慢就不怕了。汽车一摁喇叭我还很紧张哪,不知为什么它们就不怕了。"

司机笑着说:"时代真是变了啊。"

待女孩赶着牛走近时,老板也下车问:"姑娘,去纳隆村怎么走啊?"

女孩仔细看了看车里的人说:"前面有条土路,沿着土路开车可能得走半个多小时的路。"

老板笑着说:"谢谢,谢谢。"

女孩问:"你们去纳隆村做什么呀?"

老板说:"我们要拍一部关于智美更登的电影,听说纳隆村演《智美更登》,就准备去看看。"

女孩问:"你们的电影到时候会到这儿放吗?"

老板说:"会放的。"

女孩边赶牛边说:"那到时候我一定要来看看,我很喜欢智美更登的故事。"

老板笑着说:"好,好,姑娘,我们走了,再见。"

女孩回头说:"再见,祝你们一路顺风。"

这时,司机追到女孩后面问:"姑娘,我可以知道你的名字吗?"

女孩问:"你打听我的名字干什么?"

司机不好意思地说:"不干什么,就是随便问问。"

女孩走了几步又回头笑着说:"若回来时还见到我就告诉你。"

说完赶着牛走了。司机还望着女孩的背影出神。

老板笑着用手机捅了一下司机,说:"又在打什么坏主意,赶紧走吧。"司机笑了笑没说什么,两个人就上车了。

汽车开动后,司机笑着对老板说:"听刚才你和那个女孩说话,好像导演就是你啊。"

其他人都笑,江央笑罢说:"有时候换一下角色还挺好的,我还想当几天老板哪。"

大伙儿又笑了起来。

汽车拐上土路后,司机便加大油门往前开,车里一下子又晃动得很厉害了。

江央拍了拍老板的肩膀说:"老板,该继续你的爱情故事了。"

老板回头说："我都忘了讲到哪儿了。"

江央笑着说："昨天你只是讲了遇见那个女孩之前的一些事情，没讲什么实质性的内容。"

老板想了想说："我真的记不起具体讲到哪儿了。"

蒙面女孩低声说："讲到你拿着信去找那个女孩。"

老板笑着说："又是你提醒我啊。"

江央催道："你就赶紧讲吧，听你这个爱情故事就像是在听汉人的评书，动不动就卖个关子。"

老板笑了一下又开始进入状态，讲起来了："我到州上后就直接去学校找到了她。她正在复习，我带她出去吃了饭，还给她买了一套衣服。因为两天后就要考试了，我就不敢耽误她的时间，下午吃完饭后就把她送回了学校。我让她安心复习，好好考试。为了节约钱，我没住旅馆，住在了州歌舞团的一个朋友家里。中间有几次她过来找我，我都把她强行送回学校了，让她考完之后再来找我。我就等在那里，心里还不断地为她祈祷。两天后的黄昏，她终于跑来找我了。我看她的心情不太好，就安慰了几句。我们在外面登记了一间房子。她伤心地说她考得一点也不好，可能考不上。我就说没事的，不管你考上了还是考不上，我都要娶你做我的老婆。如果考上了，就要等到你毕业；如果考不上，今年就要娶你。听到这话，她很感动，眼泪都流出来了。她问我你真的会娶我吗，我当时就发誓一定要娶她。她就没再说什么，紧紧地抱住我待了很长时间。"

这时，摄影师插了一句："你讲得我都喘不过气来了。"

老板笑了一下继续说："我们在一起待了两三天，那几天她心情一直不好，后来她说她想到她出嫁的姐姐家里住几天再回家，我觉得这样可能对她有好处就给了她一些钱送她去车站了。车站里我对她说你回去好好散散心吧，等我挣了一笔钱就去娶她或者供她上学。她在车站那么多人面前亲了我一下说你对我真好。班车已经驶出了车站大门，我的心里空空荡荡的，就像是丢了什么东西。她走后我就整天都待在屋子里没有出来，不想见任何人。"

这时，车到了一个山顶上，垭口有许多经幡在猎猎飘动着。

老板让司机停车，从包里拿出几包风马纸，下车站在路边，口中念念有词，把风马纸抛撒出去。垭口的风很大，那些风马纸很快就被吹得不知去向了。

老板上车之后，说了声："外面冷得要命，咱们赶紧走吧。"

江央笑着说："这么快就走了，我们也想出去撒些风马纸呢。"

老板也笑着说："我刚才已经替大家祈祷过了，有什么事山神会保佑咱们的。"

江央笑着说："我就希望山神保佑你顺利讲完那个爱情故事。"

老板回头笑着说："你就不用拐弯抹角地提醒我了，看来这次不完整地讲完你们是不肯罢休了。"

然后笑着对摄影师说："你要拍你就赶紧准备吧，反正我是阻止不了你了。"

摄影师也笑了,说:"这样我拍起来也就自然多了,要不然总是有一种偷拍的感觉。"

老板想了想就讲了起来:"说是挣了钱后去娶她,但是第二天醒来一想,自己身上没有任何可以挣到钱的本事。家里带出来的那点钱也花得差不多了。当时还想到了去牧区给别人念念经挣点钱的法子,因为念经是我的老本行嘛。仔细一想又觉得不行,我一个还俗的人,人家怎么可能相信呢,我又不能重新穿上僧袍去骗人。想来想去,最后想到那两年我在外面化缘时摆弄过几天别人的一个傻瓜相机,就借了朋友的傻瓜照相机,去青海湖边照相挣钱去了。"

这时,江央提醒说:"你讲的时候能不能尽量和她结合起来讲。"

老板笑了一下,继续讲:"好,好,那时我带着她的一张照片,那是她那天临走时送给我的。我觉得那张照片照得非常好,她在照片上也很漂亮。这张照片既是我的随身物,又是我的宣传照。拍照片时先让人看看她的那张照片,说这就是我照的,让他们做个参照,哈哈,这样还真有不少人相信我是一个很好的摄影师呐。"

老板说着看了看摄影师说:"今天在这儿说出这件事来可真有点不好意思啊。"

摄影师也笑了:"哈哈,你真会做宣传啊。"

老板也笑着说:"是啊,哈哈。那张照片我一直随身带着,还有她写给我的信也是。只要想她,就看看照片,读读信。"

蒙面女孩也很认真地看着他。

老板说:"当时我是从倒淌河开始步行走家串户去照相的,一天大约能拍完一卷胶卷。走到哪儿天黑了就住在哪家,吃饭住宿也不用花钱。那时洗一张需要两元钱,洗两张需要三元钱,这样可以多赚一点钱。等拍完十个胶卷,我就去西宁冲洗。这样下来每次都有不错的收入。每次我去西宁洗照片,为了节约钱,手抓肉也很少吃,就吃点面片。"

江央问:"你是怎么学会拍照片的?"

老板不好意思地说:"其实也不会,就那样随便照着照着就有了那么点意思,后来大家也说我照得不错。主要是因为那时我没什么手艺,又没有做生意的本钱,就干起了给人照相的事。"

江央问:"你照相,他们相信你吗?"

老板又恢复了原来的语调:"我是先照相,洗出来给照片时才收钱,所以青海湖地区的牧民们对我很信任。那段时间我到处打听各个地方的庙会赛马会什么的,没错过任何一个挣钱的机会。好多人都问我你这么拼命地挣钱是为什么,我就把我们的感情和我要娶她的愿望讲给他们听。好多女孩子听了,都感动得流过眼泪哪。"

江央问:"只有女孩子感动吗?"

老板很认真地说:"也不是的。好多男人听了也很感动,说你真是太爱她了,我们从来没有像你这样爱过一个女人,你真是一个了不起的男人。我一心想着挣上钱就去娶她为妻，可是到最后就像是俗语说的'神药未到，人已断气'了，哈哈。"

江央问："你是说她已经变了？"

老板挥了一下手说："你们听我慢慢讲。就这样我跑了很多地方，挣了差不多三千元，那时候三千元已经是很大一笔钱了。有一次我去州上时，收到了她给我的一封信。那封信到我手里时，已经快过两个月了。信上说她已经回家了，大学也没考上，对一切都没有信心了，还说如果记得她的话就到她家里来找她，她会在家里等我。她还留了一个地址，说如果想给她写信就可以寄到这个地址。那时刚好是贡唐仓活佛在桑科草原举行时轮灌顶大法会的时候，我觉得她反正在家里等我了，想多挣点钱回去就没及时回去，去了桑科大草原。我按那个地址给她寄了一些我在青海湖边照的照片。"

江央问："你们两个没见面有多长时间？"

老板想了想说："三个月……不是，大概五六个月吧。从桑科草原回来后，我就打算去找她。那时我有个很要好的藏医朋友，他挺有钱的，以前我给他讲我的故事时他很感动，说你要娶她我一定会帮你。当时就派了他的北京吉普，让他的司机开着，我们就出发了。我们到女孩的村庄时，正好村口有一个小卖部，就下车买了砖茶、烟酒、哈达之类的准备去她家。售货员是个小媳妇，看我买了那么多送礼的东西就问我：买这么多东西去哪儿？我高兴地说：我们去尕藏吉家里提亲。忘了交代了，那个女孩叫尕藏吉。她用怪异的眼光仔细看了看我后大笑着说：你就是那个还俗的喇嘛吧。我有点意外地点了点头,问:你怎么知道的。她笑着说:我当然知道,我和尕藏吉是好朋友。我就问:那尕藏吉哪?她看着我说:你别傻了,尕藏吉早就出嫁了,你还不知道?听到这话,我当时就像遭了雷击一样,全身一下子瘫软了。我说我根本不相信,这绝对不可能!也不知道自己在干啥,我当时买了两瓶啤酒,可是只喝了一瓶就醉成泥了。"

江央问:"只喝了一瓶?"

老板很肯定地说:"对,一瓶!之前我从来没有喝过酒。"

江央笑着问:"那你现在能喝多少?"

老板也笑了:"少说也能喝个二十瓶吧。"

江央问:"后来哪?"

老板说:"后来司机把我拉到了县招待所登记了一间房。"

这时,几头毛驴慢吞吞地从路边走过来站在路中间不动了。司机只好停下来,一个劲地摁喇叭。

老板也停下了讲述,看着前面说:"你看你看,咱们光顾着瞎聊,我们要去的村庄到了都不知道,往回倒,往回倒。"

司机往回倒车,在一个路口老板说:"就是这儿,从这儿开进去。"

司机按老板指的方向没开一会儿,老板又说:"咱们走错了,不是这条路,咱们还是问一下吧,我也记不太清了。"

司机又把车倒回到刚才的地方。

这时,他们看见刚才那几头驴不见了,那个地方站着一个小男孩,在向这边张望着。

司机一边摁喇叭一边从车窗里挥手让小男孩过来。

小男孩跑过来,从车窗外看他们。

老板让小孩上车给他们带路。

有小男孩带路,他们很快就到了纳隆村。因为提前联系过了,藏戏团的几个年轻人在等着他们。

到了一户人家,一个年轻人指着一个矮个儿老人说他是他们的团长。

老板等人也做了自我介绍。

矮个儿老人介绍说:"我们这个藏戏团成立已经三十多年了。我以前也是藏戏团的演员,后来演不动了,但是放不下这个摊子,就帮着年轻人做点事。"

几个年轻人说:"我们这个藏戏团这么多年能坚持下来,全靠我们的老团长啊。"

老人谦逊地笑了笑说:"我们这个藏戏团是有传承的,据说是好多年前几个去拉萨朝圣的人历经千辛万苦从拉萨那边带过来的,所以说在方圆几里的地方我们这个应该说是最正统的,其他地方的都是从我们这儿传过去的。"

说到这儿老人显得很自豪,停了一下继续说:"'文革'期间由于打倒'牛鬼蛇神'就差点失传了,但是我们的师傅偷偷让我们每年都练,牢牢地记在心里。师傅在'文革'中死了,但是藏戏就这样保存了下来。"

老板由衷地夸赞道:"你们功劳很大啊。"

老人继续说:"多亏佛祖保佑啊。十一届三中全会之后,进一步落实了党的民族宗教政策,我们也及时恢复了藏戏团,历经千辛万苦才发展到了今天的规模。"

讲到这儿,老人指着墙上的一面锦旗说:"这是前几年州政府奖励给我们的。"

那面锦旗上用藏汉文写着"藏戏之村"四个字。

老人看着那面锦旗显出很自信很骄傲的样子。

江央也点着头说:"你们为保存咱们的文化立了大功啊,政府给你们这样的荣誉真是名副其实。"

老人很谦逊地笑了一下之后说:"你们拍电影也是为了更好地发扬自己的民族文化嘛,我们藏戏团会力所能及地帮助你们完成这部电影的。"

老人接着又把江央领进一间小屋里,从抽屉里翻出了一些奖状和照片,拿出其中一张泛黄的彩色照片说:"您看看,这是前两年我们给隆务寺献演时的照片,演员都在场,当时大活佛和我们一起合了影。"

江央接过去看时,老人又拿出一张泛黄的奖状说:"这是我个人的奖状。以前去省里学习皮影戏时发的。"

江央看着说:"真不错,真不错。"

老人又拿起一张黑白照片说:"这是十世班禅大师十年前莅临热贡时,我们为大师献演《智美更登》时照的。那时我也很年轻,上面扮演智美更登的就是我。"

说着指着上面的一个人说:"哦,这个就是我,就是大师右边这个,右边这个。"

江央仔细看了看,感慨道:"那时的你真的很年轻啊!"

老人也感慨道:"是啊,那时年轻,现在老了,演不了了,但也不愿闲着,就帮年轻人做些力所能及的事。"

江央说:"一个人做了这么多,还能做什么呢?"

老人叹了一口气没说话。

江央说:"咱们现在看看你们的演员吧,演智美更登和曼达桑姆的演员都在吧。"

老人指着两个年轻人说:"他们就是演智美更登和曼达桑姆的演员。"

江央仔细地看着他们俩,同时叫摄影师做拍摄准备。

老人说:"你们就演一段给客人看吧。"

男演员问:"演哪一段?"

老人问江央:"你们想看哪一段?"

江央说:"你们能演一下智美更登施舍出三个孩子那一段吗,这一段会在电影中用到。"

老人说:"没问题,可是三个孩子在上学,得到学校去叫他们。"

江央问:"学校在附近吗?"

老人说:"就在旁边,很近的。"

江央说:"那我们现在就去看看吧。"

老人对两个年轻人说:"你们先换服装布置戏台,准备一下吧,我们去学校看看。"

说着老人领他们出门了。

学校很近,很快就到了。老人让一个在门口玩耍的小孩进去叫。

这时,江央的手机响了:"阿爸,阿妈来电话了。阿爸，阿妈来电话了。"

江央掏出手机，看了一下显示的号码，忧心忡忡地到不远处的一棵枯树旁接电话。

没过多久，十几个学生嚷嚷着冲出了学校大门。

老板叫江央过来看孩子。江央继续说了几句就关上电话过来了。

老人从孩子们中间揪出三个戴红领巾的孩子说："演智美更登孩子的就是他们三个。"

江央看着他们说："那你们就随便唱点什么吧。"

小孩们看着彼此，不好意思唱。

在老人的再三鼓励下，三个小孩才开始商量着唱什么。

商量了一会儿之后，一起转过身背着他们唱起了藏语儿歌《我们都是一家人》：

> 你的父亲是岩石猴
>
> 我的母亲是罗刹女
>
> 我们都是一个祖宗的后代
>
> 你来自安多
>
> 我来自卫康
>
> 我们都来自一个大家庭
>
> ……

三个小孩开始时很拘谨，慢慢地就放松下来了，转身大胆地对着他们唱歌，声音自然流畅。

大家安静下来，细心地听三个孩子唱歌，看他们表演。

三个小孩真切地演唱，深深打动了江央，不停地称赞道："你们这儿真是'藏戏之村'啊，连小孩都唱得这么好。"

老人说："这几个孩子演得真是很感人，只要他们一唱老人们就哗哗地流眼泪。"

江央说："我看电影中智美更登的三个小孩就用他们了。"

老人也笑着说："咱们还是回去看他演一下智美更登施舍出自己三个孩子那段戏。"

江央说："好，好，这样最好，这样才能品出这出戏的真正的味道。"

他们便领着三个孩子往回走，其他几个学生们也跟来了。

回去时，院子里已搭好了那场戏的布景。

两个演员也早已换好服装等着表演，简单的乐队也做好了准备。

其中一个孩子问老人："我们也要换戏服吗？"

老人说："你们就不换了吧，反正也不是正式的演出。"

说着看了一下江央。江央也说："那就不用换了，你们就像平常一样地表演吧。"

乐队的伴奏声响起来了，演员们便开始了表演。

智美更登王子在打坐，三个孩子在一旁玩。

三个婆罗门走上前，向智美更登王子叩首致意后说：

"王子智美更登,就听说您有一颗大慈大悲勇于施舍的心,您看看我们这身破衣烂衫,我们多可怜啊,您难道不想施舍给我们什么东西吗?"

智美更登王子:"见到你们很高兴,也很想满足你们的愿望,但我现在一无所有,实在没有什么东西可以施舍给你们。"

三个婆罗门:"那就请把您的三个儿女施舍给我们吧!"

智美更登王子:"三个孩子年幼无知,再说他们还一时离不开他们的母亲。"

三个婆罗门:"这个不用担心,我们不会伤害他们,我们只是需要三个侍从。"

智美更登自语:"自己早就发过誓,要对乞讨者有求必应。如果现在不把孩子施舍给他们,就违背了自己的誓愿;如果把孩子施舍给他们,又怕妃子舍不得,我该怎么办啊!"

三个婆罗门:"原来王子只是徒有虚名啊,我们还以为王子有怎样的菩提心呢。"

智美更登王子没说什么,将三个儿女叫过来说:"列丹、列白、列孜玛,世上哪有父母不心疼儿女的,但悲欢离合是世间常情,世间众生皆父母,你们就安心跟着这三个婆罗门吧。"

三个婆罗门准备带三个孩子走。

三个孩子跪向智美更登王子唱了起来。

老大列丹唱道:"为了父王您的行善大业,我们愿意听从您的决定。在这最后的时刻,不能看到慈祥的母后,觉得很伤心。"

老二列白接着唱道:"父王既然把我们施舍给了别人,我们就只能跟着别人走了……"

老二列白停下来不好意思地说:"我记不起词了,我再来一次吧。"

老人挥挥手说:"可以了,列孜玛接着演吧。"

老二列白的脸上显出很遗憾的表情,无奈地看着列孜玛唱。

小女儿列孜玛用悲伤的语气对着智美更登唱道:"父王虽然忍心把我们施舍给婆罗门当用人,但是我们真的舍不得你们啊,不知还有没有相聚的时刻。"

智美更登王子作感动流泪状,不时用袖口擦着眼泪。

智美更登王子语气悲伤地说:"我的三个心肝宝贝,离开你们我心里也很痛苦,但怜悯施舍是伟大的善业,不要悲伤,不要流泪,放心跟他们走吧,三宝会保佑你们的。"

智美更登唱完忍不住笑了,说:"穿着戏服对着三个戴红领巾的小孩唱总觉得有点搞笑。"

三个婆罗门也笑着将三个孩子带下了台。

蒙面女孩也在偷偷地笑着。

江央问蒙面女孩:"你觉得他们演得怎么样?"

蒙面女孩马上又不笑了,说:"孩子们演得很好。"

智美更登王子笑着坐下来作修行状。

妃子曼达桑姆从一边走过来,作寻找三个孩子的样子。

曼达桑姆问智美更登王子:"你是不是把咱们的三个孩子也施舍给了别人?"

智美更登睁开眼睛点了点头说:"是的,我已经把他们施舍给了三个婆罗门。"

曼达桑姆极度悲伤,腿一软跌倒在地上,悲伤地唱道:"我的宝贝孩子,就像那太阳一样可爱,为什么这黑心的乌云,要把阳光遮挡住。"

唱完,晕倒在了一旁。

智美更登笑着用一根羽毛沾上水,往她脸上洒了洒,又用手揉着她的胸口说:"爱妃,你千万不能这样,你赶紧醒来吧。"

演到这儿时,人群中也传来了一阵笑声。

曼达桑姆也马上改变悲伤的表情,看着智美更登的脸笑了起来。

老人生气地说:"你们太不严肃了,三个小孩换上戏服再来一遍。"说完老人看了一眼江央。

江央一脸悲伤的表情,说:"不用演了,你们演得很好,这个电影里关于藏戏《智美更登》的部分我看由你们藏戏团来演很合适。"

江央要了他们的联系方式之后就又上路了。

12

拐上马路之后,车里又一点也不晃了。

江央一脸心事重重的样子，也不说话。

老板见大家都不说话，就看了一眼江央问："喂，导演，这个智美更登演得怎么样，很不错吧。"

江央说："是啊，虽然有点滑稽，但是感动得我都差点掉泪了。"

老板问："他能演你电影里的智美更登吗？"

江央说："电影里的智美更登是个戏里戏外反差很大的人物，但是这个小伙子看上去很仁慈、很小心的样子，我担心他适应不了戏外的现实生活中的那个角色。"

老板问："那曼达桑姆哪？"

江央没有直接回答老板，看了看蒙面女孩问："你也演过曼达桑姆，你觉得她演得怎么样？"

女孩认真地说："她演得挺好的，就是长得不太好，我觉得她演智美更登的妃子曼达桑姆不太合适。"

江央笑了，说："好了，好了，咱们还是不要对别人评头论足了，咱们还是继续听老板的爱情故事吧。"

之后，看着老板说："你的故事太吸引人了，我们还是听你的故事吧。提示一下，上次讲到司机把你拉到了县招待所。"

老板笑了笑，想了想就继续了他的爱情故事："后来司机把我拉到县招待所登记了一间房。我躺在床上，往事便历历在目，甚至她那时躺在我的怀里跟我说话时的那些情景，也都像电影一样在我的眼前清晰地浮现着。我不想吃饭，也不想说话，甚至听见别人说话就生气。第二天，司机要我跟他回去，我说我要在这里待两天，让他先回去了。就那样我茶饭不思地在旅店里躺了两天两夜，一直都迷迷糊糊的。第三天，我的那个藏医朋友便亲自来接我了，他见我这样狠狠地骂了我几句，具体骂了什么我都没听清楚。他把我拉到西宁，住在了一个旅馆里。我那时已经像个傻子了，其实后来才知道是我病了。在旅馆住了几天，我朋友看我不行了，就把我送到了省人民医院。"

江央问："你还去了医院？"

老板说："是的，说了你们可能不相信，可我确实是住院了。为了缓解我当时的情绪，我朋友有时还带一两个漂亮女人来跟我聊天，可我见了女人就生气，一心只想着她。那时我还在幻想，我只要能找到她，她即便是别人的妻子，不管情况怎么样，我相信她会跟我回来的。之后我又想着，她要是过得很愉快，我就让她继续过下去；她如果还需要我，我就会带她回去的。我的藏医朋友见我住了几天医院也没见怎么好转，就说这不是需要住院治疗的病，这种情况应该多出去散散心才会好。我答应了他，我们就到了兰州。那时我的藏医朋友的一个上师在兰州，我们就想方设法去拜见了上师。因为我以前也给这位上师拍过照，所以上师还稍稍记得我。在上师家里，我朋友把事情的来龙去脉详细讲给上师听。上师很认真地听完了，听完之后没想到上师也说，去散散心就会好起来的，没事的，但是不要再去找她了，没用。"

江央问："你们是怎么跟上师讲的？"

老板说："没什么，就是原原本本地讲了。上师叫我们出去散散心，我们就去了成都。在成都我见到了一个跟她长得很像的汉族女孩，就又犯病了，就更加重了我对她的思念之情。我当时就决定回去，而且坚定了去州上找她的决心。在我的坚持下，藏医朋友又把我领到上师家里。上师听了我的话笑着说，既然你执意要去，那就去看看吧，时间不要超过七天，只要你见到了，就会有结果的。就这样我又去找她了。"

这时，摄影师又插进了一句："你真执着啊，要是我早就放弃了。"

老板也没理他，继续说："就这样我在州上找了她整整七天。在此期间，我打听到有人看见她在转撒嘎佛塔。这我很清楚，按照这儿的习俗，女人转撒嘎佛塔，那肯定是怀孕了。"

路上的行人多了起来，司机又放慢了速度。

老板摇下自己一侧的窗户说："这是瓜什则乡，这儿有瓜什则寺院，寺主活佛是瓜什则活佛，这座寺院的因明逻辑学是享有盛名的。"

大家往外看时，一座金碧辉煌的寺院在不远处的阳光下熠熠生辉。

再往前，路边出现了一些藏式的小楼，路边有很多人来来往往，偶尔有骑着摩托车的牧民飞快地经过，还有一些人坐在摩托车上聊天。

小镇的景象很快从车窗里消失了，车又行驶在宽阔的马路上。

老板收回目光说了声"我还是讲我的故事吧"，就开始了讲述："到第七天早上，我碰见了在车站工作的一个服务员，我们以前认识，我就向她打听，她说有一个嫁到我们这儿的新媳妇，每天来转经，但是今天早上转了一圈就回家了。经详细了解我们说的不是一个人。我就对她说了她的名字和有关情况。她说尕藏吉是我的同学，当然认识啊，她现在嫁给了我们这儿的一个小学老师。正说话间对面过来一个骑自行车的人，那个人戴着一顶礼帽。她说，看，看！就是他，他就是尕藏吉的丈夫，叫更藏加。他是去学校上班，我就在学校门口等到他下班，跟踪他找到了他们的家。他家就在一个离州府很近的村子里。我在那儿等到她丈夫下午去上班之后，就进了她家的门。"

江央问："你就直接进去了？"

老板说："是的，我直接就进去了。刚进门时就看到她的公公坐在院子里晒太阳。我进去时说你们家来客人了，她公公说好，好，进来，进来。我说我是尖扎的，她公公说，噢，是我儿媳妇老家的人啊？你快上去，儿媳妇尕藏吉就在楼上。我听见他说'儿媳妇尕藏吉'时感觉心里一阵一阵地刺痛。交谈几句之后我发现她的公公是个瞎子。他们家是那种小木楼房，当我上去把门推开时，她也同时开了门。她可能是听见了我的声音，也要出来吧。当时我们一见面，两人一下子都愣着了，足足有一分钟没有说话，呆呆地互相对视着。最后我很自然地把手搭在她的肩膀上走进了房子。进去后我们额头对着额头站了一会儿，她就让我坐下了，并准备去倒茶，我挡住她说我不是来喝茶的，茶我喝过了。我们就坐在那儿，可是我们都无话可说，无从谈起。她让我吃水果，我又说我也不是来吃水果的。她说给你做点吃的吧，我又说我也不是来吃饭的。她问我你是怎么找到我的，我说我也不知道我是怎么找到你的。因为太喜欢你，太想念你，就找到了你的家门。这样我就跟她谈了起来。问她在这儿习不习惯？她说已经习惯了。我对她说，你知道我心里是多么地想你吗？知道我心里是多么的痛苦吗？她说，你是个浪迹天涯的人，我找不到你在哪里。我一直在找你，你说过你在玛曲有一个拜把兄弟，我到那儿也找过你，就是找不到。也给你写过信，你也不给我回信。我以为你在外面已经忘了我，已经不记得我了。后来就遇到了这个缘分中的人，现在我已经习惯了这里的生活。她就是眼泪在眼眶里打转也强忍着不让流下来，不眨眼地让眼泪在眼眶里干掉。"

江央问："一眨也不眨吗？"

老板说："是，我看见她强睁着眼不让眼泪掉下来。我对她说，你不必这样，不是我抛弃了你，而是你抛弃了我。你记不记得你曾经在拉卜楞贡唐佛塔前对我说的一句话？你说你对我的爱如果能化为有形物的话，它要比贡唐佛塔还要雄伟、还要庄严啊！这句话我记得很清楚，每当想起你就能想起这句话。可是到现在八九个月工夫，就消失得连一粒尘埃都不见了吗？你现在变了，而且是真的变了。她没说什么，过了一会儿她问我是不是变丑了？我说我不觉得，你变得比以前更漂亮了，主要是你的心变了，你已经不是以前的尕藏吉了。过了一会儿她说她已经怀孕了，听到这话对我又是一个晴天霹雳般的打击，也不知道自己说了些什么话。但是我那天没看出她已经怀孕了。那天下午的时间过得真快，她说我丈夫快要下班回来了。我就起身准备走，临走时我用双手捧着她的脸颊说，你好好看看我，我还是以前的多贝，可你已经不是以前的尕藏吉了。那时，她才忍不住流下了眼泪。"

江央问："一直到那时她都没有流泪？"

老板说："是，一直没有流泪。我对她说，我知道你是一个坚强的女人，可在我面前你不必这样，在我面前你是不会失去尊严的。这时她婆婆也进来了，我就说我是你儿媳妇家乡的人，她家人托我去看看她，我顺便来看看她。这下她婆婆就啰嗦起来了：我儿媳妇就是这样一个人，有病没病都躺着不动，你看客人来了也不倒茶，连个火都没生。我家更藏加是有文化的人，有很多朋友同事，朋友同事来了她也不知道起来倒个茶什么的。她是流落到这儿才和我儿子成了家的，也不知恩图报，我两个女儿老是说哥哥怎么就找了这样一个女的。听到这话我很生气，说，是啊，人在他乡就是这样，就像有句俗语说的'虎落平阳不如狗'啊。在我们家乡，她可算是大户人家的女儿，像你们这样的人家娶个这样的媳妇，想攀都攀不上，就是想买也买不起啊！她婆婆看看我又看看她，没说什么。我拍了一下尕藏吉的肩膀说：好好的，好好的……你要努力啊！说完我就出来走了。从那以后，我就开始找其他女人了。"

江央问："这之前你没有过其他女人吗？"

老板说："没有。我心里一直只想着她，对其他女人我连多余的话都不想说。"

江央问："这么说，如上师说的在七天之内真的就应验了？"

老板说："是，刚好是七天，第七天我就见到了她，心里也放下了她。在找她的那段时间里，只要是稍稍认识的人，我都忍不住要把我们的事讲一遍，甚至见到她家乡的人都有一种莫名的亲切感。"

江央问："你大概跟多少人讲过这个故事？"

老板说："那段时间里我基本上每天都讲一次。"

江央问："那你现在回想起来有什么感觉？"

老板说："现在想起来还是心痛啊，这是我心里一生都挥之不去的事情，有时忽然想起来还跑去见她。"

江央问："这件事已经过去多少年了？"

老板说："让我想想看，那年是贡唐仓活佛举行时轮大法会的时候，这样的话就是十一年，我今年都三十五岁了。"

江央问："后来你见过她吗？"

老板说："见过，有一次我在拉卜楞见到了她，一见到我，她就很快地走开了。"

江央问："你没有叫她吗？"

老板说："我叫了，她也没有转身，装作没听见就走了。"

江央问："那时离你去她家有多长时间？"

老板说："大概一年多吧，她抱着婴儿和她丈夫走在一块儿。"

之后老板又笑了一下说："人生真是很好笑啊，再后来在去西宁的班车上遇见了她的丈夫，我谎称是他老婆的同学，聊了一路，后来我俩居然成了酒友。在西宁一块儿喝酒，他还要了我的一张照片带走了，说是要给她看看我这个同学长什么样。"

江央也不禁"哈哈"地发出了笑声。

老板微笑着说："后来听说他调到乡下去教书了，我就再也没有见到他们。"

江央问："你要是现在见到她，或者她已经不是以前的样子了，你对她还会像以前一样吗？"

老板很认真地说："我觉得我对她的感情没有变，我还是依然喜欢她的，即使她的容貌不像以前那样了。"

江央问："你那么喜欢她，你觉得是什么原因？而且只是那么短的一段恋情？"

老板想了想说："可能是我以前从来没有接触过女人，第一次跟一个女人接触的缘故吧。另外就是我们第一次见面时她对我说的'即使我俩要去乞讨，我此生也要跟你在一起的'那句誓言。"

江央问："还有别的原因吗？"

老板又笑了："其他的就是不能说的秘密啊，哈哈。"

江央问："那你以后做生意的本钱是从哪里来的？"

老板说："主要还是靠那时候拍照挣来的那点钱，后来也做了很多事，比如当中间人拿回扣、开小旅馆等，慢慢积攒了一点钱，认识了一些商人，开始做起生意来了。"

江央没再问什么，感慨地说："你这一路走来真是很不容易啊。"

老板的语气也有点感慨:"哎,这些事情现在说起来还是有点伤感啊。马上要到州上了,前面要路过她在的那个村庄,顺便指给你们看看吧。"

摄影师赶紧说:"好,好,我很想看看。"

老板叫司机把车拐进一条通向小山坡的土路。

车在山坡上停下了,老板第一个下车看着对面的某个地方。等大家下车之后,老板指着对面的某个地方说:"那就是我一路上说个不停的那个女孩嫁过去的人家。"

大家循着老板指的方向望过去时,看见对面的小山坡上有一户人家的庄廓墙,庄廓墙里面有一座很小的木楼,木楼的烟囱里正向上冒着一股青烟。

几个人表情不一地看着木楼,也说不清是什么感觉。

老板第一个回到车里,然后司机也回来了。

江央、摄影师、蒙面女孩都还在看。老板摁了一下喇叭喊道:"咱们走吧,马上就到州上了。"

三个人还是没有听到似的站着,老板也就没再摁喇叭。

13

切诺基驶进州师范学校的大门,老板准备向门卫打听蒙面女孩要找的小伙子的办公室时,才突然记起还不知道小伙子的名字,就回头问蒙面女孩:"唉,这一路上都忘了问你要找的小伙子叫什么名字啊,快说说他叫什么名字?"

女孩有点不好意思地说:"他叫仁青东主。"

老板又回头问门卫："请问仁青东主老师在哪儿？"

门卫也问："是今年毕业分过来的那个小伙子吗？"

老板赶紧说："是，是，就是他。"

门卫指着前面的一栋楼说："他的办公室在这栋楼的308房，你们去吧，他刚才还在。"

老板谢过门卫之后，司机就在学校大门的左边停下了车。

老板回头对蒙面女孩说："咱们走吧。"

女孩有点吞吞吐吐地说："你们先去吧，我在外面等，等你们谈完事叫他出来一下就行了。"

江央想了想说："这样也好。"

他们就下车进了那栋楼，女孩也下车了，她走到操场，在中间的篮球架子旁站着。

江央等人走进308房时，里面只有一个小伙子。他的前面摞着一层厚厚的作业本，他正在闷头批改作业。

小伙子见他们进来就站起来问："你们找谁？"

江央说："我们找仁青东主。"

小伙子仔细看了看江央说："我就是仁青东主。"

江央也仔细地看着小伙子。

小伙子说："快坐吧，我给你们倒茶。"

江央说："我们要拍一部关于智美更登的电影，在找演员。"

小伙子一下子明白过来似的说："噢，是你们啊，我早就听说了。"

江央看着他说："噢，消息还很灵通啊。"

小伙子笑着说:"我是听一个朋友说的。你就是导演吧?"

江央点了点头说:"是,是,听说你还演过电视剧?"

小伙子说:"不知为什么,我特别喜欢演戏。"

江央问:"演过什么电视剧?"

小伙子说:"小时候演过《勒巴佛传奇》,我演小时候的勒巴佛。"

江央问:"那时你多大?"

小伙子想了想说:"那时我大概十二三岁吧。"

江央问:"还演过什么?"

小伙子一边想一边说:"还有,噢,对了,我大学时演过一部叫《高原骑兵》的电影,里面我演一个骑兵的兄弟。我喜欢上了一个叫卓玛的姑娘,但她不喜欢我。她经常出去溜达,我找不到她,找到后我要回头骂她。演了几次都不到位,导演就在大家面前骂我:你作为一个大学生,连这个角色都演不好,你还算大学生吗?父母送你上学、老师精心培育,这点戏都演不了!我既羞愧又很生气,回头这样看了一眼导演。"

说到这儿,小伙子回头眉头紧蹙地瞪了一会儿旁边的凳子之后,又笑着说:"导演马上说,'噢!就是这个感觉!你额头的双眉之间有藏族男子汉的气质。'后来这样一演就演好了。"

听着小伙子的讲述,江央等人笑了起来。

等大家笑过之后,江央很满意地看着他说:"不错,不错,你有一些这方面的天分。"

老板等人也纷纷说很不错。

江央又问:"听说你还演过智美更登?"

小伙子说:"对,我从小演到现在,每年过年都回去演。"

江央问:"能不能给我们演一段。"

小伙子说:"当然可以啊,你们想看哪一段?"

江央想了想说:"就智美更登给婆罗门施舍眼珠子那一段吧。"

小伙子拿出一支钢笔当小刀作刺向眼眶取出眼球、将两个眼珠子塞进前面并不存在的婆罗门的眼眶状,唱到:

一双眼珠已取下

满足欲望施予你

望你从此见光明

看清三域辨是非

祈佛降恩赐予我

一双永存之慧眼

就像明灯光闪闪

照亮我行看更远

唱到这儿,小伙子问:"要不要再唱另一段?"

江央说:"唱得挺好,不用再唱了,你今年回家过年吗?"

小伙子想了想,显出很惆怅很无奈的表情,说:"今年可能去不了。"

江央问:"为什么?"

小伙子说:"不为什么。"

江央问:"没有你这个演智美更登的演员,他们怎么演啊?"

小伙子说:"村里会再找的,我已经参加工作了,不能再每年回去了。"

江央想了想说:"我们去过你们村庄。"

小伙子"噢"了一声就不说话了。

江央看着小伙子又说:"演曼达桑姆的女孩跟我们来了。"

小伙子有点意外地问:"她在哪儿?"

江央说:"她就在你们学校的操场里。"

小伙子看着窗外又不说话。

课间操的铃声响了,随后喇叭里播出了锅庄舞的音乐。

江央走过去拍了拍小伙子的肩膀说:"课间操时间也到了,我们出去走走。"

他们就走出了办公室。

操场里有一千多名师生在和着悠扬的锅庄舞曲跳着锅庄舞。

江央指着远处操场篮球架子边的女孩对小伙子说:"她在那边,你自己过去吧。"

女孩在跳锅庄舞的人群中孤零零地站着。

小伙子犹豫了一会儿,最后还是过去了。

小伙子走到女孩面前,女孩低着头不说话。

江央他们各自点了烟抽着,偶尔看看那边的小伙子和女孩。

小伙子在向女孩说着什么，但锅庄舞曲的声音淹没了他们的声音，什么也听不见。

女孩只是低头听小伙子说话，好像没说什么话。

江央抽着烟时不时地看看他们，似乎很替他们担心的样子。

锅庄舞结束了，学生们三三两两地散去了，有些还走到蒙面女孩和小伙子跟前好奇地看着。

上课的铃声响了，操场里一下子变得空空荡荡了。

女孩独自走过来对江央说："谢谢你们带我来，现在我要回去了，谢谢你们。"

说完，女孩就独自离开了。

江央回头看小伙子时，小伙子也站在原地怔怔地在看着女孩离去。

江央走过去说："快去送送她吧。"

小伙子还怔怔地站着。

江央又说："去吧，快去吧，去送送她。"

小伙子看着江央点了一下头，就向蒙面女孩的方向去了。

江央看着他们走出了学校的大门，就走过来对摄影师等人说："我们也去州歌舞团看看吧。"

几个人忧心忡忡地上车之后，车也掉头驶出了学校大门。

歌舞团只有门卫一个人，其他人都下乡演出去了。

江央向门卫打听了一些情况就出来了。

正赶上下班时间，街道上的行人和车辆也多了起来。

在一个十字路口等红灯时，老板的电话响了。一接电话，他的语气就变了，充满着一种欢快的气息。江央等人只听到一些断断续续的声音："喂。是。孩子没感冒吧？让孩子接电话。什么？在做作业？不接？噢。不要耽误了学习。做作业时你要仔细盯着。好的。前几天你不是感冒了吗？没事？需要打针就去打个针吧。什么？是。出门穿暖和点。我也想早点回去啊。还有点忙。好，再见。好，好，再见。"

老板挂上电话时，十字路口的绿灯也亮了，车都动了起来。

没走多久，老板突然指着前面说："咦！快看！前面那个小伙子不是仁青东主吗？"

江央也从后面探出头来说："是吗？不可能吧？"

老板看着前面说："是，是他。他手里拿着女孩的红头巾呢。"

这时，江央也看出是那个小伙子，就对司机说："你在前面停一下。"

快到小伙子后面时，司机摁起了喇叭。

小伙子也回头看。当他看出是江央他们时，就走到路边等他们。

车也在路边停下了。江央等人下车走过去跟小伙子打招呼，小伙子也问候他们。

江央看着小伙子手里的红头巾好奇地问："你手里的是不是那个女孩的头巾？"

小伙子说:"是,这是我去年送给她的,她上车之后从窗户里把头巾还给我了,她说她再也不用戴它了。"

老板不无惋惜地说:"真是个好女孩啊。"

小伙子悠悠地说:"我也答应她今年过年回去和她一起最后演一次《智美更登》。"

老板说:"是应该回去一次。"

小伙子突然想起什么似的说:"噢,对了,她说老板的故事很感人。"

老板问:"她是这样说的吗?"

小伙子说:"是她说的,我去车站送她时这样说的。一定是个很感人的故事吧?"

老板说:"是啊,是我的一段情感经历。"

江央看着小伙子说:"很可惜就是没有见到这个女孩的芳容啊。"

小伙子说:"班车很快地从我身边开过去了,我都没来得及跟她说上一句话。"

江央像是突然记起什么似的对老板说:"他们村的藏戏负责人不是给了我一张他们藏戏团的合影吗,当时没看,现在不是正好可以看一下嘛。"

说着翻衣服的每个口袋。

最后,找出了那张照片,交给小伙子说:"快给我们指指这个女孩到底是哪一个?"

小伙子盯了一会儿那张照片突然想起什么似的说:"不错,这确实是我们村藏剧团的一个合影,但是那天她正好外出,不在这里。"

大家都很失落，摄影师遗憾地说："看一个美女的真面目真难啊。"

江央对小伙子说："我觉得你们的故事很有意思，将来想把它拍成电影。"

老板笑着对小伙子说："导演前面也答应好几个人拍电影了，你就不要轻信他了，哪有那么多电影可拍啊。"

江央严肃地说："我不是开玩笑，我是说真的。"

小伙子看着江央想说什么，最后还是没有说出来。

之后，他们跟小伙子告别，开车走了。

14

车子驶出小镇之后，便进入了一片开阔的大草原。

车在笔直的路上行驶着，路两边的草地上看不见牛羊，也看不见一个人，就连一只鸟雀也看不见，似乎这里的生物都一下子转移到另一个地方去了。

车里的气氛还是和原来一样的沉闷，谁也不说话，而且每个人都显得疲惫不堪。

最终，还是老板耐不住寂寞了，笑着问江央："你老是说要把别人的故事拍成电影，怎么对我的故事却无动于衷啊？我也想演一个角色，试一下演电影的感觉。"

江央认真地说："说实话我没有能力拍出这么精彩的人生经历，再说，这样的经历一旦拍出来也许就显得苍白无力了。"

老板笑着说："你就不要找借口了，我可是记在心里了啊，而且一定要自己演自己。"

江央看着老板没再说什么。

摄影师说："老板，又要开始无聊的旅程了，能不能再讲一个那样的爱情故事，反正路上也挺寂寞的。"

老板看了看大家说："一个人哪有那么多刻骨铭心的爱情故事啊！现在也该你们讲讲了吧。"

摄影师说："我们没什么好讲的，要不司机讲讲吧。"

老板笑着说："别看他年龄小，他的爱情故事可多了，不过我还是想听听你们这些知识分子的爱情故事，我对你们还是很好奇的。"

摄影师说："比起你的爱情故事，我们的爱情故事真的没什么好讲的，讲了也肯定没有你的爱情故事那么感人，挺平淡无奇的。"

老板笑着说："你们这些知识分子就是虚伪，导演，你的爱情故事一定很精彩，你来讲讲吧。"

江央叹了一口气没有说话。

摄影师赶紧说："我看导演就算了吧，这一段时间他还要想选演员的事，这个才是最重要的。"

老板笑了，对着摄影师说："你们这些知识分子总是有各种各样的借口，算了吧，从你们嘴里掏出一句实心话比掏出一疙瘩金子还要难。"

之后，又问江央："刚才那个小伙子能演你们的电影吗？"

江央反问道："你是说演智美更登吗？"

老板说："是啊，我觉得他演得挺好的，而且有很强的表现欲。"

江央显出沉思的样子，说："这一路走来，我觉得我慢慢失去了对智美更登这个角色的把握和判断的能力，也许我们每个人身上都具有智美更登的秉性吧，现在我也不知道什么样的演员最适合演这个角色了。"

老板疑惑地看着江央，没再说话。

车里也一下子安静下来，谁也不说话，似乎在各自想着心事。

午后

少年昂本一觉醒来，推开窗户，看着外面说："今晚的月光真好啊！"

少年昂本记得今晚有他和卓玛的约会，就赶紧起来了。他想这时候卓玛肯定在等着他，要告诉他一个好消息。

他走出大门正要锁门时，突然又想起什么似的开门进去了。

他进门带上了家里长长的梯子。

这是他的经验。有时候深更半夜去跟卓玛约会时，她会睡着醒不来，这样他就要白白地等上一个晚上。他和卓玛约会的方法一般是半夜时分到她家的房背后，往卓玛住着的那个房顶上扔几块石头，卓玛听到之后就会悄悄地出来为他开门。不过这个方法也有不保险的时候，有时候卓玛会呼呼地睡着，这样他就是扔上一个晚上的石头也无济于事。有时候还会招来她家那条大黑狗，对着他叫个不停，害得卓玛的阿爸从睡梦中醒来，以为家里进了什么贼，拿着手电筒照来照去的，把他吓个半死。所以，后来他就想到了这个办法，直接背着梯子去跟卓玛约会，这样即使卓玛睡得再死，他也能顺着卓玛家后面的院墙进入卓玛的住处了。

少年昂本背着梯子走在一条田间的小路上。

他抬头看了一眼天空说："今晚的月亮真是很明很亮啊，刺得我都睁不开眼睛。"

田间凉爽的风吹在他的脸上，他觉得很舒服，就又说："不过今晚的风很好。"

少年昂本走出田间小路，走上了宽阔的土路。

一条蛇在土路上穿行，吐出芯子发出咝咝的声响。

少年昂本猛地停住了脚步。他向来是怕蛇的，一看见那东西心里就发怵。

那条蛇也停下来看他。看了他一会儿就走了。

少年昂本盯着蛇消失的地方看了很长时间，他担心那条蛇又会从那个地方突然冒出来。但是那条蛇再也没有出现。

少年昂本扛着梯子在土路上飞奔起来，他的身后卷起一阵阵尘土。

少年昂本的脚步轻松自如，肩上似乎没有任何东西。

少年昂本远远看见邻村的贾巴从路的那头走来，就放慢了脚步。

贾巴在这个村里也有一个相好。有时候在半夜时分，他俩还能在田间地头碰见。有一次，他还把梯子借贾巴用过。因此，贾巴平常对他很好，他对贾巴也存有好感。有一阵子，村里很多小伙子因为他跟卓玛好上了，经常找一些借口找他的碴。为此，他很郁闷。贾巴说你应该想得开，卓玛这么好看的姑娘都跟你好上了，你还有什么好郁闷的，要是我高兴还来不及呢。他觉得贾巴说得有道理，那些小伙子是因为嫉妒才这样的。

贾巴走到他跟前跟他打招呼问他去哪里。

少年昂本答非所问地说："刚才有条蛇从月光下的土路上穿了过去。"

贾巴看了看天空，问："我是问你要去哪里？"

少年昂本想了想说："那条蛇还停下来看着我。它走后我就跑起来了。我怕蛇。"

贾巴又往少年昂本的身后看。

少年昂本平静地说："那条蛇早走了。"

贾巴看着少年昂本的眼睛问："我是说这时候你要去哪里？"

少年昂本觉得有点奇怪，平常这个时候跟贾巴相遇时贾巴脸上的表情总是很神秘的，但是今晚的表情跟平常别人跟他打招呼时的表情没什么两样。

虽然觉得奇怪，少年昂本还是很神秘地对他说："当然是去跟我的卓玛约会了。"

贾巴用怪异的眼光看着他："什么？你刚才说什么？"

少年昂本以为他没听清就又重重说了一遍："当然是去跟我的卓玛约会了。"

贾巴这次像是听清他说什么了，"哈哈哈"地大笑起来。然后看着他肩上的梯子问："那么你背着个梯子是干什么用的?"

少年昂本看了看左右,用很神秘的口气说:"搭着这个梯子才能进入卓玛的住处。你会你的相好时不是也用过这个梯子吗?"

贾巴又一次"哈哈哈"地大笑起来。

少年昂本看着他笑觉得很奇怪,就问:"你笑什么?"

贾巴依然笑着没有说话。

少年昂本也笑着对贾巴说:"要不要把梯子先借给你,我可以晚一点再去。"

少年昂本的语气很神秘。

贾巴"哈哈哈"地大笑了几声之后,突然说:"傻瓜。"

听到这话,少年昂本不高兴了。他放下梯子,板着脸对着贾巴说:"我好心好意,你居然说我是傻瓜。"

贾巴也板起脸说:"你就是个傻瓜!"

少年昂本真的生气了,推了一把贾巴说:"有本事你再说一遍。"

贾巴似乎也有了一些火气,大声说:"你就是个傻瓜,大傻瓜!"

贾巴刚刚说完,少年昂本就对着贾巴的脑门重重地击了一拳。

贾巴被击倒了,倒在旁边的水沟里不起来。

少年昂本看着倒下的贾巴说:"有本事你再说一遍。"

贾巴躺在水沟里没有动弹,也没有再对少年昂本说"你是一个傻瓜"。

见贾巴没再骂他,少年昂本就从地上背起了梯子。

少年昂本看了一眼还在水沟里躺着不动的贾巴说："只要你不骂我是傻瓜,我还是可以把梯子借给你的。"

说完,少年昂本就背着梯子走了。

走了有十五二十步远时,少年昂本听见后面有一些响动。

回头看时,贾巴正从路边的水沟里摇摇晃晃地站起来。

看到贾巴的样子,少年昂本的脸上露出了笑。

这时,传来了贾巴的声音:"你是个傻瓜!"

少年昂本收住脸上的笑容,准备往回走,再给他一拳,但转念一想这会儿卓玛肯定在等着自己,就又笑了,对着贾巴大声说:"这会儿卓玛在等着我,明天天亮了,我再找你算账。"

说完,就背着梯子走了。他的身后,不断传来贾巴呜里哇啦的叫骂声。

少年昂本经过寡妇周措家的麦场时,寡妇周措正背着她的小孩跟着两头毛驴拉着的碌碡碾青稞。

少年昂本想这个寡妇真是勤快啊,白天干不完的活借着这大好的月色来干。

寡妇背后的小孩大声地哭了起来,这时她也看见了麦场外的少年昂本,就大声说:"我的孩子需要吃奶了,你也过来一起喝个茶吧。"

出门前,也没来得及喝一口茶,这会儿少年昂本确实也觉得有点渴了,就把梯子放在麦场边上,走了过去。

他看见寡妇周措家的黑猫嘴里叼着一只又肥又大的黑老鼠从墙根的水洞里钻了出来。看见他又退回半个身子呜呜地叫着,生怕抢了它嘴里的黑老鼠似的。那只黑老鼠还没有死,在黑猫的嘴里拼命地挣扎着,还眨巴着小眼睛发出几声吱吱的叫声,像是在请求少年昂本过来救它一命。

少年昂本对老鼠一向没有丝毫的同情心,因为他家里的老鼠把他家一幅祖传的唐卡给咬得千疮百孔,之后又把他父亲小时候教过他的那卷经文也咬成了碎片。为此,他买过鼠药,也养过猫,但都没能解决掉那只疯狂的老鼠。

黑猫嘴里叼着肥大的黑老鼠进退两难地看着少年昂本,好像在猜测他接下来会做什么。

少年昂本大声地赞美起了黑猫:"真是猫里面最好的猫啊!黑色的猫在黑色的夜里捉住了这么肥大的一只黑老鼠,肯定有非常不一般的本领……"

黑猫没等他说完就叼着肥大的黑老鼠从水洞里倒退着跑掉了。

少年昂本张着嘴很遗憾地看了一会儿那个水洞,没再继续赞美下去,向寡妇周措走去。

寡妇周措一边给孩子喂奶,一边给少年昂本倒茶。

寡妇周措虽然是个寡妇,但是她的年龄很小,今年才二十岁。她十七岁结婚,十八岁丈夫死了,十九岁生了这个孩子。她长得也很漂亮,村里有很多小伙子喜欢她。但是她喜欢上了少年昂本。

她一边给孩子喂奶,一边看少年昂本喝茶。

她看着少年昂本喝完一碗茶，又给他添满后说："白卓玛真是个幸福的姑娘啊。"

白卓玛是卓玛的外号，因为她长得很白，村里的小伙子和小姑娘们就叫她白卓玛。

少年昂本本来想说你也挺幸福的，但一想这样也不对，就只是看了一眼她，没说什么。

寡妇周措深情地看着他说："你做我的丈夫吧。"

少年昂本之前也听寡妇周措这样说过，每当这时候，他就会装作什么也没听见的样子。

寡妇周措继续深情地望着他说："只要你答应做我的丈夫，家里的活你不用动一根手指头，你想吃什么我就给你做什么。你喜欢吃肉，家里那几只羊你也可以全吃了，你只要每天跟我在一起就可以。"

少年昂本听着她的话，脸上露出了笑。

寡妇周措见状继续说："你不费丝毫的力气就有一个现成的儿子，而且不瘸也不瞎，你说天下还有比这更好的事吗？我会让你成为全村庄最幸福的男人的。"

少年昂本却说："我受用不起你那么多的承诺，我没有那么好的命。我倒是有件事情要请你帮忙，不知道行不行？"

寡妇周措用火辣辣的目光看着他说："我的就是你的。你如果想要，我现在就把我自己给你。"

少年昂本有点紧张了，结结巴巴地说："能不能把你家的黑猫借我用几天？"

寡妇周措干脆放下怀里的小孩把身子凑过来说："我把我借给你用一辈子吧。"

这时，小孩大声地哭了起来。

少年昂本推了她一把赶紧说："你的儿子哭了，赶紧给他喂奶吧。"

趁着寡妇周措给孩子喂奶，他起身背起梯子跑掉了。

寡妇周措还在后面喊着说："黑猫送给你了，它没完没了地捉老鼠，我还恶心它呢。"

去卓玛家是必须要经过东巴大叔家的。

快到东巴大叔家时，一辆手扶拖拉机从他旁边摇摇晃晃地经过，差点还碰到了他的梯子。他赶紧躲到路边给手扶拖拉机让路。手扶拖拉机发出的突突声让他心烦。车厢里几个小伙子小姑娘跟他打招呼。他生怕他们知道他是去跟卓玛约会，就赶紧低下头，装作没看见他们的样子。

手扶拖拉机的声音越来越远了，他也到了东巴大叔家门口。

东巴大叔正坐在自家墙根的一条破毡上数着佛珠念诵六字真言，看见少年昂本背着梯子从他面前经过，就大声说："你真是个未来的好女婿啊，这个时候还去给人家帮忙。"

少年昂本觉得奇怪，心想这深更半夜的，他一个老头子在这里干吗呢，但马上又想通了，他想今天肯定是个好日子，卓玛把告诉他好消息的时间定在今晚肯定有道理，就笑笑说："您老人家在念经哪？"

东巴大叔一本正经地说："人老了就要为以后积点资粮了，要不然死神突然降临怎么上路啊，现在能念多少就是多少啊。"

少年昂本想这老头子真会挑时间念经,在这样迷人的月色下念经,积得的资粮肯定会比平常多。

东巴大叔见少年昂本还背着梯子站着,就说:"你放下梯子坐下来跟我聊会儿天吧。"

少年昂本放下梯子坐在了东巴大叔的旁边。

东巴大叔看着他说:"要是将来我也有你这样一个能干的女婿就再好不过了。"

少年昂本没有说话。

东巴大叔继续说:"你当我家的女婿有什么不好呢,我就这么一个孩子,再说我也是快要入土的人了,将来你就是这个家的主人了,想干什么就是什么,想说什么就是什么,不用看任何人的脸色,作为一个男人,这样的生活不是很好吗?"

这样的话让少年昂本喘不过气来,之前东巴大叔也很多次向他说过这样的话。

东巴大叔的女儿也叫卓玛,和少年昂本现在心里想着的女孩一个名字。东巴大叔的女儿长得很黑,所以村里的小伙和小姑娘们就给她起了一个外号叫黑卓玛,正好跟白卓玛相反。黑卓玛今年二十五岁,他的父亲东巴大叔不想把她嫁出去,和她好过的小伙子又不愿上她家当女婿,所以还一个人在家里待着。

见少年昂本还是不说话,东巴大叔又说:"你跟白卓玛好有什么好呢,她有一个哥哥一个弟弟,到时你肯定是什么也捞不到,还要经常帮他们家干那么多的活儿,干了也等于是给别人干,你一个无牵无挂的孤儿何苦呢,你到我们家我会把家里所有的权力都交给你的。"

少年昂本终于站起来说:"我不当他们家的女婿,我要把卓玛娶到自己家里。"

东巴大叔冷笑着说:"哼,哼,他们会把白卓玛嫁给你吗?再说你一个穷光蛋拿什么迎娶白卓玛?"

少年昂本笑着说:"卓玛的哥哥从城里来就是为了商量把她嫁给我的事,她说这个时候知道他们商量的结果,所以我急着赶过去,想知道他们商量的结果,只要他们同意把卓玛嫁给我,我就有办法把她很体面地娶到家里。"

这时,东巴大叔家那只大黄狗晃悠悠地过来了。

平常,他背着梯子去跟卓玛约会时,这只老黄狗总是藏在东巴大叔家附近的什么地方袭击他,使得他对这只老黄狗又恨又怕。

眼看着老黄狗离自己越来越近了,他准备起来跑掉。

东巴大叔笑着说:"它不会咬你的,它已经把你当成自己人了。"

少年昂本看着老黄狗没有平日很凶的样子,就坐着不动。

老黄狗很认真地舔起了少年昂本的牛皮鞋。

东巴大叔诡异地笑着说:"昨天我跟它聊过你的事了。"

少年昂本看了一眼老黄狗就背起梯子跑了。

东巴大叔呵呵地笑了,看着少年昂本的背影说:"真是一个理想的女婿啊。"

快到卓玛家时,她家那条大黑狗远远地跑来了。

以前他是特别讨厌这只大黑狗的，因为每次深夜他去跟卓玛约会时，它总是跟在后面叫个不停。有一次大黑狗的叫声还引来了卓玛的父亲。他手里拿着两块大石头，冲着大黑狗叫的方向看，吓得他顾不上跟卓玛见面，撒腿跑掉了。后来，在白天时，他经常给大黑狗一些好吃的，大黑狗就成了他的好朋友。

大黑狗跑到他面前摇起了尾巴。他掏遍所有的口袋，里面没有任何可以给大黑狗的东西。

看到他的样子，大黑狗虽然有些失望，但还是带路似的走在了前面。

他远远看见卓玛家的大门敞开着，就觉得有点奇怪。门前还有鸡啊，猪啊，羊啊什么的窜来窜去。平常这个时候，卓玛家的大门是紧紧关着的，今晚不知为什么会这样。

大黑狗已经进了大门，他犹豫了一下也背着梯子进去了。

进了第二道院门，少年昂本听见里面有很多人在说话，就抬头看。

他从伙房的窗户里看见卓玛的父亲、母亲、弟弟，还有从城里来的哥哥在商量着什么。

看到这些，少年昂本羞得一下涨红了脸。跟情人约会时被家里人看见是最令人尴尬的事，况且今天卓玛的亲人都在这里。

他想趁他们没看见赶紧溜走。

大黑狗对着窗户叫了一声，卓玛的父亲就看见了他，站起来说："这个时候还过来帮忙，真是谢谢你啊。"

少年昂本只好很尴尬地站在那儿了。

卓玛的父亲看见少年昂本还背着个梯子，就问："还背着个梯子干吗？家里不是有梯子吗？"

少年昂本磨蹭了一会儿后说："我是想着现在到了秋收时节，也许能用得上吧。"

卓玛的父亲说："好孩子，想得真周到，我们的卓玛算是没看错人哪。"

这时，卓玛的哥哥从伙房里出来了。他从上衣口袋里取出一包红塔山香烟，递给少年昂本说："给，抽抽这个，这是我从城里带来的，是城里最好的烟。"

少年昂本表示不要，但最后还是收下了。

卓玛的哥哥点上一支烟说："听说你给我们家帮了不少的忙，真是谢谢你啊。"

少年昂本显得不知所措，嘴里不知该说什么。

卓玛看见少年昂本的样子就一下子涨红了脸，赶紧跑出来了。

哥哥见妹妹出来就走开了。

卓玛来到少年昂本面前，涨红着脸说："你怎么这个时候跑来了？还背着个梯子！"

少年昂本有点委屈地说："我们不是约好这个时候见面吗？"

卓玛又气又急，瞪着他说："傻瓜，现在才是午后，太阳还在头顶呢，家里人正在商量咱俩的事。"

少年昂本有点蒙了，看着卓玛涨红的脸不知所措。

过了好一会儿他才说："那我回去再睡一觉。"

神医

1

天渐渐亮了。一条河正静静地流淌着。河边长着一株小树。小树的枝丫正在发芽。立春时节的天气还是有点寒冷,不时刮着一阵寒风。

太阳正升起在东方。男人甲和女人甲蹲坐在小树旁,看着小树。

男人甲看着被阳光照着的小树,眼里掠过一丝兴奋的光,说:

"这棵树栽了几天就开始发芽了,生命力真是旺盛啊!"

女人甲也看着树,却有点悲哀地说:

"生命就像是这棵小树,生长、旺盛、枯竭,多没意思啊!"

男人甲眼里那一丝兴奋的光不见了,语气也马上变得悲哀起来:

"其实人就跟树一样,想想真是没意思啊!"

女人甲叹起气来:

"哎,是啊,人活着多没意思啊!"

男人甲的语气又坚定起来:

"但是人跟树的区别就在于人是有信仰的,树没有。"

女人甲也停止了叹气:

"是啊,只有虔信三宝,无常的生命才会变得有意义啊。"

男人甲严肃地说:

"请尊贵的三宝保佑!"

女人甲也严肃地说:

"请尊贵的三宝保佑!"

男人甲和女人甲起身向河对岸张望。河对岸的牛皮船夫也在向这边张望着。

男人甲的嗓音有点疲惫:

"喂,船夫,你看见什么了吗?"

船夫的嗓音显得更加疲惫,而且语音拖得很长:

"没有,什么也没看见。"

女人甲的语气还是有点坚定:

"好好看看,按说神医也该到了。"

船夫转身手搭凉棚望了望,又转回身拖长语音说:

"没有,什么也没看见。"

男人甲和女人甲叹了一口气,将屁股沉沉地撂到了地上。

男人甲卷起一根烟,说:

"这神医不到，就要出大乱子了。"

女人甲也拿出了鼻烟袋，揉了揉，说：

"这神医也该到了啊，邀请书发出去也有一个多月了。"

男人甲用打火机点着了那根卷烟，惬意地抽了一口，慢吞吞地说：

"咱们地球部落已经有四分之一的人失去了记忆，而且在互相传染着，多可怕呀！"

女人甲将一撮烟倒在拇指指甲上，猛地吸了一口，嘴里含混不清地说："神医能治好失忆症吗？尊贵的三宝可要保佑我们啊！"

男人甲在使劲地抽着卷烟：

"神医都活了两千年了，每一百年就要治一次人们的失忆症，都治了二十次了，肯定能治好的，请尊贵的三宝保佑。"

男人甲说完话，把烟掐灭了，看了看女人甲，脸上显出很自信的神情，向河岸张望。

女人甲伸了伸懒腰，打了个很响亮的喷嚏，说：

"但愿神医能赶来，我可真有点担心啊。"

从远处传来一阵沉闷的声音，男人甲和女人甲回头张望。

一辆卡车驶过来停在他俩旁边，激起一阵尘土。立时，树丫上蒙上了一层尘土。

从卡车车厢里跳下十几个人，对着河岸在叽叽喳喳地议论着什么。

领头的一个人走过来对男人甲和女人甲说：

"我们是太阳部落的，我是部落头领，我们要从这儿逃离出去。我们怕染上你们地球部落的失忆症。"

男人甲很诧异地问:

"什么?你们是太阳部落的?我怎么没听说过呀!"

部落头领有点傲慢地说:

"这只能说明你孤陋寡闻,快说我们怎么能过这条河吧。你帮我们过河,这辆卡车就送给你。"

男人甲呆呆地看着那个部落头领的脸不说话,女人甲却反应过来兴奋地说:"真的要把这辆卡车送给我们吗?如果真要送给我,我就叫对岸的船夫过来。"

那些人点着头异口同声地说:

"真的,真的,我们已用不着这堆废铁了。"

这时男人甲也反应过来。男人甲和女人甲兴奋地挥手招呼对岸的船夫过来。

船夫划着牛皮船晃悠悠地过来了。

没等牛皮船停稳,那些人就跳下水挤了上去,叫船夫快开船。

船夫诧异地看着那些人,不安地说:

"牛皮船上不能坐这么多人,很危险的。"

那些人却在一个劲地催促:

"待在这儿更危险,赶快划船吧!"

船夫说了声"请三宝保佑",划着牛皮船晃悠悠驶向河岸。

途中,一人掉进了河里。那些人眼睁睁地看着那人被河水冲走,不加理睬。

男人甲和女人甲靠着那辆卡车大呼小叫地喊救命,那些人就像是没有听见，还是不加理睬。

到了河对岸之后，部落头领脸上带着一副胜利者的微笑大声地喊道：

"不能为了救一个人而使大家冒险。这是生存之道。"

那些人连连点头称是。

男人甲和女人甲站在河岸，目瞪口呆地望着那些人渐渐远去。

2

夏天的烈日当头照着，天气奇热无比。那棵树已经有碗口粗了，树叶也茂盛了许多，但没有生气，蔫着。烈日下的河流快干涸了，河滩的石头发出幽黑的光。

男人甲、女人甲的嘴皮干裂着，似乎老了许多。

男人甲舔了舔嘴唇说：

"这天气真热呀！热得我直想死去！"

女人甲的神情却很庄重，严肃地说：

"人到阳世上走一趟，就得遭各种罪，要不人怎么会思上进呢？"

男人甲似乎没有听到女人的话，无精打采地说：

"佛菩萨保佑，我可真受不了，赶快让我死吧。"

女人甲的语气中带着责备的意思：

"你这不是为难佛菩萨吗？你好歹也是条命啊，时候不到你就是想死也不会让你死的。"

这时，地球部落的男人乙跑过来气喘吁吁地说：

"不好了，不好了，部落里已有四分之二的人失去了记忆，就要出大乱子了！"

男人甲一下子来了精神：

"哎呀，这可怎么办呀？这神医怎么还不到啊？"

女人甲却显出担忧的神色急切地说：

"按说也该到了，我们都等了他整整一个春天了，我家里的好多事儿都给耽误了。"

男人甲的神色虔诚起来，大声说：

"三宝保佑，三宝保佑，让这位神医赶快到来吧。"

一阵轰轰隆隆的声音由远而近，一台拖拉机驶到了树旁。

男人甲走过去问拖拉机司机：

"你们这些人是从哪里来的，我怎么没有见过你们呀？"

拖拉机司机看了看男人甲，爱理不理地说：

"我们都是月亮部落的。我以前见过你。我们担心你们部落的失忆症会传染给我们，所以我们要从这儿逃离。"

拖拉机司机加大油门拧着方向盘从河滩冲了过去。拖拉机后面冒起了一股青烟。

女人甲发呆似的看着那股青烟，自言自语似的说：

"你们这些人真是奇怪！你们为什么不等等神医呢？你们这样能跑到哪儿去呢？"

男人甲和男人乙只是怔怔地望着，没有说话。

3

一棵参天大树矗立在河岸。男人甲、男人乙、女人甲显得有点苍老，额头上已爬上了几道皱纹。秋日的阳光斜射过来照在他们的脸上。

一阵雷声过后，天空布满了乌云，很快下起了倾盆大雨。

男人甲、男人乙、女人甲跑到大树底下避雨。

雷电交加、大雨倾盆之中，女人乙向大树跑来。她的衣服已湿透了，浑身打着寒战。

女人乙上气不接下气地说：

"不好了，不好了，咱们部落已有四分之三的人失去了记忆，而且还在不断地蔓延着。"

女人甲脸上的皱纹里都充满了担忧，握住女人乙的手说：

"尊贵的三宝啊，这可如何是好啊！我的父母兄妹、丈夫孩子还都在那里呢。菩萨啊，赶快救救他们吧。"

女人乙还在不停地喘着气：

"现在部落里常常有乱伦的事发生，挡也挡不住，太可怕了。"

男人甲很担忧却又很无奈地说：

"我们也没有办法，我们只能指望神医了。"

男人乙显得很无奈，但语气中又有几分愤怒：

"都等了春夏两季了，到底有没有这个人啊！我都有些失望了。"

男人甲还是很无奈地说：

"我们现在能做的就只有等待神医了，只有他才会治这种病，我们谁也没有办法。"

河滩里慢慢涨满了水,水流湍急无比。

四人走出树底对着河岸喊船夫的名字。由于雷电交加、大雨倾盆,对岸的船夫什么也没听到,一动也不动。

一台手扶拖拉机不知不觉中开到了大树旁。从手扶拖拉机上跳下几个人,用脚踢着手扶拖拉机,大声骂着:

"这破机器,走泥路还不如人走得快,以后再也不使这机器了。"

男人甲走过来问:

"请问你们是哪个部落的?我好像没见过你们啊!"

其中一个扭头说:

"我们是星星部落的,我们担心你们部落的失忆症会传染给我们,就冒着这么大的风险跑来了。关键时刻,这破机器比人还没用。"

女人乙的眼神中充满了贪婪的光:

"你们要离开,能不能把这台手扶拖拉机送给我们呀,它对我们用处可大了。"

那些人七嘴八舌地说:

"拿去吧,拿去吧,我们正愁怎么处理它呢。"

说完,头也不回地向河边走去。

男人甲有点担心地说:

"你们这会儿不能过去,河水很猛,会冲走你们的。"

其中一人很冷漠地说:

"我们宁愿被冲走,也不愿染上失忆症。"

那些人急匆匆地走向河滩,准备蹚过湍急的河流。

他们还没到河中央,就被湍急的河流冲走了,不留任何痕迹。

四人异口同声地说：

"太可怕了！太可怕了！"

4

已是冬季了，天空中飘扬着雪花。大树干枯的树枝像张开的手臂无助地伸向天空。男人甲、男人乙、女人甲、女人乙显得很苍老。他们正向河对岸张望。河面上结了一层厚厚的冰。

男人甲有气无力地说：

"哎，就像这棵树一样，老了，再也经不起这冰冷的雪天的折磨了。"

女人甲的语气中充满了无奈：

"神圣的三宝啊，世上再也没有比等待更苦的差事了。你就让我死了算了，我再也不想等什么神医了。"

男人乙的声音很微弱，完全像是在窃窃私语：

"人嘛，其实一辈子都在等待着什么。但是谁也不知道自己在等什么。就说这神医吧，我连见都没见过，我怎么知道自己等的是什么呀！"

女人乙的声音中充满了一种莫名其妙的自信：

"正因为不清楚自己在等待什么，等待才显得有点意思。要是知道等待的是什么，那等待还有什么意思呢？"

船夫一直背对着他们望着远方。

男人甲看见自己的老婆从不远处跑过来，就迎上前去。

老婆睁大一双空洞的眼睛望着男人甲，问：

"你是谁？"

男人甲的眼神也空洞起来，走过去问女人甲：

"你是谁？"

女人甲的眼神也变得空洞起来，转身问男人乙：

"你是谁？"

男人乙的眼神也变得空洞起来，问女人乙：

"你是谁？"

这时，船夫高喊：

"神医来了！神医来了！"

船夫在前、神医在后从冰面上跑过来。

女人乙的眼神显得很空洞，问船夫：

"你是谁？"

船夫的眼神也变得空洞起来，转身漠然地望了一眼神医，问：

"你是谁？"

神医的眼神也变得空洞起来，想了想，仔细地将自己身上能看到的地方打量了一番，说：

"我是谁？"

寻访阿卡图巴

1

在那座海拔三千多米的年保山的山脚下,我遇见了一位老者。这是我前往纳隆村寻访阿卡图巴的路上遇见的第一个人。这儿是一个三岔路口,一条路蜿蜒地伸向年保山,另外两条路各自伸向南北。从位于三岔路口的那座房屋看,这位老者好像是定居在这儿的;但从房屋里简单的摆设看,他又好像是暂时居住在这儿的。当我向老者打问去纳隆村的路线时,他微笑着对我说:

"翻过这座山,再过一条河,就是纳隆村。"

随后我向老者讨了一碗水喝,并且和他天南地北地聊了起来。老者是个见多识广,且十分健谈的人。看看我喝完水,解了渴,准备上路的样子,有些不好意思而又十分认真地说:

"小伙子,能给我讲个故事吗?我是个喜欢听各种故事的老头子。"

我十分惊奇地望了望他那孩童般露出些许稚气的脸，觉得十分可笑。心想这老头子是不是有什么毛病，是不是在他身上出现了返老还童的现象，这把年纪了还想听什么故事，便敷衍似的说了声"我不会讲故事"，站了起来。

这时，老者脸上显出失望之色，孩童般的稚气全然不见了，一副空落落的样子。

当我告别老者准备上路时，突然发现老者有一个奇大无比的额头，在花白的头发下兀自向前挺立着。

本想问问这位老者的名字，但他已晃晃悠悠地走远了，便只好作罢。之后，我抬头望了望巍峨的年保山，在心里鼓足了劲，踏上了蜿蜒曲折的盘山路。

2

我是某民间文学研究机构下设的民间文学杂志社的一名编辑。杂志创刊十年来，经常收到遥远的纳隆村的阿卡图巴寄来的民间文学稿件。阿卡图巴可称得上是一位真正的民间文学家。他搜集和整理的稿件既有"世界第一英雄史诗"之称的《格萨尔王传》说唱段落，又有形式多样、内容各异、文词优美的酒曲、折嘎、情歌、儿歌、故事、婚礼颂词等，可谓是一座丰富的民间文学宝藏。尤其是由他挖掘整理的《格萨尔王传·地狱救妃篇》公开出版后，受到了藏学界和广大群众的热烈欢迎。

今年十月，我刊准备举办一次创刊十周年的纪念活动。为了使这次纪念活动具有某种特殊的意义，准备邀请一批经常为本刊赐稿的作者作为这次纪念活动的特邀嘉宾，届时为纪念活动讲几句话，增光添彩。自然，阿卡图巴也是受邀请的嘉宾之一，并且已在九月底发出了请柬。但从我们在两年前收到的一份简历上看，经常为本刊赐稿的阿卡图巴现在年事已高，恐怕不能亲自参加这次纪念活动。

那份简历写得过于简单，只有阿卡图巴的出生年月和现在的住址。他寄来的稿件署名都为"阿卡图巴"。"阿卡"在安多常用语中有两层意思：一是对寺院喇嘛的尊称；一是对年岁较高的长辈的尊称。一般喇嘛都习惯在僧名前加上"阿卡"自称。他这把年龄，再加上他对藏文文法修辞掌握的熟练程度，推测他可能是一位寺院的喇嘛；但他寄来的稿件中又时不时地出现一些拉伊之类的情歌，因而又觉得他不太可能是一位寺院的喇嘛，而是一名普通的百姓。杂志社上下对阿卡图巴的身份至今没有一个明确的认识。基于上述种种原因，主编派我前往纳隆村寻访阿卡图巴，掌握第一手材料，到时候根据材料写篇报道文章，登在杂志的显要位置好好介绍一下这位默默无闻的民间文学家。

因此，我现在便走在了前往纳隆村寻访阿卡图巴的路上。

3

夕阳落山之时，翻过年保山，来到了洋曲河边。洋曲乃藏语，意为"温顺的河流"。我不知道为什么称这条河为洋曲，这是我在河边遇见的那个牧羊老汉告诉我的。我问他时，他说他也不知道为什么这么叫，只知道从他小时候起人们便这么叫了。洋曲河是一条季节河，随着季节的更替，河流量也不断变化。隆冬已过，暖春将临，宽宽的河床中缓缓流动着的河面上的坚冰已开始消融，不断发出冰层断裂的"咔嚓、咔嚓"的脆响。这时候称其为河实在是言过其实了。这时候的洋曲河充其量也不过是一条可以随意跨过的溪流罢了。

牧羊老汉名叫达杰，也是纳隆村人。他在这儿放牧着几十只绵羊。他说年保山脚下的牧草鲜美，再加上有洋曲河滋润着，极利于发展畜牧业。纳隆村是一个以农业为主的山村，实行家庭联产承包责任制以后，由于家里劳动力过剩，就买了十几只绵羊到这儿发展，已发展到现在这个规模。说着说着他那布满皱纹的脸上露出了掩饰不住的喜悦之色。他还说他的羊儿吃了年保山脚下的牧草，喝了洋曲河的河水就一个劲儿"噌噌"直长膘，过年过节时自己都舍不得宰一只吃。说话时，他不停地望着我，看我脸上露出了羡慕的表情，说得更欢了。说他和他儿子轮流放羊，每十五天换一次，今天刚好满十五天，他儿子该来了。说话间还望了望河那边那条灰蒙蒙的土路。说他儿子已娶了媳妇，这会儿可能正依依不舍地跟媳妇告别呢。说他也有些想念老婆子了，等他儿子来了就和我一块儿回村子里。

于是我和他就伸长脖子望啊望，但一直到夜幕降临，

河那边的土路上始终没有出现什么人影。他便有些垂头丧气地停止了张望,回过头来愤愤然地说:

"儿子肯定是被那个狐狸精似的媳妇用花言巧语迷惑住而忘了老爸了!这已经不是第一次了!娶了个媳妇就连老爸都不顾,这像什么话!现在的年轻人心眼里就是缺根骨头!"

说了那么多,好像感觉到在我面前有些失态了,就忽然住了口,瞪了我一眼,说:

"我在你面前说这么多干啥?我看你也去不成了,还有几里路呢。这样吧,今晚你就住我这儿,明早一块儿去。"

看看暮色渐渐降临,自己又不熟悉去纳隆村的路,只好点头同意。

我俩就赶着那几十只绵羊去了他的住所。他的住所建在一处四面遮风的小山沟里,离洋曲河边有一段路程。

他点上那盏遍身油腻的煤油灯,借着昏暗的灯光烧了一壶茶,拿出些牛肉干,将糌粑盒子推到我前面,说:

"今晚咱俩就将就着吃一顿吧,我也懒得做晚饭了。"

我们边吃边聊。我觉得那很久没有品尝到的牛肉干和酥油糌粑十分可口。他给我斟满了茶,突然问道:

"你去纳隆村干什么?"

我没有对他讲真话,随口说:

"去会一位老同学。"

他没再追问。要是他继续问下去,我还真不知该给我这位并不存在的老同学起个什么名字呢。

裹着皮袄躺下后,我想起了我此行的目的。看他还没有睡着,就试探性地问道:

"你们村里是不是有个叫阿卡图巴的人?"

"那个老家伙!你打听他干什么?"他钻在皮袄里一动不动。

我穷追不舍,继续问道:

"你能说说他吗?"

他一声不响地躺了一会儿,忽地坐起身,点上一支烟,缓缓地说:

"他有什么好说的,一个不守清规戒律的还俗的老阿卡!"

我的心里不由一惊,暗自想:阿卡图巴果然在寺院当过阿卡,这一点我们推测得没错;可他又是一位还俗的阿卡,这一点我们又万万没想到。

我没说什么,在昏暗的灯光下静静地等待他继续讲述。

他悄无声息地抽着那支烟,不时用食指轻轻地弹一下烟头上的灰,烟头上一闪一闪地亮着一圈红光。

然后,他扔掉烟头,吹灭灯,重新钻到皮袄里,说了声"闲着也是闲着,就给你讲一讲他吧",便讲述了关于阿卡图巴的事。

阿卡图巴在寺院当过阿卡,所以大家都叫他阿卡图巴,他自己也这么称呼自己。阿卡图巴去寺院当阿卡,并不是自愿的。那一年,德钦寺的仁钦嘉央活佛到村里讲经说法,临走时希望村里选送几个少年去德钦寺当阿卡。当时，好多人家都送自家的儿子去了德钦寺。阿卡图巴家共有五个儿子，阿卡图巴最小。他的父母听说眼下寺院里的阿卡都有很好的待遇，便把当时不知道去寺院当阿卡是怎么回事的阿卡图巴送到了德钦寺。开始，阿卡图巴还能遵守寺院的清规戒律，安心学习。但随着年龄的增长，他便有些坐不住了，经常瞒着经师往村子里跑。有一次，他把一个牧羊女在山地里野唱的拉伊写在一张纸上带回寺院夹在晨诵的经书中间偷看，被他的经师发现后，把他轰出了寺院。他像是解脱了似的欢笑着回去了。回去之后，脱下袈裟，更加无拘无束，整天和一些不三不四的男男女女混在一起，大家在明里暗里骂他"扎洛（不守清规戒律还俗的阿卡）"他都不在乎，依然我行我素。在传说中，我们纳隆村是岭国雄狮大王格萨尔的领地，村里就有一个格萨尔王庙。这个庙由一个古怪的单身老头子看护，而且老头子会说很多部《格萨尔王传》。不知怎的，老头子竟然收阿卡图巴为徒弟了。这也许是阿卡图巴在寺院当过阿卡、识几个字的缘故吧。阿卡图巴跟着老头子居然也学会了说唱几部《格萨尔王传》。最后，老头子又很信任地把格萨尔王庙唯一的珍宝——手抄孤本《格萨尔王传·地狱救妃篇》传给了阿卡图巴。可正是此举却使格萨尔王庙在后来的日子里蒙受了巨大的灾难。"文革"开始后，一切跟宗教有关的都成了斗争和打倒的对象。守护格萨尔王庙的古怪老头由于受不了种种非人的折磨，上吊自尽了。阿卡图巴眼看着阶级斗争的烈火就要烧到自己身上，便冲进格萨尔王庙砸毁了格萨尔王神像，并当众把那本珍贵的手抄孤本《格萨尔王传·地狱救妃篇》给烧毁了。为此，他很快得到了"革委会"的信任和赏识，并且成了"红卫兵"的一个小头目。稍后，他为了洗清在德钦寺当阿卡的那段耻辱的历史（他自己那样认为的），特意和一个过去因唱拉伊出名而那时候因唱语录歌曲而名声大震的女"红卫兵"结了婚，以示自己革命到底的决心。在那段年月里，他是我们纳隆村背语录背得最多的一个。他背起语录来，简直可以说是一字不差，连从县上派来的"革委会"主任都惊叹不已，自愧不如。"文革"结束后，异常积极活跃的阿卡图巴突然变得沉默寡言了，也不和什么人交往，整天一个人呆呆地想着什么。有时候，村里人让他说唱《格萨尔王传》，他只是摇头晃脑，吞吞吐吐地说不出一句完整的话来。村里人便说这是因为他砸了格萨尔王神像，烧了珍贵的手抄本的报应。他心里知道自己对不起村里人，所以整天躲避，变成了现在这种古怪的、叫人捉摸不透的样子。

牧羊老汉达杰讲述了以上关于阿卡图巴的事，突然问了一句："喂，我讲了这么多，你在听吗？"我赶紧回答说："我怎能不听哪。"他便"噢"了一声，一下子睡着了，并"呼呼"地打起了呼噜。

而我却怎么也睡不着了，觉得自己虽未见过阿卡图巴，但牧羊老汉讲述的阿卡图巴的形象和自己在心底里拼凑起来的阿卡图巴的形象有些对不上号。心想，要是真如牧羊老汉所说，阿卡图巴的命运也就有些悲惨的味道了。

4

天刚蒙蒙亮,牧羊老汉达杰的儿子便来替换他了。他的儿子是一个二十岁出头的健壮小伙子,一副诚实的样子。老汉问他昨天为何没来,他只是不安地看着老汉,吞吞吐吐地说不出个所以然来。老汉没完没了地埋怨了半天,又啰里啰嗦地交代了一大堆之后,就和我走上了通往纳隆村的路。

清晨太阳没升起来那阵子这儿很冷。一阵阵阴冷的北风时不时地刮过来,冻得我直想跑回去钻进那温暖舒适的皮袄里美美地睡大觉。走在我前头的牧羊老汉达杰似乎一点也没感到冷,低头"嗡嗡"地念着嘛呢直往前奔。一路上除了"嗡嗡"的嘛呢声之外,没听到他说什么话,似乎我们之间所有该说的话都在昨天晚上说完了。

当太阳从年保山背后颤巍巍地跳出来的同时,我俩到了纳隆村。牧羊老汉达杰突然停住了脚步,停止了"嗡嗡"声,抬头望着年保山顶上红彤彤的太阳,兴奋地说:

"阿哈!今天的太阳真好啊!"

一见到升起来的太阳,我就觉得身上一下子暖和起来,做操似的活动着手臂和大腿,心里暗暗骂道:"老头子!我还以为你闭斋不说话了呢!"

"多杰!喂,多杰!"我听到有人在喊我的名字,觉得很奇怪,心想这个地方有谁会认识我呢?

当我寻声望去时,看见一个小伙子朝我这边跑了过来。我看着他的身影,觉得有点熟悉,但又认不出是谁。

小伙子用力捏住我的手,一个劲地说:

"多杰!真是你吗?我真不敢相信在这儿会见着你!"

我莫名其妙地望着他的脸,拿掉他的手,十分认真地说:

"你搞错了吧?我不认识你!"

他反而更加有力地捏紧我的手,大声说:

"我怎么会搞错,我的老同学!咱俩没见面都已经八年了。"

见我还是一脸迷惑的样子,他用手指了指自己的额头,然后又指了指我的脸颊,说:

"这下总该记起来了吧?我的老同学!"

我看见他的额头上有一条半寸长的很明显的伤疤,同时想到刚才他所指的我的脸颊上也有一条半寸长的伤疤。这下我突然记起来了,脱口而出喊了起来:

"扎西顿珠!"

随后目瞪口呆地望着他的脸,下意识地握住了他的手。是呵,老同学,八年了,他竟变了一个样。岁月可真是一个随心所欲的雕塑家呀,八年时光就把一个人雕塑成了另外一个人!

看着他握着我的手,十分亲近的样子,我想人生是多么的奇妙啊,两个曾经不共戴天的仇人,现在却又鬼使神差地站到了一起。

他微笑地望着我,拍了拍我的肩膀,说:

"多杰,你还是和以前一样,一点都没变。"

这时候,一直在旁边莫名其妙地望着我俩的牧羊老汉

达杰转向我,不好意思地说:

"你叫多杰啊?你看我这个糟老头子,从昨天下午到今天早上,我都忘了问你的名字了。多杰,好,好,和我那个怕老婆的儿子同名。"

听了他的话,我有些气愤,不知道他是在故意挖苦我,还是在无意中这么说的。

他又转向扎西顿珠,有些不好意思地说:

"昨晚我问他到我们村子干什么,他说他去会一个老同学,你看我这个糟老头子,都忘了问问他的这个同学是谁,谁会想到你扎顿(扎西顿珠的缩称)会在城里有一个吃皇粮的老同学。"

随后,他说他已经到家了,就勾着头,嘴里发出"嗡嗡"的声响,晃悠悠地直往前面一处烟囱里冒着青烟的人家奔去了。

扎西顿珠用一种奇怪的目光瞪了一眼牧羊老汉远去的背影,自言自语似的说了声"这老头子"就邀我去他家。

在去他家的路上,有好长一段时间,我俩谁也没有开口说话。走到半路,他对着我笑了一声,说:

"多杰,那时候我俩可真傻呀,竟为了一个女人闹到了那步田地。"

我也对着他笑了一声,说:

"是呀,那时候我们总以为只有自己才是血性的男儿,什么事儿都得由着性子来。"

他停止了笑,一本正经地说:

"是啊,那时候的我们也有点太狂妄自大了,但现在回头想一想，也只有那段时光才让人觉得无比留恋。毕业后，我老是想起你，想给你写信，但一想到毕业时咱们之间发生的那件事，我又提不起给你写信的勇气了。"

我依然保持着脸上的微笑，揶揄地说：

"你敢给我写信才怪哪！你给我脸上的那一砖头，差点使我在体检时失去了上大学的机会；后来在大学里，又差一点使我失去了女朋友，她硬说我过去可能参加过什么流氓团伙，要和我断绝关系！"

扎西顿珠也不由得笑了起来，往我胸口重重地捶了一拳，说：

"你给我额头上的那一砖头也不轻呀，害得我到现在还老是头痛！尤其是你说的那句'不把你打成残废誓不为人'的话，使我在后来相当一段时间里老是做噩梦，梦见你打断了我的腿，抢走了那个女人。"

就这样，两个男人轻松地尽释前嫌，一路上愉快地谈起了往事。

快到他家时，我突然停住脚步，问：

"她还好吗？我这样去你们家恐怕不太合适吧？"

他看着我"哈哈"地笑了起来，大声说：

"她？你是说曾经使咱们各自挨了一砖头的那个女人？怎么，你是真没听说，还是假装不知道？"

看着我一脸疑虑的样子，他继续说：

"毕业后，我和她都没考上大学，这你是知道的。后来，县地毯厂招工，她就去了那儿。再后来，她在那儿找了一个男人，听说结婚了。这样说吧，我从你手里抢走了她，别人又从我手里把她给抢走了。算了，不说这些了，当时咱俩大可不必为了那么一个女人各自挨一砖头。"

到了他家门口，他停住脚步，像是突然想起了什么似的问：

"你跑这么远到我们村，该不是专程来看望我的吧？"

经他这么一问，我又想起了此行的目的，就直截了当地说：

"我是来采访阿卡图巴的，并想在群众当中了解了解他的情况。真是不好意思，要不是在这儿碰到你，我还不知道在这个村里有我的一个同学兼仇人呢！"

他爽朗地笑了起来，一边请我进门，一边说：

"怎么说我也得感谢你呀！要不是你这次有公事到这儿，咱们也许会成为一辈子的仇人呢！你要了解阿卡图巴可算是找对地方了，我阿爸就是当年和他一块儿出家的阿卡，对他的情况可是再了解不过了。走，先进去喝了早茶再谈别的。"

一进门，我就看见一个白发老者盘腿坐在院中台阶上抱着一卷厚厚的经书在高声诵读。见我们进来，便停止了诵经。等扎西顿珠把我介绍给他时，立即做出欢迎的样子问候我。老者面色红润，精神矍铄，声音洪亮，向屋里喊了一声"给客人倒茶"，屋里便走出了一个窈窕的少妇。扎西顿珠介绍说这是他的老婆。少妇倒了茶，对着我微微笑了笑，又进屋去了。这时，扎西顿珠对他阿爸说：

"多杰这次是来采访阿卡图巴的，不知他在不在家里？多杰听说您小时候和阿卡图巴一起在德钦寺当过阿卡，就想先从您这儿了解了解阿卡图巴的情况。"

听了儿子的话，老人好像一下子来了精神。他兴致勃勃地说：

"老图巴呀，他还能上哪儿？待会儿我就带你去他那儿，他的事呀，我知道的还真不少呢。来，来，先喝早茶，等会儿我再慢慢讲给你听。"

喝了早茶，我拿出那台专门采访用的微型录音机，做好了准备。老人看到我要为他录音，立即严肃起来，说这次看来要动真格的了，先让他想一想。等老人做好了准备，我便按下了录音键，开始了采访。

我：听说您和阿卡图巴在德钦寺一起当过阿卡，您能谈谈他吗？

老者：可以，可以，我和阿卡图巴不仅在德钦寺一起当过阿卡，而且还是莫逆之交呢。他的事啊，我是最清楚不过了。

扎西顿珠：多杰，我阿爸的话你可不能全信哪，他讲的一切好像都是他亲身经历过似的，喜欢夸大其词。

老者：住嘴，你懂什么？关于阿卡图巴，在我们纳隆村，除了他本人以外，还有谁比我更了解他？

我（笑声）：老人家，我相信您说的话，您就讲吧。

老者：阿卡图巴出生在一个家境不错的人家，他的父亲名叫元丹嘉措，母亲名叫切羊卓玛，都是虔诚信佛的人。他的父母共有五个儿子，他是最小的一个，也是父母最喜欢的一个。在传说中,我们纳隆村是岭国雄狮大王格萨尔的领地,村子中央就有一座规模不大也不小的格萨尔王庙。阿卡图巴在很小的时候就喜欢往格萨尔王庙里跑。渐渐地,看庙的老头子从阿卡图巴的嘴里断断续续地听到了《格萨尔王传》中的一些章节。面对这个只有几岁的孩子,看庙老头子很惊奇,认定这个孩子将来肯定是个不凡的人物。经过一段时间的仔细观察,看庙老头子拿出格萨尔王庙里唯一的珍宝——在民间失传多年的手抄孤本《格萨尔王传·地狱救妃篇》给了当时很小的阿卡图巴。阿卡图巴拿着那本书,喜欢得什么似的,不忍松手。当时阿卡图巴还不识字,看庙老头子就一段一段地念给他听。这样念了十几遍,阿卡图巴就完全记住了,他反过来闭着眼背诵给看庙老头子听。看庙老头子乐得合不拢嘴,偷偷给庙里的格萨尔王神像磕头致谢。看庙老头子是个古怪的单身汉,以前从不喜欢孩子。从那以后,就像是领着自己的亲生儿子似的领着阿卡图巴在村子里转悠,让他在人群中说唱《格萨尔王传·地狱救妃篇》。当阿卡图巴唱到格萨尔王只身闯入十八层地狱阎王府中救已经死去的妃子阿达拉姆宣扬生死无常、戒恶扬善之道时,惹得那些以为死后肯定要进入天堂或坠入地狱的老人们流出了许多伤感的泪。面对阿卡图巴的这些超常表现,他的父母自然很高兴,也就更加喜欢他了。

几年后,德钦寺的仁钦嘉央活佛为纳隆村讲经说法时提议纳隆村选送几个孩子去德钦寺当阿卡。村子里几个孩子较多的人家都送一个去了德钦寺。阿卡图巴的父亲也有这个心愿，打算送一个儿子去德钦寺，但不想送年龄最小的阿卡图巴去。可阿卡图巴的四个哥哥都不愿去寺院当阿卡，都想娶个媳妇在家里安心过日子。最后，阿卡图巴的父母万般无奈地问他俩最疼爱的阿卡图巴，没想到他竟十分痛快地答应了。他俩原本希望留住阿卡图巴，但看到他毫不犹豫的样子，想到他小时候的那些超常表现，觉得这孩子跟佛有缘，就依依不舍地送他去德钦寺当了阿卡。我也是在那一年被父母送往德钦寺当阿卡的。由于阿卡图巴聪明过人，不到一年时间，他就学会了不少东西。在寺院里，阿卡图巴和以前一样喜欢说唱《格萨尔王传》，并且很受阿卡们的欢迎。但他的经师对他说唱《格萨尔王传》很反对，认为一个已经皈依佛门的人不应该迷恋这些民间的东西，而应该刻苦学习前辈大师们留下的浩如烟海的典籍。两年后，也就是在阿卡图巴十六岁那年，他回家看望他的父母和那个看庙的古怪老头子，返回的路上无意中听到一个牧羊女孩在唱拉伊，觉得一段歌词很美，就偷偷写在一页纸片上，带回寺院放到枕头下面。后来，他的经师无意间看到了那页纸片，很是生气，很是失望，说他凡念不灭，佛心未觉，将来恐怕难以修成正果。听了经师的话，阿卡图巴感到很惊慌，同时也觉得很委屈，极力辩解说自己已经将一切毫无保留地献给了佛，丝毫没有那样的凡念，只是觉得那段歌词很美、才随意记下来的。听了阿卡图巴的辩解，他的经师默不作声，其实在心底里他也相信阿卡图巴对佛是一心一意的，不会产生那样的凡心。同时，他很欣赏阿卡图巴的非凡才华，从心底里喜欢他。就在他的经师左右为难、拿不定主意之时,这件事传到了仁钦嘉央活佛的耳朵里,因而事情也就闹大了。活佛思量再三之后说还是让阿卡图巴回去吧,免得以后外人对我们德钦寺说三道四。其实,活佛也很欣赏阿卡图巴的才华,后来还时常为阿卡图巴惋惜呢。

阿卡图巴回到家里,父母虽然觉得不光彩,但还是很高兴,比以前更加疼爱他,经常说,儿子呀,我们就给你说一个上好人家的姑娘,从此安安静静过日子吧。阿卡图巴听了死活不肯,说他现在虽身不在寺院,但心早已皈依佛门,希望有一天能够得到活佛的谅解而重返寺院。这时候,那个看管格萨尔王庙的古怪老头子已经很老了,阿卡图巴就经常到他那儿,帮他挑水做饭,跟他聊天,为他解闷。老头子也和以前一样视他为亲生儿子。有时还带他去村里唱上一段《格萨尔王传》。一年以后,发生了那场令人不堪回想的大运动。在那场运动中,寺院被打倒了。寺院的活佛被打倒了,寺院的阿卡们被打倒了,阿卡图巴和那个看庙的古怪老头子也成了斗争的对象。没过多久,看庙的古怪老头子由于受不了种种非人的折磨,在一天深夜上吊自尽了。老头子死后的第二天,阿卡图巴却做出了一件使人出乎意料的事。那天中午艳阳高照之时,他带领一伙"红卫兵"冲进格萨尔王庙砸毁了格萨尔王神像,当众烧掉了那本珍贵的手抄孤本,并把格萨尔王庙改建成了村里的粮食储备库。由于此举,"红卫兵"们把阿卡图巴当成破除封建迷信的典型人物经常在公开场合表扬。

但村里人因此对他恨之入骨，他的父母也对他失望至极，几乎和他断绝了关系。后来，几个"红卫兵"听说他以前在寺院当过阿卡，就威胁说如果你果真对革命事业忠心耿耿，就娶了村里那善唱拉伊的骚女人，要不然我们还是要整你。阿卡图巴没说什么，就和那女人结了婚，并和她生了一个女儿。由于这些事，村里无论老小都不把他当人看，在他背后吐唾沫咒骂他。无论村里人怎样待他，阿卡图巴从不计较，整天一个人沉默寡言地想着什么。有时候，村里人在暗地里让他说唱《格萨尔王传》，他也只是摇头晃脑，说自己什么也不记得，一句也说不出来。村里人就私下议论说这就是因果报应，说他砸毁了神像，烧掉了圣书，冒犯了神灵，失去了说唱能力。也就更加地冷落他，瞧不起他。直到那场运动结束之后，人们才知道了事情的真相，并且深深地理解了阿卡图巴。原来，看庙的古怪老头子为了不至于使那本珍贵的《格萨尔王传·地狱救妃篇》在人间失传，才想出了砸毁格萨尔王塑像、烧掉那本书而保住阿卡图巴的法子。老头子上吊自尽的头一天晚上，领着阿卡图巴到了一个谁也找不到的地方，让他从头到尾背了一遍《格萨尔王传·地狱救妃篇》。当老头子看到阿卡图巴能够一字不差地背下来时，放心地抓紧阿卡图巴的手，然后用手摸了摸那本珍贵的书说，为了使它不至于在人间失传，明天你就烧了它，砸掉庙里的那尊格萨尔王塑像，这样你就会博得"红卫兵"的信任。我想了几天几夜，想来想去也只有这么一个办法了，因为只要保住了你，就等于保住了这本书。一定要记住，无论别人怎么看你，怎么说你，都要想尽办法活下去，这是我唯一的愿望，你可不能让我失望啊！阿卡图巴虽然完全答应了下来，但到了第二天，他还是显得犹豫不决，不知道该不该那样做。老头子的死，使他下定了决心，完全按照老头子的话去做了。知道了真相后，村里人在为看庙老头子和阿卡图巴当时的想法和做法感到震惊的同时，也就更加怀念已经死去的看庙老头子、更加尊敬还活着的阿卡图巴了。阿卡图巴的脸上也开始露出了开心的笑容，开始为人们说唱《格萨尔王传》。后来，阿卡图巴凭着记忆写出了《格萨尔王传·地狱救妃篇》，献给了国家。出版社出版了这本书，并给了他一笔钱。虽然阿卡图巴是为了保住那本书才砸毁了格萨尔王神像，但他心里一直为此事感到不安。他从艺术之乡热贡请了一位有名的艺人，重塑了格萨尔王神像。他又用出版社给他的那笔钱修复了格萨尔王庙，并且由他亲自看管。人们都说经过阿卡图巴修复的格萨尔王庙比以前更加神圣庄严了。

老人讲到这儿停住了，一时间静静的没有一丝声响。我听了这段和牧羊老汉达杰所讲的很有些出入的讲述，一时陷入了深深的沉思之中，心中油然而生起一种对阿卡图巴的无比的尊敬感，内心完全被他的高尚人格所征服。

5

吃过午饭之后，扎西顿珠的父亲带我去拜访阿卡图巴。

当老人指着不远处的一户人家说那就是阿卡图巴家时,我的心头莫名其妙地升起了一股激动之情,不由得加快了脚步。

快到阿卡图巴家时,我的脑子里突然产生了一个疑问:为什么称这个老人为阿卡图巴呢?阿卡是指出家的僧人,这一点已经很清楚了,而图巴在藏语中是额头的意思,不可能是僧人的法名,很奇怪,就问扎西顿珠的父亲:

"为什么给阿卡图巴起了这么一个古怪的名字呢?"

扎西顿珠的父亲怔了一怔,停住脚步,高声笑着说:"噢,我忘了告诉你了,阿卡图巴的本名叫才项仁增,因他从小时候起就有一个奇大无比的额头,人们就给他起了一个外号叫'图巴',他进了寺院以后,人们又称他阿卡图巴了。"

听了这话,我才若有所思地点了点头,心想这阿卡图巴怎么就有这么多说头呢。

到了门前,我取出那条特意为阿卡图巴准备的洁白的哈达,想在见面时敬献给他。

扎西顿珠的父亲扣住门环敲了几下,门便开了。开门的是一个三十岁左右的女子。扎西顿珠的父亲介绍说这是阿卡图巴的女儿,同时把我介绍给了她。

阿卡图巴的女儿迎我们进去之后,扎西顿珠的父亲望了望四周,疑惑地问:

"青措,你阿爸呢?"

青措看了一眼我,又看了一眼扎西顿珠的父亲,揶揄道:

"阿卡南夸,您真是贵人多忘事啊!我阿爸不是每年秋天都要去年保山下住一段日子吗?"

扎西顿珠的父亲如梦初醒似的拍了一下脑袋,连连叹息着说:

"哎呀,哎呀,我怎么就忘了呢?你看我,你看我,真是老糊涂了。"

青措在一旁"吃吃"地笑着。扎西顿珠的父亲又像是记起了什么似的对我说:

"你看,你看,我这个老糊涂竟把这件事给忘了。每年秋天,是年保山下那条三岔路口上来往的行人最多的时候。阿卡图巴为了搜集民间文学素材,从前年起就在那个三岔路口上盖了两间房,每天烧上几壶茶,在请过往的行人歇脚喝茶的同时,让他们给他讲一个故事,或说几条谚语、唱一段歌词什么的,这样他还真搜集到了不少东西呢。这个老图巴!"

说完"哈哈"地笑了起来。之后,又突然想起了什么似的问我:

"怎么,昨天你在年保山脚下没有看到他吗?你应该看到的啊!"

听了他的话,我的眼前一下子浮现出了昨天在年保山脚下遇见的那个有着一个奇大无比的额头,且要我讲故事给他听的老头子,突然明白了他就是我要找的阿卡图巴,心里埋怨自己当时怎么也不问问他,还以为人家脑子有毛病呢。

青措看了看我,像是猜出了我在想什么,用一种安慰的语气对我说:

"阿爸昨天捎话说这一阵子行人渐渐稀少了,让我们去接他回来。我丈夫今早天没亮就骑马去接他了,过会儿也就回来了,先进屋坐吧。"

扎西顿珠的父亲听到这话,像是放心了似的看了看我,又看了看青措,说:

"青措,他可是专门从省城来找你阿爸的,现在就交给你,你可要照顾好他!我还有点事,先回去了。"

临走时,对我说了些晚上到家里跟扎西顿珠好好聊聊之类的话,就一晃一晃地走了。

青措给我倒了一碗茶,又准备着要做午饭。我说我已经吃过了,不用做了,她像是没有听到似的继续准备着。我又说我真的已经吃过了,不用再做了,她这才停下来给我添茶。

慢慢喝着茶,等了半个多小时,阿卡图巴还没到。在此期间,我向青措谈了一些我们杂志社这次举办纪念活动的情况。她还问了我好多事,我都一一作了回答。她一边给我添茶,一边劝我不要着急。我看闲着也是闲着,就生出一个念头,想让青措讲讲自己的父亲。我想这样不仅可以增加对阿卡图巴的了解,说不定还能得到一些意外的收获呢。

当我提出这个想法时,起初她还有些犹豫,后来在我的诱导和启发下,便无所顾忌地讲了起来:

"我阿爸在寺院当过阿卡,所以大家都叫他阿卡图巴,他自己也这么称呼自己。关于我阿爸,在我们纳隆村有好多种说法,这些我都不太清楚,因而也就不想多说什么。作为他的女儿,我只想说,我阿爸是个真正的好人。他现在七十多岁了,但他仍然像我小时候一样地爱我。在我十二岁那年,阿妈因病去世,因此他陷入了极度的悲痛之中,一下子老去了许多。在我的印象中,阿爸和我阿妈有着极为深厚的感情。阿妈是这带很有名的民间歌手,'文革'开始后,她便成了斗争对象;而我阿爸又是有名的格萨尔说唱艺人,自然也在斗争的范围之中。这样,他们便由相互同情、相互倾慕,到最后相依为命了。在我的记忆中,他俩从没有为什么事情像别的夫妻那样争吵过。他俩之间始终和和气气,相敬如宾。空闲时候,我阿爸喜欢听我阿妈唱那总是唱不完而又优美动听的各种民歌,听得如痴如醉,赞不绝口,并且时不时地记在日记本上;而我和阿妈又喜欢听我阿爸用他那雄浑的声音说唱《格萨尔王传》。我阿爸说唱《格萨尔王传》可称得上是一绝,他可以不看书本讲上三天三夜。他讲述的曲折动听的《岭·格萨尔王》的故事伴随我度过了童年的美好时光。我阿爸和阿妈都识藏文,他们希望我这个独生女儿将来能成为一个有文化的人。因而在我五岁那年,我阿爸就手把手地教了我藏文最基础的三十个字母。看着我熟练地写出了那三十个字母,他俩都高兴得什么似的。到了七岁那年,阿爸阿妈就送我进了小学。从那时候起,他俩便鼓励我不仅要掌握本民族的文字,而且还要学会汉语。我便按照他们的期望发奋学习，并且取得了良好的成绩。小学毕业那年，也就是在我十二岁那年，阿妈得了怪病突然离开了我们。临死前，阿妈紧紧握住阿爸的手说你一定要让咱们的女儿好好读书，一定要把她培养成一个有文化的人、有用的人。之后，阿妈又紧紧握住我的手说你一定要听阿爸的话，一定要好好读书。阿妈死后，阿爸强忍着悲痛，含辛茹苦地供我读完了初中。在此期间，村里好多人都劝阿爸再娶一个，说家里没个女人不行。可他心里只装着阿妈一个人，怎么也不肯答应。初中毕业后，看着阿爸一个人在家里那么辛苦，就瞒着阿爸没参加高中和中专考试，说自己没能考上，学校不让再上了。阿爸想让我补习一年再考，可我死活都没有答应他。这样，我便留在了他的身边。后来，当他得知我是为了他而没参加考试时，狠狠地骂了我一顿，说我让他和九泉之下的阿妈失望了。后来，他对我又像以前一样好了。我成家以后，他待我仍然像个小孩似的，出门回来总忘不了给我带个礼物……"

这时，大门开了，走进一个高大健壮的小伙子，他的后面跟着一匹枣栗色的马，马背上是一些被褥、裕链之类的东西。小伙子看了看我，微微点头笑了笑，转向了青措。

青措走过去从他手里接过缰绳，问道：

"阿爸怎么没来？"

小伙子一边从马背上卸东西，一边说：

"乡里昨天给阿爸送来了一份来自省城的请柬，他说这对于他来说是平生最大的荣幸。今早我去时，他已做好了去省城的准备,说再不抓紧就赶不上,今早就坐着班车去县城了。我怎么挡也挡不住,就给了一些钱,让他去了。"

这样,我又告别青措夫妇和扎西顿珠等人,踏上了返回省城的路。

岗

1

"岗"乃藏语,雪的意思。岗是一个女孩的名字。岗是牧人觉巴从雪地里捡回来的。

十五年前的一个晚上,牧人觉巴梦见自己的妻子从雪地里捡起一个一丝不挂、刚生出来似的婴儿匆匆地走着。那是一片空旷的雪地,月亮高高地挂在天空上,照得雪地一片晶莹。四周看不见半个人影。婴儿的哭啼声响亮悦耳,回荡在空旷的雪地里。

婴儿甜蜜悦耳的哭啼声把牧人觉巴从梦中惊醒了。醒来时,婴儿的哭啼声仍在他耳边回响着。他以为自己听到的是幻音,使劲摇了摇头,但无济于事,婴儿的哭啼声依旧真切地在他耳边响个不停。梦中的妻子和婴儿的形象依旧清晰地印在他的脑海之中。他觉得有些可笑,有些不可思议。他才十五岁,从没想过什么成家立业的事,更谈不上有什么妻子儿女。但那甜蜜悦耳的婴儿的哭啼声依旧真切地在他耳边回响着。他没再多想什么,起身走出了帐篷。外面下了大雪,他在帐篷里竟丝毫没有觉察。这时,雪已停了,天上没有黑云,星星们拥挤着在不停地眨动着明亮的小眼睛,圆盘似的月亮撒下一地银辉,照得空旷无边的雪地洁白一片。他被这魅力无尽的夜色深深地吸引住了,他被这寒冷的温柔深深地打动了。他没想到夜色竟是这般的美丽。婴儿甜蜜悦耳的哭啼声依旧在不远处回响着。他没有多加思索,寻声向前走去。没走几步,他便在雪地里看见一个晶莹明亮的东西。当时,他心里有点害怕,猜不透那究竟是个什么东西。他不由得停下了脚步。但后来,他还是下定决心,鼓足勇气走了过去。

那是个婴儿。那婴儿一丝不挂。由于浑身白得像雪一样,所以在月光下显得晶莹明亮。他俯身从雪地里抱起婴儿,仔细地打量着。这婴儿竟是他梦中的妻子抱着的那个。他惊叫一声,差点将婴儿放开。但一看见婴儿脸上露出的那种自然真切的微笑,反而觉得有一种亲切感,不忍放回雪地里。他怕在这寒冷的雪地里会冻坏婴儿,便解开皮袍,准备将婴儿抱进自己的怀里。这时他着实又被吓了一跳。在月光的照射下,他发现这个婴儿的身体是透明的。婴儿体内小小的五脏六腑的轮廓显得清晰可辨,而且随着呼吸在轻轻地颤动着。他差点又将婴儿放回雪地里,从这里逃开。但婴儿依旧在自然真切地微笑着。他为自己刚才的想法感到羞愧难当,无地自容。他责备自己不该有这样的念头,不该将这样一个婴儿丢下不管。他不顾一切地把婴儿放进自己怀里往回走。

婴儿是个女婴。

后来的几天里，牧人觉巴在方圆几里的地方打听消息，但没有打听到谁家丢了孩子，也没有什么人前来认领。这样，他便暗暗下定决心要收养这婴儿了。他怕别人看见婴儿透明的身体会说三道四，便用羔羊皮为她缝制了一件小皮袍，把她严严实实地裹了起来。与此同时，他又为给婴儿起一个合适的名字终日发愁着。他想了几天几夜，一直没有想到一个觉得合适和满意的名字。后来的一天晚上，他站在月光下的雪地里，想到这婴儿是从雪地里捡回来的，而且浑身晶莹透明，跟雪一样洁白，便起名为"岗"。当时，他对这名字挺满意。随着岗一天天长大，他对自己所起的这个名字也就越来越满意了。

在以后的岁月中，梦中的那个女人和那个婴儿有好几次出现在了牧人觉巴的梦境中。梦境中，梦中的那个女人依旧是他的妻子。随着岗一天天长大，牧人觉巴在感到疑惑不解的同时，对梦中那个女人的思念和渴望也越来越强烈了。

2

"每当下雪的时候，我就想起遥远的故乡……"

岗看着在舞台上很投入地唱歌的那个女孩出神，他像是被她的歌声深深地打动了。他的双眼噙满泪水，沉浸在那悠扬动听的旋律之中。四周响起阵阵雷鸣般的掌声，女孩唱完歌下去了，而岗像是丝毫没有觉察到这一切，依旧怔怔地望着舞台出神。和岗一块儿来看晚会的环角这时才注意到岗在流泪。环角疑惑不解地瞪了岗一眼，轻声问道：

"岗，你在哭吗？"

岗从刚才的那种情绪中清醒过来。他转过泪流满面的脸，恳求似的对着环角说：

"请告诉我刚才唱歌的那个女孩是谁？她的歌声使我想起了遥远的故乡。此时此刻，我只想回到故乡温暖的怀抱。"

环角听了岗的话，一下子来了精神。他仔细看了岗一眼，开始滔滔不绝地讲了起来：

"那个女孩叫岗，和你的名字一模一样，也是今年入学的新生。怎么我觉得你俩长得也很像呀！以前没怎么注意到，现在这么一比较，你俩长得可真是太像了！这几天，校园里都在议论她，说她白得像雪。哎，你不是也很白吗？她歌唱得好，尤其是刚才那首，她唱起来很投入，能使许多人感动得流泪。刚才你不是也被她的歌声感动得流泪吗？还有，前一晌入学体检时，几个同学听医生说她的身体是透明的……"

说到这儿，岗的面部肌肉不易觉察地微微颤动了一下，随之表情也变换成了另一种。岗脸上这一细微的变化没有引起环角的注意。他依旧在自顾自地滔滔不绝着：

"由于这个，女孩们都有些不敢接近她，可男孩们根本不把这当回事儿，有事没事总是找各种借口接近她，想和她套近乎，可她压根不看他们一眼，弄得他们好伤心哟！她可真是一个冰冷雪白的美人儿！"

环角说着，自己也有些伤心起来，不由得停了下来。岗默默地听着环角说出的那些话，像是陷入了沉思之中，不说一句话。这之后台上演了什么节目，他也一无所知。很久之后，他才自言自语似的问：

"岗？她真的叫岗吗？"

"是的，她叫岗。"环角懒懒地回答道。

这时，晚会已散场，人们都离开座位向门口涌去。岗一把拉住准备要走的环角，说：

"你先回去吧，我要去找她。"

说完，自个儿向台上跑去了。环角望着岗的背影在帷幕后消失，摇了摇头，径直走出礼堂大门。

岗在后台找到了她。她正和几个女孩准备离去。岗从后面一把拉住她，说：

"你留一下，我有话要跟你讲。"

她的同伴们转过脸瞪大眼睛望了一会儿岗，惊奇地对她说：

"他长得真像你呀！一个小白脸！"

说完，嘻嘻哈哈地走了。她被他拉住显得有些紧张，但又有一种亲切感。他抓住她的那只手显得很有力。她设法从他手中挣脱出来，走到一边怔怔地望着他的脸。

"你叫岗吗？"他问。

"是的，我叫岗。"她回答道。这时，她才发现眼前的这个男孩跟镜中的自己很像。

"我也叫岗。你的歌声深深地打动了我。它使我想起了遥远的故乡。此刻，我真想投入故乡温暖的怀抱。我的一个同学说你长得很像我，这是真的吗？我不知道自己长得什么样，我在镜子里看不到我自己。如果你长得真像我，我现在就知道自己长什么样了。"岗望着她的脸，一口气说出上面这些话，一动也不动。

她也在静静地望着他那张变得有些激动的脸，显得出奇的平静。过了很久，她才开口缓缓地说：

"我很喜欢我刚才唱的那首歌，那是藏在我内心深处的歌。我常常一个人偷偷地唱这首歌。它能勾起我对遥远的故乡不尽的怀念。唱着唱着，我就想回到故乡温暖的怀抱；唱着唱着，我就像是真的回到了故乡温暖的怀抱。"

这之后，他俩谁也没有再开口，一直沉默着。不知不觉中，他俩走出了礼堂。外面竟下了雪！这时，雪已停了，天也晴了，月亮高高地挂在天空中，银白色的月光将雪地照得一片晶莹。

他俩并肩站在雪地里，依旧沉默着。他俩凝神注视着高挂在中天之上的明月，显出无限向往的神情。在月亮的银辉下，雪的洁白映衬着他俩的脸，使他俩的脸显得更加洁白无瑕。最后，他将目光转移到她的脸上，神情凄然地说：

"岗，我不知道自己的身世。和我相依为命的，只有我阿妈。我的故乡在那遥远的雪山脚下，那儿是个很美的地方。"

她依旧望着那轮高挂在中天之上的淡蓝色的圆月，同样的神情，凄然地说：

"岗,我也不知道自己的身世。和我相依为命的,只有我阿爸。我的故乡也在那遥远的雪山脚下,那儿也很美。"

3

从此,岗和岗便如兄妹般形影不离。在饭厅,在阅览室,在操场,在林荫小道上,在校园每一个角落里都能看到他俩在一块儿的情景,周围的同学们都说他俩像对双胞胎。由于他俩相貌的酷似,肌肤的雪白,一时间竟成了校园里议论的中心话题。许多痴情男女或倾慕于他俩容貌的俊俏,或倾慕于他俩气质的超脱,或倾慕于他俩肌肤的雪白,常常在暗地里写信或托人表白他们的爱慕之情,但对于这些,他俩总是不置可否地淡淡一笑,不作任何回答。

这样,久而久之,那许许多多对他俩怀有爱恋之情的痴情男女也就只有敬而远之了。这样,他俩倒也清静了许多。

期中考试以后,他俩分别给自己的家里写信,说学校里有一个名字和长相跟自己一模一样的男孩(女孩),同学们都说他俩像对双胞胎,他俩相处的也如兄妹一般,希望阿爸(阿妈)能来学校看望他俩。

信发出去之后十五天的一个傍晚,岗和岗的阿爸阿妈不约而同地来到了学校里。他俩一见面,开始一动也不动地盯住对方不放,一会儿之后,便泪流满面,控制不住激动的情绪,不顾一切地扑向了对方的怀抱。他俩长久紧紧地拥抱在一起，嘴里轻轻地呢喃着什么，似乎忘记了站在旁边望着他俩发呆的岗和岗。许久之后，岗的阿爸才松开紧抱着对方的手臂，抬起泪流满面的脸，嗫嚅着激动不已地说：

"我等了整整十五年的竟是你呀！"

岗的阿妈也抬起泪流满面的脸，用手背擦了擦脸上的泪水，抓住对方的手，哽咽着缓缓地说：

"我也等了你整整十五年呀！"

愣在一旁的岗和岗看着眼前发生着的这一切，如堕五里雾中，感到莫名其妙，不知如何是好。他俩疑惑不解地同声问道：

"这一切究竟是怎么回事呀？"

直到这时，岗和岗的阿爸阿妈才彻底清醒过来了。他俩立即松开手，各自抱住自己的孩子仔细地打量着。他俩一直看到各自的脸上露出慈祥的笑容之后，才把目光移向对方的怀中。一会儿之后，他俩竟异口同声地喊了起来：

"呀！这么像呀！"

等那躁动不安的情绪渐渐稳定下来之后，岗的阿爸略略思索了一下，对岗说：

"孩子，现在该让你们知道一切了。你是我牧人觉巴在十五年前一个有月亮的晚上从雪地里捡回来的。那天晚上，我做了一个梦，梦见岗的阿妈抱着一个跟你一模一样的婴儿在雪地里匆匆地走着。婴儿的哭啼声把我从梦中惊醒了。醒来时，婴儿的哭啼声还在我耳边回响着。我寻声前去寻找，在雪地里找到了那个婴儿。那个婴儿就是你。

孩子，我不知道你是谁家的孩子，你的阿爸阿妈是谁。你的名字是后来我起的。"

岗静静地听完牧人觉巴的讲述之后，满怀感激地望着他那慈祥宽厚的脸，深情地叫了一声"阿爸"，投入了他的怀抱之中。

与此同时，岗的阿妈也在向岗讲述着那如发生在昨日般的往事。她的表情庄严神圣，她的语气和牧人觉巴的一模一样，显得缓慢而富有节奏和韵律感。

"孩子，现在该让你知道一切了。你是我在十五年前一个有月亮的晚上从雪地里捡回来的。那天晚上，我做了一个梦，梦见岗的阿爸抱着一个跟你一模一样的婴儿在雪地里匆匆地走着。婴儿的哭啼声把我从梦中惊醒了。醒来时，婴儿的哭啼声还在我耳边回响着。我寻声前去寻找，在雪地里找到了那个婴儿。那个婴儿就是你。孩子，我也不知道你是谁家的孩子，你的阿爸阿妈是谁。你的名字是后来我给起的。"

岗静静地听完这个抚育自己成人的女人的讲述之后，满怀感激地望着她那纯朴善良的脸，深情地叫了一声"阿妈"，投入了她的怀抱之中。

在成长的岁月中，岗和岗都曾以不同的方式问过自己的阿爸(阿妈)，问自己为什么没有阿妈(阿爸)，但阿爸(阿妈)总是淡淡一笑，安慰似的对他们说：

"孩子，别问这么多了，等你长大了再告诉你吧。"

渐渐地，岗和岗懂得了这其中必有原因，便没再追问，但他俩总是盼望着赶快长大成人，以便弄清事情的真相。

此刻，伴随了岗和岗许多年的那团疑云终于解开了，他俩的心里既有一种轻松感，又有一种充实感。他俩同时跪倒在地，对着阿爸阿妈磕了三个头，同声说：

"阿爸阿妈，你俩就是我俩的生身父母，我俩就是你俩的亲生儿女。"

岗和岗的阿爸阿妈相互看了一眼，脸上露出了欣慰的笑，而眼里却滚出了几颗幸福的泪珠儿。他俩把岗和岗从地上扶起来，仔细地看着他俩的脸。岗和岗的脸上也露出了欣慰的笑，而眼里却滚出了几颗幸福的泪珠儿。于是，四个泪人儿便紧紧地拥抱在一起了。

4

岗和岗四年的大学生活转眼就结束了。毕业前，他俩毫不犹豫地放弃了有众多优越条件的城市生活，选择了那片养育过他俩的草原。

自从那次岗和岗的阿爸阿妈千里迢迢来学校看望他俩回去之后，岗的阿妈便搬到了岗的阿爸牧人觉巴所在的那片草原上。这样，两个彼此苦苦等待了整整十五年的人儿终于能够幸福地生活在一起了。他俩的心里充满了希望，他俩的身上充满了活力。他俩唯一的愿望就是岗和岗毕业后能够回到他俩的身边。为此，每天清晨他俩在佛龛前点上几盏酥油灯，磕上几十个甚至几百个头，祈求神灵实现他俩的愿望。现在，他俩终于如愿以偿了，活生生的岗和岗就站在他俩的面前,对着他俩微笑,对着他俩说话。这一家四口的小小人家里开始充满了欢声笑语。

岗和岗分到了这片草原上新建的学校里。他俩非常喜欢这些天真无邪的孩子们,整天和他们打成一片,忘记了所有的烦恼和忧愁,再加上阿爸阿妈也在身边,就更像两只快乐的小鸟了。

这是秋末冬初的一天,天空晴朗无云。岗正在给几个低年级的学生上语文课。她在黑板上写下了"雪"字和它的拼音。她写的这个字相当娟秀工整。她在写这个字的时候,心里有一种说不出来的感觉。她像是把全部的心血都倾注到了这个字上面。她用了足足十分钟才把这个字写好。她从来没有像今天这样花这么大的气力去写一个字。写完之后,她有一种把自己身上每一滴血都抽干了的感觉。她觉得有点头晕目眩。她的眼睛一动也不动地盯着那个字出神,好像那是一片非常令人神往的地方。一阵窸窸窣窣的声音使她从眼前这种状态中惊醒了过来。当她清醒过来时,看见底下的孩子们有些在莫名其妙地盯着她看,有些在教室里上上下下地疯跑着。她慌忙调整了一下纷乱的思绪和脸上尴尬的表情,叫孩子们坐好,让孩子们跟着她读。"雪——""雪——"这样领读了几遍之后,孩子们便掌握了这个字的读音。她觉得口干舌燥,便让孩子们默诵,自己则在教室里来回地走。没过两分钟,一个平时喜欢问这问那的小女孩悄悄站起来,低声用藏语问道:

"岗老师,'雪'是什么意思?"

这一问,竟把她给问住了,一时间不知如何回答是好。她本可以用藏语向这个女孩解释得清清楚楚的，但此时，她竟变得吞吞吐吐，一种会说又说不出来的样子。

正当她在孩子们面前窘迫得满脸通红、无地自容之时，几个孩子用藏语兴奋地喊了起来：

"下雪了！下雪了！"

她惊喜地朝外一看，外面果真下着大雪。她轻轻地走到窗前，望着窗外飘扬着的雪花。不一会儿，大地上便铺上了一层薄薄的雪，一片银白色的世界。这是这个冬天的第一场雪。对于这第一场雪，岗和岗内心深处等待和渴望了很久。这时，正在对面教室里上课的岗也跑了出来，和她并肩站在一起。他俩兴奋地观望着这久违了的、满天飘舞着的雪花，显出无限向往的神情。孩子们也围在他俩周围，静静地观望着这满天飘舞着的雪花。有几个平时爱调皮捣蛋的，此时已跑到雪地里欢呼雀跃着。突然，岗的眼睛一亮，用一种欢快的语调连连说：

"孩子们，这就是雪！这就是雪！这就是雪！"

"噢——雪！雪！雪！"孩子们欢呼着，跳跃着，尽情地在雪地里嬉戏着。岗和岗相视而笑，很快也加入了孩子们的行列之中，和孩子们一起欢呼着、奔跳着、嬉戏着。飘舞着雪花的大地上立即呈现出一幅生动活泼的画面。

5

岗和岗回到这片草原的第三个冬天没有下雪，来年春天又没有下雨，再加上那年夏天酷热难当，到了秋天，草原上到处光秃秃一片，一派荒凉景象。成群的牛羊由于饥饿四处奔跑着，但它们怎么奔跑也无济于事，找不到任何吃食。没过几天，便渐渐精疲力竭，倒的倒，死的死。这是几十年来从未发生过的事。这片草原上的人们眼睁睁地望着成堆的死去的或倒下的牛羊，心里万分痛惜万分焦急，却又无可奈何。最后，不知什么人提议要召开一次部落会议。这种会议已经有十几年没有召开了，那些没有长大的孩子还不知道所谓的部落会议是怎么一回事呢。过去只有在发生草山纠纷或遭到外敌侵犯时才召开这种会议。这年头，由于政府的严加防范和管理，很少有这类事发生，所以在那年头显得规模宏大的部落会议，现如今也被人们冷落了，淡忘了。听到要召开部落会议的消息，人们的态度明显有点冷漠。他们已被眼前的事实弄得精疲力竭、心灰意懒了。但这把过去那些还健在的部落头领们给乐坏了，他们已经很久没有体会到昔日那种在万人之上般的荣耀了，因而个个精神振奋、摩拳擦掌，年轻了几岁似的积极筹备起来。没过几天，便一切就绪了。

这天，在这所新建的学校的操场上黑压压地聚集着很多人。火红火红的太阳毒辣辣地高挂在天空上，笔直的光线箭一样刺射着人们的脊梁。站着不动的人们个个都汗流浃背，焦躁不安。在人群中央的一块土台子上，站着三位年老的长者。他们是过去这个部落的头领。他们个个面红耳赤，激动不已。他们在挥动手臂、摇头晃脑、唾沫飞溅地讲演着什么，丝毫没有让嘴巴停下来的意思。底下的人们被太阳炙烤得睁不开眼睛，显得无精打采，再加上本来就心灰意懒的了，便一个个把头埋在裤裆里，用手指头堵着耳朵，不予理睬。有几个人干脆从后面悄悄溜走了。渐渐地，土台子上的三位部落头领也显出无精打采、心灰意懒的样子，讲话的时候不再挥动手臂，不再唾沫飞溅了。他们看到底下的人们萎靡不振的样子，一个接一个地从土台子上走了下来。显然，这十几年来的第一次部落会议没有成功。正当人们心灰意懒、无精打采地准备离去之时，岗和岗从容地从人群中走到土台子上，用爱怜的目光望了大伙一会儿，安慰似的大声说：

"大伙儿先回去，千万别着急，我们一定会有办法帮助大家摆脱目前的困境。"

说完，又从容走下土台子向外面走去了。

早已变得灰心丧气了的人们望着岗和岗的背影从校门口消失之后，感到莫名其妙，赶忙问牧人觉巴和他的妻子这到底是怎么回事，可他俩竟也一无所知，他俩也对岗和岗刚才所说的话感到莫名其妙。这样，人们便摇着头，叹着气，愤怒地想着连部落头领们都没有什么办法了你们两个小学教师能有什么办法呢，便各回各的家了。

这天，岗和岗也在参加部落会议的人群之中。他俩看着土台子上的三位部落头领在挥动手臂、摇头晃脑、唾沫飞溅地讲着一些空洞的大话，就猜到这样不会有什么结果。当那三位部落头领无精打采地走下土台子时，他俩决定向世界展示自己透明的身体，用所得的钱来帮助这里受苦受难的人们。

他俩当着人群说了那句莫名其妙的话，走出校门之

后,岗对岗说:

"你一个女孩子不宜做这类事,到时候你只管收钱就是了。"

听了岗的话,岗也没说什么,点头表示同意他的想法。

夜幕渐渐降落下来,天空中繁星闪烁之时,他俩还待在外面为怎样向外界宣传这件事想着各种法子,可到现在他俩还没有想出一个好法子。一直到后半夜,他才突然想起了在省城报社当记者的一个老同学。这个同学不是别人,就是在前文中提到过的岗的那个叫环角的朋友。他们一同走出校门,环角留在了省城里,而岗和岗回到了草原上。环角经常给岗和岗写信,保持联系。有一次还亲自采访过他们俩,把他俩的先进事迹写成文章在省报上报道过呢。他俩纳闷这么长时间怎么就没想到他,但现在他俩还是为想到了他而兴奋不已。他俩都觉得他一定能够帮助他俩实现这个愿望。他俩高兴地返回学校连夜向老同学写了一封信,详细地说明了情况,请求他写一篇文章大力宣传一番。等他俩写好信时,天也亮了,就动身到几里外的邮局把信发了出去。

信发出去一个星期后的那天早上,省城的那位叫环角的记者收到了那封信。当时,他正坐在办公室里写一篇新闻稿子,一看到信是岗和岗从遥远的草原寄来的,赶忙放下手中的稿子,拆开信封读了起来。读完第一遍,他觉得有些不可思议。读完第二遍,他还是不敢相信信上所说的。读完第三遍时,他才忽然记起在学校时曾隐约听说过岗和岗的身体是透明的之类的一些话，但又未曾目睹过，也就一直没敢相信。这时他才开始半信半疑起来，才开始认真地考虑起这件事来。他想如果真有这么回事儿，那么这件事必定能带来轰动效应。虽然这么想，但他始终搞不清这件事是不是真的。直到下午上班，他才拿定主意，不管是真是假，也要到岗和岗所在的那片草原去看个究竟。他找到总编，把那封信拿给总编看，并把自己的想法告诉了总编。总编把信反复看了几遍之后，虽然很不相信信上所说的一切，但又不肯放过这样一个机会，答应让环角去实地采访。

记者环角从省城坐公共汽车到县城，再从县城徒步走了两天的路，终于走到了岗和岗所在的那片草原。他一踏上这片光秃秃的荒凉的土地，望着一路上东倒西歪的牛羊的尸体，心里感到很难过。在找到岗和岗详细了解了情况，并且亲眼所见了岗透明的身体之后，他的心里倒没有了那种惊奇感，反而为岗和岗，为这里受苦受难的人们难过起来。他只待了一天，就挥泪跟岗和岗告别，返回省城，去帮助岗和岗实现这伟大的愿望。

记者环角回去之后便写了一篇感人至深的文章登在了报纸显眼的地方。人们读了报纸，对这件事没有感到多大的兴趣。人们就像谈论外星人、谈论飞碟一样只是把它当作茶余饭后的一则趣闻轶事罢了，看过之后，也就淡忘了。但这件事引起了一向热衷于猎奇的电台、电视台的注意，他们立即组织人马前去实地采访。

电台、电视台的人浩浩荡荡地赶到岗和岗所在的那片草原，看到岗展示给他们的透明的身体，开始都惊呆了，都不敢相信眼前的事实。但听了岗和岗的话，目睹了眼前荒凉的景象，他们的心又开始沉重起来。他们都被岗和岗这种高尚的行为深深地感动了。他们都觉得应该为这里受苦受难的人们做点什么。他们仔细地观察，耐心地笔记，反复地拍照，认真地摄像。就这样在炎炎的烈日下忙乎了整整一天之后，他们便依依不舍地跟岗和岗告别，回去了。

回去之后，他们通过广播、电视这些新闻媒体大张旗鼓地进行报道，进行宣传。于是，这件事便像长了翅膀似的传遍了世界的每一个角落，一时间，成了人们在街头巷尾、茶余饭后谈论的中心话题。

同样，岗和岗所在的那片草原上也在发生着翻天覆地的变化。起初，只有少数几个人怀着好奇心到这儿来看一看，最多每天也不过八九人。大约过了一个星期，前来参观的人数逐渐增多，每天最少也有二十来号人。大约又过了一个星期，前来参观的人数急剧增多，各种肤色的人们操着各自不同的语言从遥远的城市、乡村、牧区，从四面八方源源不断地涌向这片草原，形成了一股汹涌不可阻挡的人流，就是一年一度的草原赛马会也没有这般热闹过。在岗每天向外界展示自己透明身体的学校周围，整天人来人往，热闹非凡。人们拥挤着推搡着争先恐后地观看岗透明的身体，看过之后又津津乐道地互相谈论着、赞叹着。有些人惊叹不已地看了几遍甚至十几遍之后仍不满足，还要心甘情愿地继续花钱看下去。有些人不满足于看上那么几遍甚至十几遍，决定在这里长期定居下来，每天去看上那么一两次。这也引来了那些善于钻营的投机商贩、杂耍的杂技演员、唱歌跳舞的流浪艺人。他们守住各自的阵脚，或吆喝着向行人兜售一些时髦的小玩意儿，或向围观的人群表演上一两套惊险新奇的节目，或自顾自地即兴弹唱上那么几首轻松小调，他们各自使出自家的看家本领，疯狂地招揽着顾客。前来参观的人们将吃剩的果皮、喝空的酒瓶子、抽空的烟盒等东西胡乱地扔在学校的周围、宽阔的土路上，显得乱七八糟，不堪入目。人群中偶尔也会发生小小的骚乱，但这些都被几个自发组织起来的部落头领和他们手下那些精明强干的小伙子们平息了。有时，一些政府要员和各界名流也会兴致勃勃地来这里参观。这时，部落头领们便组织维持秩序，优先让这些人参观。

这样，在白天，岗向外界展示着自己的身体，而岗则不停地收着钱。只有到了晚上，他俩才会得到一点儿空闲时间。这样，他俩将白天落下的课程，利用晚上的时间给孩子们补上。送走孩子们之后，又忙着清点白天收的钱。

半个月之后，岗和岗便把收到的所有的钱交给几个精明强干的小伙子，让他们进县城购买粮草。没过几天，几个小伙子拉着一车一车的粮草回来了。这儿的人们一个个兴高采烈，整整庆贺了三天三夜。有了足够的粮草，这里的人们、这里的牲畜整天悠闲自在，无所事事。

这些天，岗和岗都很忙，人也明显地瘦了许多，眼圈发黑，看上去疲惫不堪。他俩的心里都很累，都不喜欢被这么多人围着指手画脚。他俩暗暗在心里下定决心，等凑够足够这里的人们、这里的牲畜生活一年的钱之后，就停止这种活动，恢复正常的教学工作。

一个月后的一天，这儿来了几个高鼻梁、蓝眼睛、黄头发的外国人。他们是乘车来的，他们在叽里呱啦地大声谈论着什么，一句也听不懂。他们带着一个精通数种语言的高级翻译，人们通过翻译才明白了他们在说些什么。他们给了岗和岗一笔钱，要求采访为岗拍照、摄像，岗和岗答应了他们的要求。

第二天，他们不知从哪儿打听到了只管收钱的岗的身体也是透明的，便找到了岗和岗，通过翻译说他们愿意出很大一笔钱要同时为岗和岗透明的身体拍照、摄像，但遭到了岗和岗的严词拒绝。他们又找到了几位部落头领，讲了条件，提了要求，同样也遭到了严词拒绝。

这些高鼻梁、蓝眼睛、黄头发的外国人丝毫没有要走的意思，他们反而买了几顶帐篷住了下来。他们不断地找部落头领们谈话，不断地增加钱的数目。这件事很快在人群中传开了。人们听说只要岗和岗答应了他们的要求，将会得到一笔数目可观的钱，便禁不住在心里痒痒起来，言语间流露出了责备岗和岗的意思。看到这情形，部落头领们也开始心动起来。他们一次又一次地找岗和岗耐心地谈话，苦口婆心地劝说，但岗和岗就是不肯答应。

最后，出于无奈，这些高鼻梁、蓝眼睛、黄头发的外国人请来了几个政府官员，在增加钱数的同时，要求他们给几位部落头领施加压力。出于无奈，部落头领们又向岗和岗、岗和岗的阿爸阿妈施加压力，一边向他们挑明利害关系,一边苦口婆心地劝说为了整个部落,为了这片草原上的人们请求答应那些人的要求,但也同样遭到了岗和岗、岗和岗的阿爸阿妈的严词拒绝。

夜幕渐渐降落下来之时,政府官员和部落头领们出于无奈召开了一次会议,最后决定:如果岗和岗再不答应那些人的要求,天亮后将会采取强制措施。散会后,他们都悻悻地回去了。

这天晚上,政府官员、部落头领和其他人都做了同一个梦。梦中一个白发苍苍的老者愤愤然地对他们说:

"岗和岗是雪山的精灵,你们不能出卖他们。"

这天晚上,牧人觉巴和他的妻子也做了同一个梦。梦中一个白发苍苍的老者面带微笑地对他俩说:

"岗和岗是雪山的精灵,谢谢你们把他俩抚养成人。现在,我要把他俩带回圣洁的雪山,那儿才是他俩最终的归宿。"

第二天天刚亮,人们纷纷奔走相告,谈论着昨夜那个奇特的梦。人们吵吵嚷嚷地穿过土路,奔向学校,去找岗和岗,但是学校里空无一人。牧人觉巴和他的妻子早已站在清晨凛冽的寒风中,望着远方洁白晶莹的雪山出神。他俩知道岗和岗已经真的离他俩远去了,但他俩并不感到悲伤,因为他俩懂得只有那儿才是岗和岗最终的归宿。人们纷纷走到牧人觉巴和他的妻子身边,一动也不动地望着远方洁白晶莹的雪山,一脸怅然若失的表情。

流浪歌手的梦

1

为了寻找那梦,流浪歌手次仁正行进在路上。

2

次仁在他十四岁那年春天的一个晚上做了一个梦。出现在他梦中的是一个小女孩。那时候他已经是一名小歌手了。那时候他已经学会了读书写字。那时候他已经能够简单地记述一些事情了。下面就是他所记述的那个梦:

"昨夜,一个女孩来到了我的梦中。以前,我从没见过她。她的形象好像还在我的眼前。那女孩看上去和我一样大小。圆圆的脸蛋上有两个浅浅的酒窝,下巴上有一颗很明显的绿痣。她的头发梳成了许多细细的小辫子,十分好看。我和她玩一种互相追逐的游戏。她让我在后面追她,可我怎么也追不上她,直到我喘不过气来,我们才作罢。就这样我们玩了很久。后来，她走了。我和她相识好像已经很久了。我不知道她叫什么名字，从哪里来。总之，我觉得我永远都不会忘她。"

第二天，当次仁把他所记述的那个梦详细地念给阿爸听时，阿爸微笑着对他说：

"等你长大了，就娶梦中的那个女孩做你的新娘吧。"

听了阿爸的话，他也不知道是什么意思，就"咯咯"地笑了起来。

在次仁的孩提时代，那个女孩无数次地来到了他的梦中，和他一块儿玩那种互相追逐的游戏。他把每次的梦境都记录下来，把每次的梦境都念给阿爸听，每次，阿爸都会微笑着对他说：

"等你长大了，就娶梦中的那个女孩做你的新娘吧。"

每次，听了阿爸的话，他也不知道是什么意思，总是"咯咯"地笑。

然而谁能料得到，在以后的岁月中，那个梦竟成了他一生一世的追求。

3

天色已近黄昏，前方茫茫一片。和过去无数个黄昏一样，歌手次仁不知今晚自己将落脚于何处。这么多年来，只有那个梦和那把破旧的龙头琴一直伴随着他。这么多年来，他不知道自己为了寻找那梦已带着这把破旧的龙头琴在雪域的山川草地上走了多长的路；同样，他也不知道自己为了找到那梦还要带着这把破旧的龙头琴在雪域的山川草地上走多长的路。在这漫无边际的旅途中,他觉得自己的身心正在渐渐地老去。他时常觉得自己已疲惫不堪,无法再继续走下去,但为了那梦,他还是执着地走了下去。他不停地走啊走,有时也怀疑那个梦是不是真的在某个遥远的地方等待着自己,但一想起某位大师说过的"世上的人们难道不是为了寻找那梦才来到这世上的吗"这句话时,他的心又重新坚定起来,重新振作起来,没有了丝毫的动摇,依旧执着地寻找他的梦。

4

随着次仁一天一天地长大,梦中的那个女孩也在他的梦中一天天长大了。那个女孩经常出现在次仁的梦中,然而她不再和他玩小时候那种互相追逐的游戏了。她的长大使次仁显得心神不宁。他把每次的梦境都完整地记述下来,然而不再念给阿爸听,只是一个人偷偷地看。看过之后,就呆呆地傻想。这时的梦大致都是一样的,这样的梦大约持续了两年。下面就是他对某天晚上梦的记述:

"昨夜,她又来到了我的梦中。她比以前更加漂亮了。我无法形容她的美丽,她简直就是一个仙女。望着她那微微隆起的胸脯和微微泛起红晕的脸庞,我觉得已经是一个成熟的少女了。然而她脸上那对浅浅的酒窝和下巴上那颗明显的绿痣依然还在。她用那双充满爱情和孤独的大眼睛热烈地注视着我。我能看得出那里面隐藏着无数的话语和许多的渴望。然而她没有开口。她只是微微翕动着嘴唇，一副想说话的样子。我仍然不知道她叫什么名字，她也没有问我叫什么名字。我轻声问她，她只是微笑着不作声。我们就这样深情地望着彼此，静静地站着，一动也不动。我不敢靠近她。我只是想伸出手臂拉住她的手，可就是怎么也够不着。我们就这样深情地望着彼此，静静地站着，一动也不动，直到我从梦中醒来。"

5

此时，歌手次仁觉得自己很疲惫。同时，他也觉得为了继续明天的旅程，今天的旅程就该到此结束了。他停住脚步，取下挂在肩上的那把破旧的龙头琴，放在地上，向西而坐，出神地凝视着远方。

远方的地平线上，太阳已经落下去了，只有几缕夕阳的余晖还在微弱地闪耀着。在他前面不远处，正静静地流淌着一条不知名的河流。这条河看似平静，悄无声息，然而底下水流湍急异常。歌手次仁在一个月前就碰上了这条河。为了保证在旅途中得到必需的水，就一直沿着这条河走下来了。他是逆着这条河走来的，因而他向前走着，而河水却向后流去了。此时正是大地苏醒的季节，地上的万物虽然还没有生长出来，到处光秃秃一片，但河面上的坚冰已渐渐解冻了，一块一块地漂浮在水面上，往下游移动着。夕阳那几缕仅有的余晖映照在河面的坚冰上反射出许多刺眼的五颜六色的光来。从河面上一阵一阵地吹过来的风虽然已带着一丝暖意，但四周还是十分寒冷。这使得歌手次仁不由得打了一个寒噤。

歌手次仁站起身带上那把破旧的龙头琴信步向河边走去。走到河边时，他觉得饥饿难忍，便席地而坐，从怀里取出昨天从牧人家里讨来的那团糌粑疙瘩，掰下一块就着河里的冰块慢慢地嚼了起来。他一边不知滋味地咀嚼着，一边在心里想着他要寻找的那个梦。等他就着冰块把一块糌粑咽下去之后，便把剩下的糌粑装回怀里，然后呆望着静静的河面一动也不动。一会儿之后，便从地上拿起那把破旧的龙头琴，用袖口在上面擦了几擦，一边弹奏，一边用他那充满沧桑感的歌喉唱起了一首哀婉凄凉、肝肠寸断的歌：

> 梦中的人儿
> 你为何迟迟不来
> 你可曾听见我的呼唤
> 为了你
> 我走遍了雪域的山川草地
> 梦中的人儿
> 你在哪里
> 你在哪里

这首歌是他在十八岁那年编的，也是他最喜欢唱的一首歌。他在无数个村庄、无数个牧场都唱起过这首歌。在他到过的每一处地方几乎都留下了这动听且忧伤的旋律。

这首歌哀婉的曲调，忧伤的歌词，再加上那充满沧桑感的歌喉，曾使无数善良的人流下过感动的泪。

此时，他的歌声已越过河流，惊起对面河岸上的几只小鸟，缓缓地飘向了远方广阔无垠的原野。而他只是轻轻地抚摸着那把破旧的龙头琴，呆望着河面出神。

6

那把破旧的龙头琴是次仁的阿爸留给次仁唯一的遗物。次仁的阿爸也是一名出色的艺人。他擅长说唱《格萨尔王传》，能够像流水般地吟唱出整部的《格萨尔王传》，他还擅长演唱各地流行的民歌，再加上那把有些年头的破旧龙头琴，在雪域这片广阔的土地上，他的名字可谓是家喻户晓、妇孺皆知了。

那把破旧的龙头琴是次仁的爷爷留给次仁的阿爸的。次仁的爷爷也是一名说唱艺人，他在次仁的阿爸很小的时候就死了。临死的时候，他把那把破旧的龙头琴交给次仁的阿爸，断断续续地说：

"这是十世达赖喇嘛时期的乐器……它是用檀香木做成的……它可是个无价之宝啊……咱们这个家族已有十余人为此丧失了宝贵的生命……你可要好好地保管它……就凭这把琴……你就能成为一名出色的说唱艺人……"

那时候次仁的阿爸已学会了弹奏龙头琴，但从未使用过这把琴。平时，阿爸从不让他动这把琴。他听了临死的老人的话，好奇地接过去，轻轻地用手指拨弄了几下，果然发出了一种与众不同的奇妙的音来，随之，一种从未有过的音乐感潮水般猛烈地向他袭来，使他顿时觉得自己从此便是一位真正的歌手了。

次仁的爷爷死后，次仁的阿爸便带着那把显得破旧，但价值连城的龙头琴开始了他的流浪生涯。大约在次仁的阿爸三十岁那年，他孤身一人来到了康巴草原。那是个炎热的夏季，广阔的康巴草原上旺盛的生命的无边绿色和争相开放的无数的鲜花磁石般深深地吸引了他。他便在那儿住了一段时间。他用他雄浑圆润的歌喉为世世代代繁衍生息在这片草原上的人们说唱《格萨尔王传》，演唱各种欢快流畅的民歌。他无比的智慧和动人的歌喉赢得了这片草原上人们的尊敬，也深深地打动了一个姑娘的心。这个姑娘就是次仁的母亲。在次仁的阿爸离开这片草原的时候，她不顾一切地跟上了他，并在流浪的途中为他生下了次仁。然而生下次仁之后，她却永远地离开了他们父子俩。次仁的阿爸将所有的痛苦都深埋在心底，带着那把破旧的龙头琴和小小的次仁踏上了孤独的旅程。每当听到次仁甜美的哭声，他的心里便会不由地升起一丝喜悦之情。次仁没有属于自己的故乡，是茫茫雪域的山川草地养育了他。每当人们问及他的故乡，他总是自豪地回答：

"雪域的每一片土地都是我的故乡。"

7

每当走完一天的路程，坐下来歇息之时，他便会用他那充满沧桑感的歌喉不由自主地、动情地唱起那首他自己编的歌；每当唱完那首哀婉凄凉、令人肝肠寸断的歌，静下来沉默不语之时，他的脑海里便会不由自主地浮起他要寻找的那个梦。

他缓缓地抬起头眺望着远方。天快黑了，远方的一切只剩下模糊的轮廓，看不大清楚了。那仅带着一丝暖意的风也变得有些寒冷，不时转换着方向肆无忌惮地向他袭来，使得他有些坐立不安。偶尔有几只小鸟从他头顶飞过，留下一两声凄凉的鸣叫。他依旧用双手轻轻地抚摸着那把破旧的龙头琴，想着那个自己一直在寻找，可到现在也没有找到的那个梦。

过了一会儿，他下意识地将手从琴上移开，伸进怀里，从贴心的口袋里取出一本油腻不堪、边缘已经磨损了的小册子，拿到眼前翻看着。那上面记述着他从十四岁到现在的每一个梦。他把每个阶段的梦用一个明显的标记区分开来，显得一目了然。夜色越来越浓了，已经看不太清楚那上面写的字，而他却在一页一页地用心翻看着。他熟悉那上面所记述的一切，因而他看得很快。这么多年中，他已把自己记述的每一个梦都印在脑海里了。即使不看那上面，他也能把他所记述的每次的梦境都一字不差地叙述出来。他很快就把那本油腻不堪、边缘已经磨损了的小册子翻看了一遍。之后，他把它重新装回了那个贴心的口袋里。

他又一次抬起头，双手抚摸着那把破旧的龙头琴，眺望着远方，想起自己所要寻找的那个梦。

8

那个女孩在歌手次仁的梦中完全地长大了，完全地成熟了。这个时期也正是歌手次仁对那个女孩的思念和渴望最强烈的时期。然而这个时期，那个女孩出现在歌手次仁的梦中的次数也明显地减少了。这使歌手次仁感到从未有过的痛苦。那个女孩的影子时时刻刻在他的眼前晃来晃去，使他心神不宁。他把每次的梦境都详细地记述下来，而决不让包括阿爸在内的任何人看。一有空闲时间他便躲到别人看不到的地方，一个人偷偷地读过去和现在所记述的每一个梦，并且沉浸在其中，不能自拔。这个时期的梦大致也都是一样，下面就是他对这个时期的梦的记述的一种：

"无论怎么说，她已经长大了，成熟了，应该说完全长大了，完全成熟了。在我的眼中，她已经是一个十八根辫子垂地，一身环佩叮当的大姑娘了。她的脸上已经没有了从前的那种羞涩和不安，她的神态是那么的亲切自然，就像是一个女神。她的身上散发着一种成熟女性所有的青春的芳香气息。她脸上那对浅浅的酒窝和下巴上那颗绿痣更加明显，使她平添了几分魅力，越发楚楚动人。她用她那双明亮而乌黑的大眼睛一动也不动地注视着我。我能看得出那双眼睛里面燃烧着熊熊的爱情的火焰。同时，我也能看得出那隐藏在长长的睫毛下面深深的忧郁和无边的孤独。她那高挺的胸脯总是微微地起伏着，这使我激动不已，这使我渴望即刻拥有她。看得出，她也和我一样激动不已,和我一样渴望拥有对方。一阵长久的沉默和等待,寂静和难耐之后,我们抑制不住激动的情绪,缓缓地走向对方。我们谁也不开口说话,谁也不伸出手臂抚摸对方。就在快要接近对方之际,我们停住脚步,不再向前。我们用我们燃烧着炽烈的爱情的目光静静地注视着对方,倾听彼此心跳的声音。一阵难耐的沉静之后,我们不由地伸出各自的嘴唇慢慢地接近对方的嘴唇,想把自己炽热的嘴唇深深地印在对方同样炽热的嘴唇上。然而就在此时,一声轰然巨响,大地忽然在我们中间裂开了一条缝隙,随之从中冒出了一股青烟。大地的裂缝越来越大,终于在我们脚下形成一条无法逾越的深渊,将我们远远地隔开了。我们望着渐渐远去的对方,想呼唤彼此,却又叫不出声来……"

9

夜幕完全降下来了。远处和近处的景物都被沉沉的暮色吞没得什么也看不见,只剩下黑乎乎一片。此时风中,那仅有的一丝春天的暖意也消失得无影无踪。此时那风一会儿向东,一会儿向西,带着初春刺骨的寒冷,肆无忌惮地吹着。从不远处微微泛着青光的地方可以依稀辨清那条不知名的河的方位。那条河偶尔发出一两声冰块相互撞击的声音,才知道它还在永不止息地流淌着。

此时,歌手次仁已找到了一块避风且较暖和的地方。他把那把破旧的龙头琴放在自己身边,脱下身上的皮袍,一半铺在地上，躺下来，又将另一半盖在了身上。经过一天的奔波，再加上天黑前的那一段思虑，他真的已经疲惫不堪了。

10

歌手次仁的那种充满沧桑感且具神韵的歌喉并不是与生俱有的。他的阿爸为了使他能成为那把龙头琴的真正主人，对他进行了各种严格的训练。次仁的乐感很好，这使得次仁的阿爸很高兴。可次仁的阿爸总是对他说：

"你的歌声虽然浑厚嘹亮，但里面还欠缺点什么，离一名真正的歌手还差得很远。"

那时候，次仁正在做着那个梦。他便一边忍受着那个梦对他的煎熬，一边在阿爸的指导下练习发声。

阿爸让他冬练三九，夏练三伏；阿爸让他在高高的山巅上练，让他在空旷的原野上练，让他在寂静的山谷中练；阿爸让他在呼啸的狂风中练，让他在咆哮的涛声中练，让他在滚滚的雷鸣中练。每次练习都使他精疲力竭，嗓子破裂，吐出一口一口的鲜血来。

终于，在歌手次仁十七岁那年的一个晚上，当他练罢声，带着疲惫的身心刚刚进入梦境之时，一阵以前从未听过的奇妙的音乐从远处缓缓地传来，随之一位须发皆白、慈眉善目的老者出现在他眼前，让他张开嘴，将一个小小的右旋海螺放进他的嘴里，叫他吞咽下去，并微笑着对他说：

"孩子，从此你就是雪域最出色的歌手了，从此就用你无比的歌喉歌唱这里的一切吧！"

之后，又一阵奇妙的音乐缓缓地传来，随之那位须发皆白、慈眉善目的老者便驾着一朵七彩祥云飘摇而去了。

歌手次仁醒来之时，天已大亮。他一下子记起了昨晚那个奇特的梦，觉得很蹊跷，连忙坐起身，双手合十，默默地祈祷着。随后，他隐约觉得自己身上已发生了某种微妙的变化，但又不清楚到底发生了什么变化。

待祈祷完毕之时，他不由得哼起了一首民歌。谁想声音竟如行云流水一般真切自然，没有丝毫的造作；如汩汩的山泉一般清澈透明，没有一丝人为的杂音。他的声音具有一种无法比拟和描摹的神韵，而且充满着一种沧桑感。这时，他才感觉到自己得到了神灵的恩赐，不觉高兴得欢跳起来。

一阵高过一阵的兴奋和激动的情绪像滚滚的潮水一般涌上他的心头，使他坐立不安。他按捺住心头无比的兴奋和激动，幸福地闭上双眼，再一次从心底里真诚地赞美这神灵，再一次从心底里真诚感谢这神灵，再一次从心底里真诚呼唤这赐予他音乐之灵气的神灵。

歌声引来了正在外面静坐的阿爸。他疑惑不解地望着兴奋地欢跳着的次仁，莫名其妙地问这歌声是从哪儿传来的。次仁便笑着把那首歌又唱了一遍，并把那个梦讲给阿爸听。

阿爸听了次仁的歌声和说的话，那饱经沧桑、刻满岁月痕迹的脸上露出一种会心的笑，双手合十，像是祈祷又像是自言自语似的说：

"感谢无上的神灵，我终于如愿以偿了！"

就在这一年，歌手次仁的阿爸也永远地离开他到另一个世界去了。

11

很快，他便入睡，并且进入了梦乡。

梦一开始，那个女孩便从很远的地方步履匆匆地走来，好像有个人在后面追赶她似的。她的神色显得慌张，头发也有些散乱，没有了平时的那种平静和自然。她走近了他。他俩之间仅有十几步之遥。她脸上那对浅浅的酒窝和下巴上那颗绿痣依然很明显。她的嘴唇在微微地翕动着，显出急于想说什么的样子，却没有开口说话。看见她慌张和不安的神色，他也匆匆地向她走去。他想问她为何这样慌张，为何这样不安，但他只是张口，发不出声来。她也在不停地走近他，并且不时回头张望着。此时，他俩之间只有几步之遥了，却怎么也走不近对方。看见她这样，他的心也开始发慌，一种灾难将要临头的感觉紧紧抓住他不放。他俩都显出迫切地想走近对方的神态，可怎么努力也只是白搭，他俩之间总是保持着那么一段距离。渐渐地，他俩之间的距离缩短了。他用力伸出手臂，想把女孩拥入自己的怀里，用紧紧的拥抱来驱走女孩的恐惧，用深深的温情来分担女孩的惊慌。女孩也用力地伸出了手臂，就差那么一点儿，他俩的手将要挨到一起了，然而再也无法缩短那很短很短的距离了。他俩都用满怀渴望的眼睛注视着对方，脸上布满了痛苦、绝望、孤独、疑虑的表情。就这样，他俩如同一幅画上的两个人，被死死地定在那儿了。一时间，他俩的表情和动作都僵硬了，没有丝毫的变化。突然，一阵沉闷的巨响，从他俩的头顶冲来一排数丈高的混浊的浪头，狠狠地把他俩打开，又无情地将女孩卷走了。他跟着那浪头不停地跑啊跑，想把那女孩追回来；他想大声地呼叫，想喊住那女孩，却又发不出声来。就这样，他跌倒了又爬起来，继续追赶那浪头，然而从那浪头里面发出几声恶毒的笑声，并且越来越远，忽然不见了……

歌手次仁突然从梦中惊醒过来。醒来时，他已汗流浃背，面色煞白，气喘吁吁，浑身发抖。

天已大亮，远处和近处的景物又恢复了被黑夜夺去的面目。

歌手次仁无法从那个梦带给他的恐惧和惊慌中解脱出来，依旧面色煞白，浑身很厉害地颤抖着。他不敢回想那个梦，那个梦实在太可怕、太残忍了。他披上皮袍，一动也不动地注视着远方，努力想使自己纷乱的心绪平静下来。

就这样，他一动也不动地坐了很久。他的心稍稍变得平静了。他想无论昨夜的梦带给自己怎样的恐怖和惊慌，自己都应该将那个梦记述下来。于是，他从贴心的口袋里取出那本油腻不堪、边缘已经破损了的小册子，一边痛苦地回忆，一边用颤抖的手记述着。

12

阿爸临死的时候,曾谆谆告诫他说:

"儿啊,不要去寻找那梦,不要去寻找那虚幻缥缈的东西,那一切只不过是空的。"

听了阿爸的话,他不说一句话,只是静静地望着阿爸那张苍老的脸。阿爸也在静静地望着他。然而,他的眼中已失去了光泽,过了一会儿便慢慢地闭上了眼睛。

难道阿爸懂得梦终究是不可实现的东西才这样说的吗?阿爸这一生经历了那么多的风风雨雨、坎坎坷坷,也许阿爸是对的。

阿爸死后,歌手次仁有时候也这么想。

13

太阳在远方的地平线上快要落下去了,在它的上方悠闲地飘浮着几块黑云,始终不肯离去。那几块黑云将太阳最后发出的几缕光线也吞没了,使得太阳显得苍白无力,像个垂死之人的脸。

那时候,歌手次仁依旧背着那把破旧的龙头琴继续着他的旅程。由于昨晚的梦,今天他没有唱起过什么歌。他是沿着那条不知名的倒淌河走来的。今天,那条不知名的河显得混浊不清,刚刚解冻的冰块上沾满肮脏的泥土和草屑,缓缓地往下游流动着。这些,更使他变得心烦意乱。

太阳落下去了。远方地平线的上空只剩下那几块飘浮着的黑云，看不到一丝阳光。然而就在此时，前方出现了一个村庄。这使歌手次仁不由得兴奋了起来。他已经有好多天没有遇到村庄了。村庄是人们聚集的地方，他喜欢在任何村庄待上那么一两天，用他那充满沧桑感的歌喉为村庄里的人们弹唱上几首自己编的歌谣，或者说上几段《格萨尔王传》。一般村庄里的人们都喜欢他，都会热情地款待他。他也会从村庄里得到许多食物和其他生活必需品，然后又开始新的旅程。

那条不知名的混浊的倒淌河便是从那个村庄的方向流来的，他沿着那条河走了下去。

快要走到那个村庄时，他看见河岸上黑压压地聚集着一群人。他们正围成一圈在叽叽喳喳地谈论着什么。歌手次仁停住脚步看了一会儿，便缓缓地向那儿走去。

快要走近那群人时，其中一个人发现了歌手次仁，那人回头呆呆地望着他，显出一脸的惊奇。

歌手次仁停住脚步，双手合十行了个礼，轻声问道：

"请问，你们围在那儿看什么？"

"看一个从河上漂来的女人。"那人答道。

"那女人长什么样？"他的心里一惊，不由得问。

那人好像一下子来了精神，像是想起了什么，开始神采飞扬、眉飞色舞地滔滔不绝起来：

"真不敢相信她已经死了！她简直就像活着一样！虽然她是被这混浊的河水冲上岸的，但她的身上不沾有一点儿泥土。她像是刚刚从梦中苏醒过来似的，面色红润，身上散发着一股女人特有的香味。她脸上一对浅浅的酒窝好像在微微地笑着，尤其是下巴上那颗明显的绿痣，让人浮想联翩……"

歌手次仁的耳朵里突然一阵轰然巨响，接着什么也听不见了。他不知所措地又像是自言自语地轻声说：

"噢！难道这就是我所苦苦追寻的那个梦吗？"

围观的人们一下都转过身来，惊奇地望着他，但是他已经看不见他们的面孔了，他从他们面前缓缓地走了过去。

夜幕快要降落下来之时，歌手次仁已走出了那个村庄。此时，他正坐在那条混浊不清的倒淌河的河岸上，眼睛望着不知名的远方，将那本油腻不堪、边缘已经破损了的小册子一页页地撕下来扔向河中，任其自由地漂流下去，然后弹起那把破旧的龙头琴，用他那充满沧桑感的歌喉唱起了那首哀婉凄凉、令人肝肠寸断的歌：

梦中的人儿
你可曾听见我的呼唤
为了你
我走遍了雪域的山川草地
梦中的人儿
你已远去
你已远去

人与狗

一个冬天的晚上,西风正无情地扫荡着这片光秃秃的草原。就在这片草原上,住着三户游牧人家。

就在这天晚上,这三户人家里,各有一件不寻常的事在发生着。住在东面的这户人家的主人是个小伙子,他今天迎来了朝思暮想的新娘,夜幕刚刚降临,就过早地熄灭了帐篷里的灯盏。住在北面的这户人家里只有母女二人,年老的母亲体弱多病,从今天早上就开始发烧,一直昏迷不醒,幸亏邻居们送来了几片解热镇痛之类的药,到现在才能慢吞吞地说出几句不太连贯的话。住在南面的这户人家里是一对结婚不到两年的年轻夫妇,女的怀有身孕,肚皮鼓鼓地腆着,不料今晚刚刚入睡,便觉腹痛难忍,直在炕上打滚,眼看就要分娩了。

西风打着刺耳的呼哨从西风口肆无忌惮地吹过来。他们三家的羊群都露天聚集在中间,由一条毛色不太鲜艳、样子十分难看的狗守护着。

天空中没有一颗星星,周围一片沉闷。夜半时分,随着寒风的吹动，飘飘扬扬地下起了鹅毛般的大雪。一会儿工夫，大地便披上了一身银白色的素装，世界肃然静穆，好像陷入了深深的悲哀和沉思之中。雪已有一指厚了。偶尔有几声狼的嗥叫声划破夜晚的宁静在空旷的原野上凄凉地回荡着，令人毛骨悚然。

突然，那条狗警觉地站起来，摇着粗短的尾巴跑向一边，见了生人似的竖起耳朵凶猛地狂吠起来，随后又有一阵狼嗥混杂地响起来。大概是听到了狗叫声的缘故吧，那阵狼嗥只是在不远处回响着，一直没有靠近。

这条狗听到了狼嗥，又停止了吠叫，不安地摇起了短粗的尾巴，来回在雪地上围着羊群奔跑起来。在羊群周围的雪地上，很快印上了十几层密密麻麻的脚印。这时，羊群也开始骚动起来，时时传来"咩咩"的声音。一会儿狗又停下来，一边用眼睛警觉地望着西风口，一边蹲下来仔细地辨别狼嗥声传来的方向。当它确认声音是从西面传来时，就马上朝着那个方向狂吠起来。过了好一阵子，望着西风口上没有丝毫的动静，狼嗥声也渐渐平息下来时，它便伸直前腿，吐出舌头不断地喘气。由于连续不断地吠叫，它的声音显得有些嘶哑，听起来像是一个患有气管炎的老人在轻轻地咳嗽。忽然它又站起来，看看这边，又看看那边，吐出舌头疾步向东面的那顶帐篷跑去。到了门口，它停下来思索了一会儿，随后蹲在地上，用急促而又像是祈求似的声音吠叫起来。里面的一对正在享受着人生的极乐，已经忘记了周围的一切。此时，任何声音也不可能传送到他们的耳朵里，因为他们沉浸在世界上最大的幸福之中。足足有两分钟之后，狗的吠叫声渐渐微弱下来，像是一个苦命的人在用微弱的声音悲叹自己的命运。当这悲叹的声音也渐渐平息下来之后，四周又恢复了宁静。

墨一般的黑夜淹没了山丘、帐篷，淹没了周围的一切，好像这里只是一片空旷的原野，什么也不存在。但是没过多久，狼的嗥叫声又在附近响起来，打破了这片刻的宁静。起初只是简短的一两声，随后又是混杂一片。狗马上站起来，急促地摇着尾巴。它不安地听着这叫声，疾步向北面那顶帐篷跑去。到了门口，它蹲下来，像上次一样地狂吠起来。此时，里边的老女人又醒来了，她把手伸出被子，胡乱地在空中挥舞着，喊着女儿的名字，说着一些混乱的话，弄得女儿在她身边不知所措地团团转起来。狗的嘶哑的叫声似乎也传到了女儿的耳朵里，但她只是略微顿了一下，朝门口望了一眼，又把目光移向不断呻吟着的老女人。随着时间的流逝，狗的吠叫声也渐渐平息下来，听起来像是一个人在喘气。它的耳朵垂落下来，尾巴也夹在屁股底下不动了。一会儿之后，又传来了一声刺耳的狼嗥声，这声音似乎更迫近了。它迅速地耷起耷拉着的耳朵，振作起来，摇着尾巴不安地围着羊群转了一圈，又停下来，转动着眼珠看了看稍微平静下来的羊群，竖起的耳朵静静地听了一会儿周围的动静之后，才用鼻子嗅着什么，直朝南面那顶帐篷跑去。它跑到帐篷门口，马上停下来。这回没有蹲下来，冲着门口直叫，时时用爪子碰碰帐篷门，发出一种窸窸窣窣的声音。里面传来一阵又一阵痛苦的呻吟和一阵阵来回走动的急促的脚步声。过了好一会儿，狗好像是感到绝望了，叫声完全停止下来。细细听来，像是一个人在轻轻地呼吸。这时，羊群突然骚动起来，到处都是混乱的跑动声和"咩咩"的叫声。随即狗的叫声夹杂在羊群的"咩咩"声之中，显得激烈而又紧张。羊群开始四散奔逃。这条狗一会儿斜冲在羊群之中，一会儿又围着羊群转圈。没过多久羊群聚拢到了一块儿，狗的叫声也渐渐远去，草原上又渐渐恢复了宁静。风已停止了吼叫，雪也不再飘落了，从云层的缝隙间月亮也露出了半边惨淡的脸。很长一段时间之后，狗的吠叫声又在羊群周围响起来了，但不再像前面那样激烈紧张，只是一种拖长了的如泣如诉的哭音，仔细听起来又像是一个被遗弃了的孤婴在荒凉的雪地上悲凉地哭泣。

已是后半夜了。小伙子已从梦中甜蜜地醒来；老女人也如同往常一样渐渐进入梦乡，女儿还醒着，微闭着眼睛，守候在她身边；孕妇已经分娩，是个男孩，帐篷里不时传来婴儿"哇哇"的哭喊声，丈夫脸上露出笑容，望着婴儿可爱的脸庞，不时用手轻轻地碰一下，沉浸在无限的幸福之中。外面那一直持续不断的悲凉的哭泣似的声音，也先后传入他们的耳朵。他们都觉得在今夜听到这样的声音，是一种不祥的征兆。他们打生下来就从来没有听到过这样古怪、可怕的狗叫声，再加上他们本来就不太喜欢这条毛色不太鲜艳、尾巴粗短、样子难看的狗，因而从他们的心底同时生出一种莫名的仇恨来。谁也不愿再听到这样的声音。同样的想法使他们每人都操起了一根粗壮的、无情的木棒，默默地走出帐篷，来到狗前面。他们在冷冷的月光下用冷冷的目光看了看彼此冷冷的面孔，连声招呼都没有。他们都看到了彼此手中的木棒，都紧紧地握着。狗听到有人来了，停止了呻吟，立时，周围一阵死一般的沉寂。但马上呻吟声打破了这种沉寂，传入他们的耳朵。他们把目光一齐投注到蜷缩在那儿的狗身上。得到儿子的男人首先愤怒地抡起手臂在狗的脊梁上狠狠地一击，狗便发出一种尖厉凄凉的声音，趴在那儿没动；病妇的女儿接着击中狗的颈部，狗的耳朵彻底耷拉下来，无力地举起头，不解地望着主人，眼睛里闪出一丝奇异的光，随即暗淡下去；新婚的小伙子最后抡起了他肌肉结实的手臂，残酷地照准狗的脑门狠命地一击，狗的头便撞在地上，再也无法动弹。他们谁也不说一句话，谁也不看谁一眼。新婚的小伙子踢了一脚躺着不动的狗。随后，病妇的女儿、得到儿子的男人也接连踢了两脚，便各自走回自己的帐篷里。

第二天早晨，一轮奇特的太阳从地平线上慢慢地升起来，显得格外地大，格外地红，光线也格外地鲜艳，把雪地上的一切照得格外地清晰。当太阳离地面已有一段距离时，新婚的小伙子容光焕发地走出帐篷，揉着被雪光刺痛的眼睛；病妇的女儿也眯缝着红肿的眼睛走了出来；最后，得到儿子的男人拖着疲惫的身体带着掩饰不住的喜悦出现了。他们彼此点头打了招呼，慢慢地走向羊群。几乎在同时，他们发现了那十几层密密麻麻的狗的脚印。随后，又发现了几只羊散乱地倒在雪地上。他们都疾步跑了过来，看见周围的雪地被染成鲜红的一片。他们脸上的表情都转换成了同一种——惊讶！他们张着嘴、睁大眼睛在雪地里搜寻着。最后，三个人的目光同时落在那条蜷缩在雪地里的狗身上，随后，慢慢地挪动步子朝目标走去。到了跟前，他们被眼前的情景惊呆了，都不敢正眼看这具血肉模糊的躯体：一条狗腿不知飞到哪儿去了，一块模糊的血块凝结在那条残腿上，好几处的皮毛已经不存在了，露出鲜红的肉来；那条粗短的尾巴也快断了，只连着一丝皮肉；几道尖尖的牙印深深地刺进了脊梁……他们这才想起昨天晚上听到的不仅仅是狗叫声，仿佛还听到过一阵阵激烈的搏斗、撕咬的声音。

他们都不忍再看，轻轻扭转了头。在他们眼前洁白的雪地上，一滴一滴鲜红的血印一直延续到视线的尽头。能看得清楚的血迹，每一滴都像一个小孩子的心脏，樱桃似的镶嵌在雪地里。他们每人轻轻地捧起一把那心似的血迹，脸上说不出是什么表情。

跋：亲爱的万玛才旦

陈丹青

现在是五月九日，中午，手机收到一小段截自万玛电影的视频：塔洛，那个讨不到老婆的牧羊人，正用藏语口音的普通话背诵《为人民服务》，喋喋喃喃，如念经，一字不漏，镜头间或指向一匹正在吮奶的羊羔：

"……人总是要死的，但死的意义有不同，中国古时候有个文学家叫做司马迁的说过，'人固有一死，或重于泰山，或轻于鸿毛'……"

视频长度三分零七秒。我静静地看，忍不住笑起来，随即止住——万玛没有了。昨天中午，我们都收到了这个不肯相信的消息。现在是夜里，演员黄轩发来语音。两个月前他还在青海与万玛拍片，此刻他抽泣着，说："我从未遇到他这样亲切的人，好像是我的父亲。"他明天就要飞赴拉萨，送别万玛老师。

去年万玛出版新小说集，要我作序。我从未议论过小说，但也就认真写了，因为我爱万玛的电影，他的电影的前身，便是小说。近期我的杂稿拟将出书，编排文档，收录这篇时，万玛倒下了，据说是忽然缺氧，不适，倒下了，五十三岁。

我爱万玛的电影。虽然不具备评论的资格，但我看了万玛的几乎每部作品。我愿斗胆说：内地没有这种导演。内地电影的种种手法、招数、兴奋感，在他那里，都没有。他有的是什么呢？昨天闻知噩耗，我心里一遍遍过他的电影，包括《塔洛》。

那是部黑白电影，一上来就是整段背诵，之后，万玛开始平铺直叙——为什么再难看到老老实实、平铺直叙的电影啊——直到憨傻的塔洛人财两空。这样的结局，稍不留神就会拍坏的，我想，万玛怎样收束呢？只见塔洛骑着乡下人的破摩托往山里开，开着开着，他停下来……停下来干吗呢？请诸位找来看吧，不剧透。

《静静的嘛呢石》，他的初作，太朴素了，我猜院线根本不会要，但我还想再看一遍，看他如何平铺直叙——如布列松的《穆谢特》（Mouchette）、特吕弗《零用钱》（Small Change），甚至，奥尔米《木屐树》（The Tree of Wooden Clogs）那样的平铺直叙。片尾，男主角，那位当了喇嘛的孩子，从山梁（长镜头自银幕左侧跟着他）一路小跑着，几度被树丛遮住，又露出身影，又被遮住，最后蹦跳着，奔进寺庙，庙里一片嗡嗡的诵经声，孩子迟到了，电影就结束了。

他的电影期待和那孩子一样纯良的观众（小喇嘛在电视里看了《西游记》，大为着迷）。这样的观众，应该有吧。我跟万玛要了在片尾字幕间播放的诵经歌的音频：一个小小男孩口齿不清的呢喃。现在这首歌还在手机里。不是因为我对藏传佛教的兴趣，而是，我听着，发现有一种心里的光亮，很早很早就失去了，没有了。后来放听过两次，没再听。人会害怕被这种（孩子的嗓音唱出的）片刻所提醒，提醒你早已不再天真。

《寻找智美更登》的智美，是古老藏剧中的王子，为救助穷人，献出眼珠。在万玛的故事里，这部藏剧将要拍成电影，摄制组找了担任女角的美丽姑娘（她倚在门口，怯生生唱了几句，好听得吓坏人），她说，非得是与她合作的那位男演员出演，才肯出山，而其实男演员曾是她的相好，掰了之后，远去别地教书。现在，姑娘路远迢迢跟了车去，就想讨个说法。

摄制组不知情，带她上路了，途中，前座的男子大谈自己失败的恋爱，后座的姑娘默默听着，想心事。一程又一程，总算到了，青年从办公桌后起身迎客，被告知跟着的是她……接下来，你以为是伤心姑娘与负心郎的激烈对话吗？不，万玛没这么做。镜头移向挤满学生的操场，很远的远处，篮球架下，站着那对恋人。

太多女生有过相似的遭遇（男生也是），但我们不知道他俩说了什么，不知道姑娘有没有讨到说法，更不知他俩是否再次合作……下一组镜头，姑娘一声不响回了来，随车离开。

万玛懂人，就此一幕，我以为他很懂电影。

再就是院线也不会要的《老狗》。万玛读过屠格涅夫的《木木》吗？福楼拜说，那是世界上最动人的小说。但

"老狗"的命运和《木木》的故事，完全不同，因此，不是动人，而是，当我眼看老头子慢慢在木柱上绑定老狗，转过脸，扯平绳索，拉紧了，一步迈一步走……我从座位上直起身，不知如何是好。

领教万玛的第一部电影，是《撞死了一只羊》。主角，那位彪悍的寻仇者想象他挥刀向仇人砍去。这时，万玛用了一组模糊的放慢的镜头，其实什么都没发生（这是看懂经典小说，自己也写小说的导演才会使用的伎俩）。记得那位司机的相好，驿站老板娘吗？万玛真会调教演员，在他下一部电影《气球》中，这位活色生香的女演员忽然变成老实巴交的农妇，若非万玛告诉，我认不出她就是那位老板娘。

接着，是《气球》。这次，失恋的姑娘变为尼姑，意外遇见前男友，而男友已将他俩的恋爱与分手写成书。她多想读这本书啊，却被老实巴交的姐姐一把扯去，扔进炉膛烧了（那位狼狈的前男友回答姐姐的斥责时，眼镜忽然掉下来）。万玛此前几部作品的性格在其中汇合了，更具规模与野心，但他的叙述，同样沉着。当孩子举着气球奔去，消失在山丘的那一头，少顷，气球升了起来（多么成功的运镜），万玛似乎找到了他的电影的新维度。这维度预示他未来的电影可能企及的高度，但他死了。

现在，我等着看黄轩出演的《陌生人》，那是万玛的遗作。黄轩说，他在一组镜头的拍摄中，迎对群山，泪流满面。他的意思是说，现在想来，难道他预先为万玛痛哭了吗？今天中午，十号，黄轩来语音，说他见到了被布帘隔开的万玛（像是睡着了，很安详），明天起灵，很多很多送行者将簇拥着万玛，在大昭寺诵经后，绕行拉萨。藏民相信，死在拉萨是至高的福分。

沉静、内敛、谦和，万玛的相貌与气质，是我见过的导演中最像知识分子的。他的想象，他的内心，他以在内地习得的一切而回看西藏的眼光，都交给了电影。我在他的每个角色中，都看见他，几次与他对坐，我想：这个脑袋在想些什么？《气球》公映后，我问他："拍摄正在交配的羊，多难啊，你怎么弄？"他轻轻地说："还好，有办法的。"问他爱看什么书，他说，和文学与电影无关的书。问他孩提时代在村里看的电影，他提及卓别林。啊，卓别林！我因此明白他何以忠于并懂得卑微的灵魂，却不渲染哀苦，而是，使人发笑——因极度淳良而引发的那种笑，在他的影像中，令我发笑的片刻都带出万玛的性格，沉静、内敛、谦和。

他提携的好几位青年如今都成为导演，包括他生气勃勃的公子。此刻他们该多难受啊。难受的日子还在后面呢！是万玛让西藏被听到，被看见，他那讲到一半的故事，当然会继续，但讲述者不再是万玛才旦了。

他站在那里的样子，多善良，多好看。前年，他远来京郊参观我的西藏组画展览，我不感到荣幸，反倒羞惭。我对那片高原的了解其实是肤浅的，那些画只是短暂的一瞥，万玛的电影，才是西藏的血肉。一个民族拿出自己的电影，面对世界，便有了无可言说的容颜与自尊，万玛，是践行这自尊的第一人。

2023年5月9—10日